光文社文庫

文庫書下ろし

天上の桜人
須美ちゃんは名探偵⁉
浅見光彦シリーズ番外

内田康夫財団事務局

光　文　社

この作品は光文社文庫のために書下ろされました。

目次

第一話　虹の桜

1

「警察はいったい何をやっているのです！」

お手伝いの吉田須美子が、浅見雪江のこのセリフを聞いたのは二度目のことだった。

一度目は須美子が浅見家のお手伝いとして働き始めてまもない頃、警察官僚である長男の陽一郎に向けてだった。そのときは叱咤激励の意味合いによるものだったように思うが、今回はしがないフリーのルポライターである次男の光彦に対して宣っている。どうやらリビングのテレビで流れているニュースが原因のようだ。

東京都足立区に住む七十代の女性が、息子を名乗る人物からの指示に従い、一千万円の現金を宅配便で送ってしまったと報じられている。

雪江のあまりの剣幕に、いつもなら一声かけてお出しするお茶を、須美子はテーブルの端にそっと二つ置いて、後ろに下がった。

「警察も色々な対応を検討していると思いますが……」

「もっと有効な対策を考えないことには、被害が減るはずがありません。後手後手に回ってばかりでは、犯人たちの新たな手段に対応しきれないでしょうに。先手を打って未然に防ぐことがどうしてできないのかしら」

ニュースが次の話題に変わっても、まだ雪江の怒りは収まらないようで、あわれ光彦はその怒りの集中砲火を浴びている。

（坊っちゃま、頑張ってください！）

須美子は心の中で手を合わせた。

この浅見家の家長であり、雪江の長男でもある陽一郎は、押しも押されもせぬ、警察庁の刑事局長である。だからこの家では警察批判などもってのほか、大奥様の雪江も普段は大の警察贔屓だ。だが、自身の正義に反することや、もどかしい気持ちが抑えきれなくなると、歯に衣着せぬ手厳しい意見を口にすることがある。

「――それに、被害者も被害者ですよ。お気の毒だとは思うけれど、どうして騙されてしまうのかしら。いつもと違うようなことがあれば、違和感を覚えるでしょうに……」

「敵もさる者、他に頼れる人がいないんだ、助けてほしい――と、役者顔負けの名演技で情に訴えかけてくるようですからねえ」

「光彦！　そんな、犯人を褒めるような言い方をするものではありません！」

「……すみません」

「……それにしても、どうして皆さん、我が子の声と違うことが分からないのかしら。わたくしだったら、風邪を引いて喉の調子が悪いと言われたって、絶対に騙されませんよ」

「まあ、そうですよね。息子だと名乗ったところで、刑事局長の兄さんのふりなんてできてありませんよ」

「……あら光彦。陽一郎さんだけでなく、あなたを名乗ったって、間違えることはけっしないでしょうから」

雪江の言葉に慈しみを感じた須美子は、「わたしはあなたの母親でもあるんですからね」と続くように思えた。だが、それより先に――。

「ははは、たしかに。わたくしの息子は居候ですから、今も家にちゃんと居ります――なんて返したら、相手もかけるところを間違えたと思って慌てるでしょうね」

母親の気持ちに気づかない光彦は、自虐的にそう言った。

「まったく、あなたという人は……」

額に片手を当て、「情けない」と大げさに嘆くと、雪江は長いため息をついた。

「まあまあ、お母さん、そう被害者を責められるものでもありませんよ。今時は核家族が普通ですからね。遠くに離れて暮らしていて、盆と正月くらいしか会わないような息子や孫が突然電話をしてきて、交通事故を起こしてしまったとか、会社の小切手の入った鞄(かばん)を電車に置き忘れてしまっただとか言われたら、慌ててしまうことは普通の反応だと思いますよ。我が家は毎日みんなが顔を合わせ、テレビを観たり、食事をしたり、話をすることができます。だからこそ、家族の誰かの体調が悪くないだろうか、困っていることはないだろうかと、気づくこともできます。自分で言うのもなんですが、浅見家は素晴らしい環境ですからね」

　光彦の言葉に、傍で聞いていた須美子も、もちろん異論などない。だが、勘ぐると、光彦が耳あたりの良い言葉を並べた裏側には、詐欺の話題から雪江の意識を逸らそうという狙いがあるのではとも思った。

「……そうね。家族が揃って暮らしていられるわたくしたちは、幸せってことね」

「そうですよ。この家が日本で……いえ世界で一番幸せな場所だと僕も常々思っています」

　誇らしげに胸を反らした光彦とは裏腹に、須美子はその大げさなセリフは勝負を急ぎすぎではないかと心配した。案の定、雪江はゆっくりと眉間に皺を寄せた。

「世界一幸せな場所は、さぞかし居心地が良いことでしょうね。……けれど、あなたにはそろそろ身を固めて、この家を出て行くことを考えてもらわないといけません。三十三歳にもなって独り立ちもできず、のほほんと暮らしているのですから」

「い、一応、仕事はそれなりにこなしているつもりですが……」

「ルポライターだなんて、安定して決まったお仕事があるわけではないでしょう。なにより取材にかこつけて、旅先で探偵の真似事ばかりしているんですから。……まったく、陽一郎さんに迷惑をかけてはいけませんと、あれほど――」

　新たな火種になったと気づいた光彦は、助けを求めるようにチラチラとキッチンのほうへ視線を投げてくる。しかし須美子は、君子危うきに近寄らずとばかりに素早くエプロンを外すと、「大奥様、雨が止んだようですので、買い物に行って参ります」と雪江に声をかけた。

「気をつけて行ってらっしゃいね、須美ちゃん。外は寒いから暖かい格好で行くのよ」

「はい」

雪江は今までの不機嫌をコロッと忘れたように、相好を崩して見送ってくれる。

「あ、そうだ。たまには僕も一緒に行こうかな。荷物持ちなら任せてよ」

チャンスとばかりに、光彦はそう言ってソファーから立ち上がろうとする。だが——

「光彦、前にも言いましたけどね、あなたがスーパーの袋をぶら下げて、ウロウロしている姿はみっともないからおやめなさい」

「スーパーではなくて商店街ですし、エコバッグでしたら……」

雪江の言葉に、光彦は中腰の姿勢で反論を試みる。

「そういう問題ではありません。『君子、庖厨を遠ざくる也』というでしょう」

「お母さん、最近は女性の育児・家事・介護などのワンオペが問題になっているのですよ。だから男子も進んで厨房に入る時代だと思うのですが……」

太ももがつらくなったのか、光彦は再びソファーに腰を落とす。

「でしたら、まずは結婚して所帯を持つことから実践なさい。そうしたら立派に育児や家事の役に立てるでしょう」

「あの、そ、それじゃあわたしは行って参りますので……」

「はい、行ってらっしゃい。あ、いつもの生け花用のお花もお願いね」

「分かりました」

そう答えて須美子がキッチンのドアを開けるのと同時に、光彦はまた腰を浮かせた。

「あ、じゃあ僕は二階で仕事の続きでも……」

「まったく落ち着きのない子ねえ。せっかく須美ちゃんがお茶を淹れてくれたんですから、座って、特殊詐欺についてあなたの考えを聞かせなさいな――」

須美子は心の中で、光彦の無事を祈りながら、そっとドアを閉めた。


一月下旬の寒空の下、雨が上がったばかりの道路にはいくつもの水たまりができている。少しだけ西に傾きかけた太陽が、雲を振り払い明るい日差しを注いでいた。

ベージュのオーバーを羽織り、白いマフラーを首に巻いた須美子は、浅見家の門をくぐった途端、思わず「わあ……」と声を出した。

東京都北区西ケ原。ゲーテの小径と呼ばれる通りの空には、虹が架かっていた。

なんだか得をした気分になった須美子は、今日の夕食は励ましをかねて光彦の好物にしてあげようと思った。

「そうだ。タマネギがたくさんあるから、生姜焼きがいいかしら。それとも定番のハンバーグのほうが……。うーん、迷うところね……」

周囲に人がいないのをいいことに、須美子がブツブツとつぶやきながら歩いていると、商店街へ曲がる手前で、「——あらぁ！　もらっていいの？」という女性の声が聞こえた。

広い庭のある、この辺りでは比較的大きな一軒家。その門の前で立ち話をしている姿があった。作業服を着た男性の背中に隠れて顔は見えないが、たしかこの家には雪江と同年配の女性が暮らしていたはずだ。

道路には歩道に乗り上げるようにして、白い軽トラックがこちらを向いて駐められている。

「ええ、よろしければ是非」

「本当？　じゃあ今夜は孫が好きな唐揚げか、チキンソテーでも作ってあげようかしら」

(唐揚げにチキンソテーか……それもいいわね)

そんなことを考えながら、車の脇を通り抜けようとしたときだった。

チリンチリン♪

歩道を走ってきた自転車を避けようとした須美子は、足元の小石に足を取られ、思わず車のドアに手をつきそうになった。

(おっと……ん？)

ギリギリで体勢を保ち、止まった手の先、軽トラックのドアの側面には屋号らしきマークがあった。二重丸の中に「玉」と書かれている。

（……玉。あっ！　タマネギがあるんだから、たっぷりのタルタルソースで鶏南蛮にしようかしら。うん、それがいいわね！）

参考になりましたとばかりに前を向いたまま会釈をしてから、須美子は商店街を目指して歩き出した。

2

「こんにちは……」

「いらっしゃいませ！　あ、須美ちゃん、ちょっと待っててね」

花春（はなはる）のドアをくぐると、今日は珍しく店内が満員御礼状態だった。花春は小松原育代（こまつばらいくよ）が一人で営む生花店で、須美子の憩いの場でもある。

須美子は邪魔にならないよう店の端のほうに佇（たたず）み、それぞれに花束や鉢植え、アレンジメントを購入していくお客さんの様子を見守る。様々な花の香りがドアの開閉と共に鼻腔をくすぐる店内。幸せそうな顔で店を出て行く人々を見送る須美子もまた、幸せのお裾分けをいただいている気分だった。

「ありがとうございました！」

最後の一人を送り出し、育代が真っ赤な顔に玉のような汗を浮かべて「ふう」と息を吐く。

「お疲れさまでした」

待っている間に外したマフラーを手に、須美子は労いの言葉をかける。

「お待たせしちゃってごめんね。今日は大奥様の花材よね？」

「ええ。でもわたしは急ぎませんから大丈夫ですよ。育代さん、少し休憩してください」

「そう？　でも須美ちゃん、もう他の買い物は済んだの？」

「はい、ほとんど。あとは、帰りに鶏肉を買うだけですので、時間は余ってます」

「あら、じゃあ一緒にお茶でもどう？」

「あ、是非、ご相伴させてください」

「じゃあ座って座って」

育代に促され、須美子は店の奥にある丸テーブルを囲む椅子の一つに腰を下ろす。

「それにしても、なんで急にこんなに混んだのかしら……はい、お茶どうぞ」

湯気の立つ湯飲みを須美子の前に置きながら、育代は表の商店街を見た。

「ありがとうございます。きっと、雨が上がったから皆さん、出掛けていらしたんじゃないでしょうか」

「あら、いつの間にか雨、上がってたのね。気づかなかったわ」

「さっき、きれいな虹が出ていたんですよ、冬なのに珍しいですよね」

「えっ！　虹？　見たい見たい！」

育代はもうすぐ還暦のはずだが、年齢を感じさせせぬ足取りで店を飛び出して行った。

「見えましたか？」

須美子も育代に続いて表の商店街通りへと歩み出た。

「もう消えちゃったみたい……」

須美子は先ほど見えた方角に目をこらしてみたが、たしかに見当たらない。

「写真を撮っておけばよかったですね」

「ううん、すぐに見えなくなっちゃうその儚さがまた素敵なのよ。わたしね、子どもの頃、あの虹を歩いて渡れるって本気で信じてたの」

頬に右手を当て、育代は懐かしむような目を空に向けた。

（そういえば坊っちゃまも――）

須美子の頭に六つ年上の光彦の顔が浮かんだ。

幼い頃に光彦は、虹の根元を探して見知らぬ街まで歩いて行ってしまったことがあるそうなのだ。それを教えてくれたのは、先代のお手伝いの村山キヨである。

高校を卒業してすぐ、須美子は新潟県長岡市の片田舎から、同郷のキヨに推薦され、バトンタッチする形で浅見家へやって来た。由緒ある家柄の浅見家に、住み込みのお手伝いとして働き始め、気がつけばもう九年になる。

「さあ、折角の熱いお茶が冷めちゃうわ。中へ入りましょう……って、わたしが飛び出しちゃったんだったわね」

そういって育代は片目を瞑って舌を出す。

須美子はふと、最近一段と丸くなった育代の顔を見ながら、メールの絵文字に似たようなマークがあったことを思い出した。

「どうしたの須美ちゃん、にやにやして？」

「い、いえ、なんでもありません」

首を傾げる育代の背中を押すように、須美子は店内へ戻った。


「――それでね、さっきの虹もそうだけど、わたし、子どもの頃は夢見る少女だったのよ。小学校の高学年になるまで、雲にも乗れるって信じてたもの……あ、それにその頃はとってもスマートだったんだからね」

「ふふ、わたしはどちらかというと醒めた子どもだったかもしれません。サンタクロースも幼稚園の頃からいないと思っていましたし」

二人は向かい合ってお茶を啜り、互いの少女時代について、他愛もない話に花を咲かせていた。テーブルの脇のバケツには、あらかじめ用意しておいてくれたのだろう、雪江から頼まれた花がまとめられている。

「あら、そうなの」

「まあ兄が、プレゼントはサンタじゃなくて、お父さんが置いているんだぞって、早々とネタばらししたせいなんですけどね」

「あらあら、わたしは小学校二年生まで――」

「こんにちは！」

店のドアがゆっくりと開き、幼い女の子の声が聞こえた。

須美子と育代が同時にそちらを向くと、座っている須美子よりも背の低い少女が入ってきた。ピンクのコートにすっぽりと包まれた少女は、上気した頬を手袋をつけた両手で挟むようにしている。

「あらあ、可愛いお客さんね」

そう言いながら育代は立ち上がると、少女に近づき腰をかがめ、「いらっしゃいませ、お花を買いに来てくださったのですか？」と微笑（ほほえ）む。

「はい！」

少女は元気に答えた。

「お年はいくつ？」

「八歳です」

「じゃあ、もしかして二年生かしら?」

「はい、そうです」

育代はチラッと須美子に視線を送ってきた。先ほど、まさに「小学二年生」という単語を発したばかりの偶然に驚いているような表情だ。須美子も両肩を上げてみせ、同意を示す。

「今日はどんなお花をお探しですか？」

少女に視線を戻し、育代は少し緊張している様子の少女に笑顔で訊ねた。

「ニジノサクラです」

「……えっ」

「ニジノサクラを一つくださいな」

聞こえなかったと思ったのか、少女は育代に顔を近づけて言った。

「えっと、ニジってお空にある虹？」

「はい」

「虹の……桜？」

「はい！」

「ちょ、ちょっと待っててね」

育代はさっと立ち上がると、須美子を店の奥へ引っ張って行って、「あの子、虹の桜って言ったわよね」と確認する。

「ええ、そう聞こえました」

「そうよねえ。なんのことかしら、須美ちゃん、分かる？」

「虹の桜ですか……」

須美子の脳裏に、先ほど空に架かっていた七色の虹が浮かぶが、桜とは結びつかない。

「聞いたことないですね。そもそも、花屋さんの育代さんが知らないのに、わたしが知ってるはずがありませんよ」

「そっか……どうしましょう。わたしが知らないって言ったら、あの子、困っちゃうわよね」

須美子が首を動かしちらっと様子を窺うと、少女は虹の桜を探すように店内を見回していた。

「詳しく話を聞いてみるしかありませんね」

須美子は少女の前に近づきしゃがみ込むと、「こんにちは。わたしは吉田須美子っていいます。お名前は？」と聞いてみた。

「宮島美桜です」

「美桜ちゃん、虹の桜って、サクラソウっていうお花とは違うのかな？」

須美子が思いついて口にすると、後ろから育代も加わった。

「あ、そうね。白とかピンクとか紅色とか色々あるのよ。ちょっと時期が早いから、うちではまだ置いてないんだけど——」

「サクラソウじゃなくて、虹の桜です」

「そっか……。虹の桜って、わたしは見たことがないんだけど、美桜ちゃんはどこで見たのかな？」

詰問口調にならないよう気をつけながら、教えてほしいな——と、須美子は訊ねる。

「ううん。わたしもまだ見たことないです。でもね、お祖父ちゃんが、今度見せてくれるって……あ、安いのでいいです……」

美桜は恥ずかしそうに右手をコートのポケットに突っ込んだあと、手袋ごしに握りしめた五百円玉を開いて見せた。

（五百円……安いのでいい……）

手がかりになりそうな言葉を、須美子が反芻していたときだった。

「すみませーん」

入口のドアが開き、女性が入ってきた。四十代半ばくらいだろうか。須美子と同じようなベージュのコートに手袋をして、買い物をしてきたばかりのエコバッグを提げている。髪は緩くウエーブしていて、上品な印象だ。

「はーい、いらっしゃいませ」

　須美子の後ろで中腰になっていた育代が、背を伸ばして客を迎えた。

「……こんにちは。あの……あっ！　美桜！　やっぱりここにいたのね」

「あ、お母さん……」

「ダメじゃないの勝手にいなくなったら。心配するでしょう！　お店の方にもご迷惑をおかけして——」

　母親は美桜のもとへ駆け寄ると、両肩に手を置いて叱り始めた。

「あの、お母さん。迷惑なんてかけられていませんので、叱らないであげてください」

　育代が慌てて、美桜を庇（かば）うように間に入る。

「本当に申し訳ございません。買い物中に突然いなくなってしまって、慌てて探してたんです。そうしたら魚屋さんのご主人が、こちらに入っていくのを見たって教えてくださって。まったくもう、仕方のない子で……」

　そう言って母親はぺこぺこと頭を下げた。

「いえいえ、本当にお気になさらずに……というか、可愛いお客さんが来てくれて嬉しかったくらいですから。それより、美桜ちゃんが虹の桜を探しに来てくれたんですけど、あいにく当店には……」

　美桜にちらっと視線を向けてから、育代は申し訳なさそうに告げる。

「あ……この子、そんなことを言ったんですか？」

「はい……あの、花屋を営んでいるくせにお恥ずかしいのですが、虹の桜というのはどんなお花なんでしょうか？　あ、桜だから樹木のほうでしょうか。だとすると、当店は切り花中心なもので、鉢植えや植栽にはあまり詳しくなくって……」

「実はわたしにも、よく分からないんです」

「えっ……どういうことでしょう？」

母親の答えに、育代もよく分からないといった顔で問い返す。

「実はこの子の祖父――わたしの父なんですけど、今度、虹の桜を見せてやるって言ったらしいんですが、なんのことだか分からなくて……。インターネットでもそういう花を売っているお店があるのかと思って調べてはみたのですが、見つからなかったんです」

「そう……なんですか。あ、じゃあ、お祖父さまに詳しく話を聞かせていただいても――」

育代がそう言いかけたとき、「お祖父ちゃん、病気なの」と美桜が言った。母親が一緒で緊張が解けたせいか、先ほどまでのかしこまった口調が和らいでいる。

「えっ？」

「入院してるの」

「そうなんですか？」

眉を八の字にして、育代は母親に訊ねた。

「はい。先日、脳腫瘍が原因で倒れまして。ようやく容態は落ち着いたんですけど、まだ目を覚まさないんです」

「そうでしたか……」

「あの……」

須美子はふと思いついたことがあり、口を挟んだ。

「どうしたの須美ちゃん？」

「もしかして、本物の桜ではなく、絵画という可能性はないでしょうか？」

「ああ、なるほど。絵なら好きに色を塗れるから、虹の桜っていう作品も世の中にはありそうよね」

「絵ですか……たしかにネットで調べたときに、実際の花以外は気にしていませんでした」

母親の言葉に須美子は、「それに」と続けた。

「――美桜ちゃん、『安いのでいいです』と言って、五百円を出してました」

「あ、この子、お金も持っていたんですか？　美桜、そのお金どうしたの？」

「貯金箱から持ってきたの」

「もう、まずはお母さんに相談してくれればよかったのに」

「だってぇ……」

「まあまあお母さん、とにかく今は虹の桜について考えましょうよ」と育代は言ってから、「須美ちゃんお願い」と、話の続きを促した。

「えっと、美桜ちゃんの言葉から、高い物もあれば安い物もあるということを、お祖父さまから聞いていたのではないかと思いまして――」

「ああ、五百円なら絵葉書とかもありそうね」という育代の思いつきに、須美子は「はい」と返事をした。

「……ねえ、美桜。お祖父ちゃん、『虹の桜』っていう絵だって言ってなかった？」

須美子の推理を母親が代わりに確認してくれる。

「絵じゃないよ」

「でも、もしかしたら絵かもしれないでしょう？」

「ううん。だって美桜、お祖父ちゃんに聞いたもん。虹の桜のお花なんてあるの？　誰が描いた絵なのって。そうしたら、お祖父ちゃん笑って『絵とはちょっと違うなあ』って」

「………」

大人三人が一様に口を閉じ、しばしの間ができた。美桜はその空気から何かを感じ取ったのか、不安な表情を浮かべている。

「虹の桜……ないの？」

今にも泣き出しそうな声でそうつぶやいた。

「……美桜ちゃん」

迷子の子犬のような美桜の瞳を見て、育代も目を潤ませる。

「美桜ね、お祖父ちゃんのお見舞いに、虹の桜を持って行きたいの……。そうしたらお祖父ちゃん、元気になると思うから！」

美桜はそう言って、五百円玉を持った手をぎゅっと握りしめる。

「……そっか。だから自分の貯金箱からお金を持って……買いに来てくれたのね……ううっ」

育代は美桜の想いに胸を打たれたようで、ついにハンカチを目元に押し当てた。

須美子も美桜の祖父を想う言葉が心に響いた。だが、それと同時に、危険を知らせる警報が頭の中に鳴り響いた。

「そうよね。お祖父ちゃんのお見舞いに、持って行ってあげたいわよね！」

育代はずずっと洟（はな）を啜ってから、須美子にキッと目を向けた。

次に育代が放つ言葉が予想でき、須美子は椅子に掛けた鞄と用意してもらってあった雪江の花材を取りに行く。だが――。

「美桜ちゃん。この須美子お姉さんはね、名探偵なの。きっと虹の桜を見つけてくれるわよ」

そう言って育代は、お暇しようと荷物に伸ばした須美子の腕をぐいっと摑むと、美桜と母親の前に押し出した。

「メータンテイ?」

「そう。名探偵っていうのはね、どんな謎も解決してくれるすごい人のことよ」

(……ああ)

予想どおりの展開に須美子はため息をついた。

「あの、違うんです。わたしは名探偵なんかではありません」

反応に困っている様子の親子に、須美子は顔を隠すようにうつむきながら弁明した。

「いいえ、須美ちゃんは名探偵です。あ、わたしはその助手よ」

「ジョシュ?」

「そうよ。名探偵を助ける人のことよ。それにわたしは三十年以上も花屋をやってるの。だからね、わたしたち二人が組めば、見つからない花なんてないの! あ、虹の桜は花じゃなくて桜の樹かもしれないわね。でも大丈夫よ。任せてちょうだい」

「本当?」

「うん。だから、もしよかったら、もう少し詳しいお話を聞かせてほしいんだけど。えっと今日は時間がないから、またあらためてね」

「じゃあ、美桜のおうちに来てくれる? お祖父ちゃんとは縁側でお話ししたの」

「あ、いいわね。現場で事情聴取ね。分かったわ。じゃあ明日土曜日に――」

「育代さんっ！　ちょっと……」

勝手に話を進めていく育代に、須美子がたまらず待ったをかけた。そうして美桜と母親から距離を取るように、奥のテーブルへ育代を引っ張っていく。

「あ、須美ちゃんは土曜日だと都合が悪かった？　じゃあ日曜日でも――」

「そうじゃなくって……」

小声ながらも須美子は咎めるような口調で言う。ようやく育代は須美子の言いたいことに気づいたようで、睨むような須美子の視線から逃れるように横を向く。

「……あ、あのね、勝手なことを言って悪かったとは思ってるのよ。でもね、須美ちゃんも見たでしょう。美桜ちゃんのあの悲しそうな顔。なんとかしてあげたいじゃない。お願いよ。なんでもお手伝いするから、須美ちゃんの力を貸してあげて……」

育代は祈りを捧げる乙女のように両手を組んでから、少しだけ背の高い須美子を上目遣いに見た。

（どうしよう……）

須美子は目を閉じて瞬時に考えた。

（無責任な安請け合いをすることのほうが迷惑になる……）

「……お姉ちゃん？」

美桜の声が聞こえ、目を開けて振り返ると、美桜が不安そうな顔で須美子の服を摑んでいた。

（！）

須美子はゆっくりと深呼吸をして心を落ち着かせた。

（……そうだ。手が届くことは、やってみなくちゃ……）

須美子は「手の届く幸せ」という言葉を大事にしている。どこで聞いたのかは思い出せないのだが、「背伸びをせず、今の自分の手が届く範囲の幸せをきちんと幸せだと感じること。そして、「手の届く人や動物たちを幸せにしよう」」という意味だ。

須美子は迷いを打ち消すように微笑んでから、美桜の小さな手を握った。

「美桜ちゃん、明日お邪魔してもいいかしら」

「うん！」

嬉しそうに答える美桜に続いて、育代も「ありがとう須美ちゃん！」と言って須美子の手を握りしめた。

「よしっ！　じゃあ、お母さん、ここにお名前とご住所、それに電話番号をお願いします」

育代はメモ用紙を持って来ると、母親にペンと一緒に差し出す。

「あ、あの、すみません。探偵の方への相談料って……」

一人、話から取り残されたような形になっていた母親が、「宮島佳乃(よしの)」と書いたところで不安げに訊ねる。

「現在、キャンペーン期間中につき無料です」

育代が適当なことを言って笑うと、佳乃は目をぱちくりとさせた。

「育代さん、冗談はやめてください。あの、本当にわたしは探偵なんかじゃなくて、ただの住み込みのお手伝いなんです。たまたま運良く、その……謎みたいなことを解決できただけなんです」

「そ、そうですか」

「ですので、お役には立てないかもしれませんが……」

できるだけハードルを下げようと努力する須美子だったが、育代がそれを一蹴(いっしゅう)した。

「そんなの話を聞いてみないと分からないでしょう。ねえ美桜ちゃん」

「うん！」

無邪気に喜ぶ美桜に、絶対に大丈夫だから安心してね——と育代はさらに大風呂敷を広げた。

3

須美子の浅見家での仕事は、一応週末の二日間は休みということになっている。

しかし、須美子は家にいる限りはできるだけ普段どおりを心がけていた。大奥様の雪江、それに陽一郎の妻で若奥様の和子(かずこ)は、「須美ちゃんは働き過ぎなんだから」と言ってくれる。だが、須美子自身、体を動かしていたほうがなんとなく落ち着くというのもあるし、なにより浅見家で自分が必要とされている実感が嬉しかったりもするのだ。

今日も土曜日にもかかわらず、自分の分のついでですからと昼食を準備し、そして、ついでですからと言って皆の分も片付け、食器を洗っていた。

「須美ちゃん、今日はどこかへお出掛けだって言ってたわよね」

和子が姑(しゅうとめ)のお茶を淹れながら微笑んだ。今日の外出の目的は誰にも話していない。

探偵――。

この家ではこの言葉は禁句中の禁句なのだ。

それというのも、雪江もしょっちゅう小言を口にしているが、光彦の、「探偵の真似事」に原因がある。浅見家の次男坊が素人探偵として活躍することで、警察庁刑事局長という要職にある長男の陽一郎に迷惑がかかるのではないかと、雪江が必要以上に心配しているからだ。

けれど、その雪江自身も光彦の才能を密かに誇りに思っている節もあり、その複雑多岐な心情を推し量るのは難しい。とにもかくにも、「探偵」とか「事件」などという言葉を、この家の中では使わないのが得策なのだ。

「はい。お洗濯物を取り込む時間までには戻れると思うんですけど」

「もう！　いいのよ、そんなこと気にしなくて。洗濯物なんか、わたしがやっておくから大丈夫よ」

「ありがとうございます」

「花春の小松原さんとって言ってたわよね？　どこへ行くの？」

他意のない瞳で和子が訊ねてくる。

「ええ……っと、花春さんのお客さまのお宅へお呼ばれしていて、お庭を見せていただくことになっているんです」

「あら、でもまだお花が咲くには早いんじゃない？」

「……それがたしか、早咲きの品種の水仙とか、あ、他にも椿なんかがあるんだそうです」

「へえ、そうなの。珍しいわね。楽しんできてね」

「はい」

須美子はしどろもどろになりながらも、なんとか今日の外出先と目的をごまかすことに成功した。

「こんにちは。みたらし団子と、豆大福を五個ずつお願いします」

浅見家から歩いて十分ほどのところにある平塚亭。ここは上中里駅へ続く坂の上、平塚神社の参道脇にある、浅見家御用達の和菓子店だ。

「須美ちゃん、いつもありがとうございます」

どこか育代と似た雰囲気の大福のように福々した顔の女将さんが、のんびりした口調で迎えてくれる。ここのみたらし団子は雪江の大好物でもあり、須美子はよくお使いで訪れている。

「こちらこそ、いつも美味しいお菓子をありがとうございます」

「坊っちゃんはお元気？」

女将さんの言う「坊っちゃん」とは光彦のことだ。幼少の頃から光彦のことを知る女将さんは、三十三にもなった光彦のことをいまだに「坊っちゃん」と呼ぶ。きっと、百八十センチ近い身長の今も、女将さんの目にはランドセルを背負っていた頃の姿が重なって見えるのだろう。かく言う須美子も光彦のことを「坊っちゃま」と呼んでいるが、それはまた別の理由だ。

須美子が十九歳になる春に浅見家へ来たとき、光彦は二十代半ばだった。もう「坊っちゃま」というような幼さは当然残ってはいない。それがなぜ、「坊っちゃま」と呼ぶことになったのかというと、先代のキヨがそう呼んでいたのを引き継いだからだ。光彦が生まれる前から働いていたキヨが「坊っちゃま」と呼び続けたのは自然のことだが、須美子は違う。光彦本人からも、「いい年をして、恥ずかしいからやめてくれよ」と何度も言われている。

……だが、ではなんと呼べばいいのだろうか。

「『光彦さん』でいいじゃないか」と本人から言われ、自室で一度、口にしてみたことがある。だが、あまりの恥ずかしさに、とても実践することはできないと思った。

だから、浅見家に来て九年が経った今も須美子は――。

「はい。坊っちゃまはお変わりありません」

そう光彦のことを口にするのだった。

女将さんは、「たまには顔を見せてと伝えてくださいね」と言いながら、手早く商品を包んでくれた。

「虹の桜って、染め花という可能性はないでしょうか？」

美桜への手土産を買い終え、花春の店の前で育代と合流した須美子は、すぐにそう提案した。一応、昨日帰宅してからも、ずっと考えていたのだ。

「染め花？」

「はい。お祖父様がおっしゃったという『絵とはちょっと違うなあ』という言葉から、『絵ではないけれど通じるところがある』という意味ではないかと考えてみたんです。それで、『染める』という行為がそれに該当するのではないかなと思いまして」

「あ、なるほど。染め花一本なら、美桜ちゃんが持って来てた五百円というのもあるかもしれないわね。……そういえば、レインボーローズっていうのは聞いたことがあるわ」

「へえ、虹の薔薇ですか」

「うん。染め花はあまり好きじゃないからうちでは扱ってないけどね。たしかにそれなら虹の桜っていうのも可能性はありそうだけど……須美ちゃん、染め花の作り方って知ってる？」

「いえ、詳しくは知りません。かすみ草がカラフルになって売られているのを時々見るくらいで」

「えっとね、染色液に切り花の茎をつけて、液を吸わせて花の部分を染めるの。白い花に赤い染色液を吸わせたら赤い花になるし、青い染色液なら青い花になるの。さらに茎を縦四つに裂いて、四色の染色液につければ、一輪の薔薇が四つの色で染まったりもするわ。他にもガーベラとかチューリップとか、茎がしっかりしているお花ならだいたいできると思うわね。……でも、桜の染め花っていうのは聞いたことがないのよねえ……」

「最近では、切り花用に育てられてる種類の桜もあるって、ニュースでやってましたよ」

「ああ、あるみたいね。あ、そういえば桜の盆栽っていうのも、最近では人気があるらしいわよ」

「へえ、珍しいですね」

「わたしは盆栽って扱ったことがないけど、上手に育てれば結構長持ちして、何十年も同じ株を育てられるそうよ」

「じゃあ、お部屋でお花見ができるわけですね？」

「そうね。あ、でも、ソメイヨシノは向いてないみたいよ。旭山桜とか十月桜とか、あと河津桜なんかが盆栽には向いてるんじゃなかったかしら」

河津桜は有名だが、他の種類は須美子は聞いたことがなかった。

「その盆栽の花が咲いた段階で、根っこを七色の水につけたら虹の桜に……なんて、ならないですよねえ？」

「さすがに無理だと思うわ。まあ、同じ染め花でもスプレーで花びらに色を着色するとかならできそうだけど……」

育代が顔をしかめて言う。染め花はあまり好きじゃないと言っていたが、色を付けるという行為はもっと許容しがたいのかもしれない。

「たしかにそれなら、『絵とはちょっと違うなあ』という言葉も染め花より近いですね」

「うーん。じゃあ、それのことなのかしら……」

「いえ。自分で染め花の話をしておいてなんですが、佳乃さんはインターネットで『虹の桜』が売ってないか調べてみたって言ってましたからね。もし、染め花でもそういう虹の桜があるのなら、昨日、話に出てましたよねえ」

「ああ、そうよねえ」

そんなことを話しているうちにも、目的地が見えてきた。

目指す美桜の家は商店街に程近い住宅街にあった。花春からは徒歩十分くらいのものである。

少し細い路地を入った先、二人は赤い瓦葺(かわらぶ)きの屋根の日本家屋の前で足を止めた。「宮島」という表札が門柱に掲げられている。

インターフォンを押すと、しばらくして玄関から母親の佳乃が顔を出し、門まで駆けてきた。

「いらっしゃいませ。わざわざすみません」

「いえ、こちらこそ、お父さまのことで大変なときに、押しかけてしまってすみません。あの……本当はご迷惑だったんではないでしょうか……」

「いえ、そんなことは……実は今、夫が単身赴任で北海道へ行っているんです。それで、今この家にはわたしと美桜の二人だけで、少し淋しかったところですし、どうぞお気になさらないでください。――さあさあ、どうぞ、中へ」

　言葉の端々に気を遣ってくれていることを感じながら、須美子は玄関で靴を脱いで、雪江に教わった作法どおりに揃えた。

　佳乃は須美子と育代を客間に案内すると、「お茶をお持ちしますね」とすぐに出て行った。

　客間は仏間との二間続きになっていて、ほどよく暖房が効いている。

　浅見家ほどではないが、なかなか立派な構えの邸宅だ。それに、あちこちリフォームされているようではあるが、年代を感じさせる建物だった。

　仏間にある立派な仏壇の上には、男性一人と女性二人の遺影が、優しげに微笑んでいる。

　佳乃がお茶の載ったお盆を捧げ持ってしずしずと戻ってきた。須美子の視線を追って、佳乃も仏間の写真を見上げ、聞かれるともなく言った。

「あちらから順に、わたしの祖父母と五年前に亡くなった母です。祖母の名前は八重（やえ）、母の名前はサクラというんですよ」

「あ、そして佳乃さんに美桜ちゃん――ということは、みなさん桜にちなんだお名前なんですね？」

「はい。わたしの名前と美桜の名前は父がつけました。わたしの佳乃は当て字ですけど、母なんて、カタカナで『サクラ』と、そのままなんですよね」

「へえ、みんな素敵なお名前ねえ。あ、えっと宮島さん――」

「佳乃と呼んでください。紛らわしくなってしまうと思いますので」

「ありがとう佳乃さん。わたしも育代でいいからね」

花春での口調と違い、いつもの育代らしい話し方になっている。

「わたしも須美子でお願いします」

「はい。ありがとうございます」

「ねえ、佳乃さん。もしかして、男性陣の名前も桜に関係しているの？」

「いえ、夫は正之、父は久吉で、祖父は熊太郎といいます」

そう言って、佳乃は祖父の写真に目をやった。

「あらあ、熊太郎さんって、強そうなお名前ねえ。お写真だと優しそうなお顔だけど」

「祖父はわたしが中学生のときに亡くなったんですけど、いつもニコニコしていて名前のイメージとはぜんぜん違いましたね」

「じゃあ、怖い熊じゃなくて、ぬいぐるみみたいな可愛い熊さんだったのね」

「ふふふ、そうですね」

「……あの、こちらのお宅は佳乃さんの生家でしょうか？」

女性陣と男性陣の名前から推察して、須美子は訊ねてみた。

「はい。夫は婿養子でして。あ、実は父も婿養子なんです」

「あら、そうだったの。じゃあ、宮島家の女性陣はみんなずっと北区民なのね」

「そうですね、戦後まもなくここに引っ越してきてずっとです。それに祖母の生家も戦前に飛鳥山の近くで医院をやっていたそうですから、我が家の家系は、もうずっとこの街で暮らしていることになります。――あ、美桜を呼んできますね」

佳乃が再び部屋を出て行ったあと、須美子は視線を窓の外に向けた。

二間続きの縁側の向こうには庭が広がっている。家を出る際に、和子へは早咲きの水仙やら椿だとか嘘をついてしまったが、やはりこの時期の植栽は彩りがなく、どこか殺伐とした感じがする。


「こんにちは！」

ふすまを開けるなりテーブルの向かいに走ってくると、美桜はきちんと正座し、頭を下げた。

「こんにちは美桜ちゃん。あらためまして、わたしは花春の小松原育代っていいます。近所の子どもたちには、育代おばさんって呼ばれてるから、美桜ちゃんもそう呼んでね」

「わたしは吉田須美子です」

育代に続けて須美子が名乗ると、美桜も「宮島美桜です」と口にしてから、「ほら、お母さんも」と言った。

「宮島佳乃です」

美桜に促されて、佳乃は笑いながらあらためて自己紹介をすることになった。

「美桜ちゃん、早速だけど、お祖父ちゃんが『虹の桜』って言ってたのはいつのことだったか覚えてる？」

あらたまった挨拶を終えると、育代が早速、勢い込んで質問を始めた。

「えっと、お祖父ちゃんが病気になる前の前の日だから――」

美桜が壁のカレンダーに目を向ける。

「一月十五日です」と佳乃が答えた。

（一週間前か――）と須美子は思い、美桜がどれくらい覚えているだろうかと気になった。

「それでね、美桜が学校から帰ってきたら、この部屋にお客さんが来ていたの」

育代は美桜に質問を重ねる。

「何時頃だったのかな？」

「午後の授業がお休みの日だったから、一時半頃だったと思う」

「お客さんは車で来ていたのかしら？」

「分かんない」

「じゃあ、そのお客さんのこと、詳しく聞かせてくれるかしら？　男の人？　女の人？」

「男の人」

「いくつくらいだったか分かる？」

「うーんと、分かんないけどお父さんくらいかなあ」

美桜が答えると、「夫はわたしと同じで今年四十五になります」と佳乃が付け足した。

「そっか、そのとき二人がなんのお話をしてたか覚えてる？」

「……ううん。覚えてない」

「そのおじさんはどんな服を着ていたかしら？　髪型とか覚えていない？」

「うーん……」

「おヒゲが生えていたとか、なんでもいいんだけど……」

「……」

困ったように顔をしかめる美桜を見て、育代も同じような表情で向き合う。傍から見ると、まるでにらめっこでもしているかのようだ。

「ねえ美桜ちゃん。ちょっと再現してみよっか」

行き詰まった育代の質問を見かねて、須美子がおもむろに口を開いた。

「サイゲン？」

「うん、美桜ちゃんは、どこからお祖父ちゃんと男の人を見てたのかな」

「えっとね」

そう言って美桜は立ち上がると、ふすまを開けて廊下に出る。

「こんな感じ」

美桜は十センチほどふすまを開いて、可愛くこちらを覗き込んでみせる。

「ふすまはそれくらい開いていたの？」

「うん、ちょっとだけ開いてた。それでこっそり覗いたら男の人がいたの」

「お祖父ちゃんと男の人はどこに座ってたか覚えてる？」

「今お母さんがいるところにお祖父ちゃんがいて、育代おばさんのところに男の人がいた」

「すごい、よく覚えてるね」

須美子が褒めると嬉しそうに「へへ」っと美桜は笑ってから、「あ、テーブルの上になんか載ってた気がする！」と言った。その日のシチュエーションを再現したことで、美桜の記憶が刺激されたようだ。

「どれくらいの大きさだったかな？」

「えっとね、そんなに大きくなかった気がするけど……」

「これくらいかな？」

須美子が両手で丸を作る。

「あ、それくらい！」

「じゃあ、色はどうかな？」

「色？……色は……あっ、黄色！　そうだレモンだよ！」

美桜の言葉に佳乃は「レモンなんて、あったかしら」と、キッチンのほうを見て不思議そうな顔をする。

「そうだ。えっと、そのときって、佳乃さんは家にいらっしゃらなかったんですか？」

須美子が不思議に思って訊ねると、出掛けていたようで、「わたしはその日、夕方まで留守にしていたんです」という答えが返ってきた。

「そうでしたか」

「でもわたしが帰ってきたときに、レモンなんてありませんでしたし、家の中でも見なかったと思いますけど……あ、そういえば、レモンじゃなくて、ダイニングテーブルに最中は置いてありました。……ねえ、美桜。レモンじゃなくて最中だったんじゃない？」

「違うよ。あのお菓子はね、山岸さんにもらったって、お祖父ちゃん言ってたよ。囲碁をしに来たとき、おやつにって持ってきてくれたんだって」

「ああ、そういえばそう言ってたわね」

「……あ！　いけない。忘れてました。お菓子で思い出しましたけど、これ、美桜ちゃんにお土産です」

須美子が「すみません、お渡しするのが遅くなって」と、平塚亭のお菓子の包みを差し出す。

美桜はふすまを大きく開けて室内に戻ってくると「やったー、平塚亭だ！」と小躍りして喜んだ。

育代は須美子の耳元に顔を近づけると、「あとで半分払うからね」と小声で伝えてきた。

「お気遣いいただいてすみません。この子、子どものくせに舌が肥えてて、平塚亭さんの和菓子が大好物なんですよ」

「それはちょうどよかったです。ケーキのほうがいいかなって思ったんですけど……」

「いえいえ、この子、生クリームよりあんこのほうが好きみたいなんです。父がよく食べさせていたからかもしれませんが」

「わーい、お団子と豆大福だ！」

青と白の柄の包装紙が巻かれた透明パックの隙間から、中身が確認できたらしい。

「もう、この子ったら」と言ってから、「今お皿を持ってきますのでご一緒に」と佳乃は席を立った。

「あ、いえ。わたしたちは――」

遠慮の言葉を投げたが、美桜が「みんなで食べようよ」と決定事項のように言い置いて、母親のあとを追いかけた。

母娘はすぐに小皿と懐紙と、黒文字、それに取り箸を持って戻って来た。

「お持たせですが」

佳乃がそう言って、みたらし団子と豆大福を取り分けてくれる。その仕草がなんとも優雅で、大奥様の雪江がお茶席でする作法を思い起こさせた。

「すみません。お言葉に甘えてご相伴にあずからせていただきます」

「いえ、こちらこそご馳走様です」

須美子が申し訳なさそうに頭を下げると、佳乃も丁寧にお辞儀を返した。

「ねえ、ごしょうばんってなあに？」

美桜は首を傾げると、言葉を発した須美子ではなく育代に目を向けた。須美子はご相伴の「相伴」の詳しい意味を知らなかったので、質問が自分に対してではなくほっとした。

「ごしょうばんっていうのは……あれ、どんな字を書くんだったかしら。ごしょうばん、ごしょうばん……あっ！『碁盤』と『将棋盤』が合体した言葉かしら？」

さすがにそれは違うのでは――と、須美子は心の中でツッコミを入れたが、育代の面子(メンツ)を潰してはと考え、しばらく静観することにした。

「あ、それ知ってる！　お祖父ちゃんが、いつも山岸のお爺(じい)ちゃんとするときに使ってるよ。美桜も時々、縁側に運ぶの手伝ってあげるの」

「あら、そうなの」

「うん。でもそれで、どういう意味？」

「えっ……そ、それはね、あ、分かった！　美桜ちゃんのお祖父ちゃんと、山岸のお爺ちゃんっていう人は仲良しでしょう？」

「うん。昔からお友だちなんだって。お祖父ちゃんね、『えいきっちゃん』って呼ぶの。それでね、山岸のお爺ちゃんは『ひさきっちゃん』って呼ぶんだよ。年も同じでね、おうちもすぐ近くで同じ赤い屋根なの」

たしか美桜の祖父の名は久吉と言っていたから、山岸という人物はおそらく『栄吉（えいきち）』という名前なのだろうと須美子は推測した。

「そうなの。じゃあ、とっても仲良しね。つまり、仲良し同士で一緒に食べましょうっていうのが、『ごしょうばん』っていうこと……じゃないかしら……多分……もしかしたらだけど……」

最後のほうは聞こえないような音量だった。

「へえ、そうなの。でも、将棋の『ぎ』はどこへ行っちゃったの？」

不思議そうに美桜が訊ねる。

「え……」

「碁盤と将棋盤で『ごしょうばん』なら、『ぎ』が足りないよ？」

「それはまあ……ご愛敬ということで……」

「ごあいきょうってなあに？　何と何が合体したの？」

「………」

　須美子は育代のでたらめな情報を美桜が信じてしまっていることが心配になり、佳乃に視線を送った。それを受けて佳乃は、あとで説明しますとでもいうように微笑みながらうなずいたあと、「美桜、早くお菓子をいただきましょう」と言った。

「うん！　いただきます」

「ふう……わたしも、いただきます」

　冷や汗をかいたのだろう、育代は額を拭ったあと、黒文字を使って豆大福を半分に切ろうとする。だがうまく切れないようで、途中で諦めると手で摘まんで口へ運んだ。

　須美子はそんな育代を横目で見ながら、美桜の意識を虹の桜に戻すように話しかけた。

「美桜ちゃん、食べながらまた考えてほしいんだけど、さっきテーブルの上にレモンがあったって言ってたでしょう」

　戸棚の上からウェットティッシュを持ってきて、育代に差し出しながら、美桜は答える。

「うん」

「他には何か思い出せそうなことはないかな」

　美桜はみたらし団子を一つ口に入れると、「うーん」と言って目を閉じて咀嚼する。少しして、ごくんと団子を飲み込むと「それだけかな」と続けた。

「そっか。それじゃあ、今度は例の『虹の桜』について思い出してもらえるかな。それを聞いたのは、レモンを見たあと？」

「あと……あっ！　あとっていうか、ランドセルを置きに二階に行って、下りてきてからだよ」

「じゃあ今度は、ランドセルを置いて戻ってきたときのことを再現してみよっか。あ、食べてからでいいからね」

「うん」

美桜は美味しそうにお団子を食べ終えたあと、「お腹いっぱいになっちゃった。豆大福はあとで食べよっと」と言って、自分もウェットティッシュで手を拭いて立ち上がった。

「須美子お姉ちゃん、ちょっと待っててね」

美桜がそう言って部屋を出て行き、階段を上る音が聞こえた。

すぐに下ってくる音が聞こえ、部屋のふすまをそっと開けた。どうやら、ランドセルを置きに行って戻ってくるところから再現してくれたらしい。

「えーとね……お客さんのおじさんの背中が見えて……お祖父ちゃんが『虹の桜』って言ったの」

「そっか、そのときもレモンはテーブルの上にあったんだよね？」

「うん」

「他には何か思い出せるかなあ？」

須美子が小さく首を傾けて訊ねると、美桜も同じように首を捻って「うーん」と考える。

「あ……そうだ！　青いのもあった！」

「青色？」

「うん、黄色はレモンでしょう。青はねえ、おじさんが大きな鞄から青いファイルみたいのを出してた気がする」

「すごい！　よく思い出したわね」

育代が手を叩いてほめる。須美子も笑顔でうなずいてみせてから、「青いファイルって、透明なクリアファイルのことかな？」と訊ねる。

「うんとね、黒沢先生が持っているのと同じのだったかな。透明のぺらぺらしたのがいっぱいあって、そこに紙が入っているの」

黒沢というのは美桜の学校の担任教師なのだろう。須美子は美桜の説明を受けて、「あ、じゃあクリアブックという感じかな。その表紙が青かったのね」と確認した。

「うん」

「中は見えなかった？」

「うん。閉じてたから見えなかった」

「そっか。ありがとう美桜ちゃん、思い出してくれて」

色々と思い起こせたことが自分でも誇らしいらしく、満面の笑みを浮かべて美桜は意気揚々と話を続ける。

「それでね、おじさんが帰ったあとに、お祖父ちゃんが縁側にいたから、『さっき言ってた虹の桜ってなあに？　お祖父ちゃんが描いた絵？』って聞いたの。そうしたら、『絵とはちょっと違うなあ』って」

「うんうん、それから？」

そのやりとりは花春で聞いたなと思いながら、須美子は先を促す。

「虹の桜、美桜も見たいって言ったら、今はないんだよって。いつ見られるのって聞いたら、じゃあ今度、買ってみるかなって言ってくれたの」

「あら、そんな気軽に買えるものなのね」と育代は言うと、「じゃあ、やっぱり桜の染め花ができるのかしら……」と、腕を組んで考え込むように視線を天井に向けた。

「染め花？」

育代の言葉が気になったようで、佳乃が質問を差し挟んだ。須美子は「あ、実はこちらに伺う前に――」と、染め花やスプレーで色を付けるという考えが挙がったくだりを説明した。

「なるほど……」

「でも、佳乃さんがインターネットで、『虹の桜』というワードで検索した際、該当しそうな花が出てきていたら目に留まりますよね」

須美子が念のため佳乃に確認すると、「絶対とは言えませんが、花に注目して探していましたので、多分気づいていると思います」という答えが返ってきた。

「そうですよねえ……あ、そうだ。美桜ちゃん、その虹の桜の値段のことって、お祖父ちゃんはなんて言ってたのかな」

昨日美桜が、「安いのでいいです」と言って、五百円玉を差し出したことを須美子は思い出しながら訊ねた。

「えーっと、一番高いのだと三十万以上はするなあって。そんなのお祖父ちゃんが貧乏になっちゃうよって言ったら、大丈夫だよって笑って、一番安いのだったら五百円もしないはずだからって」

そういうことだったのか――と、須美子は美桜が五百円玉を持ってきたことが腑に落ちた。

「三十万円ねえ。何本なのか分からないけど、染め花にしては法外な気がするわね」

育代は専門家らしく難しい顔を作って宙を睨んでいる。

（……っ！）

育代の言葉を聞いて、不意に須美子の脳裏にある可能性が浮かんだ。だが――。

須美子は時計を見ている美桜に視線を向けて迷う。

（どうしよう――）

美桜のいる前では話しづらい話題だ。

「美桜ちゃん、どうしたの？」

時計をちらちら見ている美桜に育代が声をかけた。

「なんでもない……です」

急にかしこまった口調で美桜は答えた。

（あ……）

須美子はもしかしてと思い、「美桜ちゃん、お話聞かせてくれてありがとう」と言ってから、「また聞きたいことがあったら声をかけるから、それまで休憩しててくれるかな」と言ってみた。

「え……うん！」

美桜は笑顔になって、すぐに廊下へ駆け出していった。

「なんだか美桜ちゃん、慌ててなかった？」

育代が不思議そうに言うと、「すみません。多分、見たいテレビの時間なんだと思います」と佳乃が答えた。

「ああ、そうだったのね」と育代は笑った。

時間を気にしていたので、何か約束でもあるのかと須美子は思っていたが、当たらずとも遠からずだった。

「折角来ていただいているのに本当にすみません。録画予約もしてあるはずなんですけど、見終わったら、そのアニメの感想をお友だちと言い合う約束になっているとかで」と頭を下げる佳乃に、「いいえ、ちょうどよかったんです」と須美子は答えてから、育代に目を向けた。

「育代さん。先ほどの話ですが、染め花じゃなくて盆栽なら、三十万という金額は高すぎませんよね？」

「え？　ああ、そうね。盆栽なら数十万とか数百万なんていうのも聞くけど……あ、でも道中にも話したけど、虹の桜の盆栽は無理だと思うわよ……」

「作れないのにお金だけ取ったら、それって――」

須美子は一度、言葉を止めてから「詐欺ですよね」と続けた。

「あっ……」

育代は口を開いたまま硬直する。緊迫した表情だ。

「インターネットで調べても見つからないのは存在しない商品だからで、詐欺師も『貴重な品だから訪問販売限定』とか言って、一週間後にまた来るとか言っているのかもしれません」

須美子の説明に佳乃もハッとしたように目を見開いてから、「……あの、昨夜のニュース、ご覧になりましたか？　武田信玄の――」と言いかけた。

すると育代が「あ、見たわ！」と言って続けた。

「信玄の黄金発掘プロジェクトっていう投資詐欺よね。一口百万円で山を片っ端から買い取って掘り起こして、見つかった金塊を山分けするっていう嘘の話でしょう。配当金は少なく見積もっても一人一千万にはなるっていう謳い文句だったみたいね」

須美子はそのニュースを知らなかった。

「もしかして、例の男の人が持ってきたレモンも投資詐欺の話だったんでしょうか……」

佳乃の言葉に、須美子は「可能性はあると思います」と、あくまで慎重に答えた。だが、育代は「間違いないわよ！」と言って、持論を展開し始めた。

「黄金のレモンを育てるから一口乗らないかっていう、フルーツ詐欺、ううんフルフル詐欺よ！」

オレオレ詐欺みたいな名称はいかがなものかと思ったが、須美子も、もし詐欺だったとしたら――という前提で育代の言葉を補足した。

「佳乃さんがレモンを見ていないということも、詐欺の可能性が高いといえるかもしれません。まっとうな営業ならそもそも名刺とかパンフレット類を置いていきそうなものですが、それらもなかったんですよね？」

もし、そんな物が佳乃の目に触れるところにあったのなら、とっくに須美子や育代に見せてくれているだろうと思ったが、念のため確認してみた。

「はい、見当たりませんでした。わたしも美桜から来客があったと聞いたとき、営業の人かなと思いましたので、なんとなく気にかけていましたから、家の中で見かければ気づいたと思います。あ、でも父の部屋なんかは隅々まで探したわけではありません」

佳乃の答えを受け、須美子は「もしかしたらですけど、証拠を残さないようレモンは男が持って帰ったとも考えられますよね」と思いつきを口にした。

「きっと、そうよ！　金箔を貼りつけた偽物の黄金レモンだったのよ。その苗木を一本百万円で買えばオーナーになれますと謳って、黄金レモンが収穫できたら一千万の儲けが出るとかって、きっとそんな話に違いないわ」

黄金レモンかどうかは分からないが、須美子は育代の意見を否定せず「桜のほうは――」と話し始めた。

「レモンと違って本物は見せられないでしょうから、美桜ちゃんが目撃した青いクリアブックに偽物の加工した盆栽の写真が入っていたのではないでしょうか。虹の桜の写真です。成長すると、このようになると謳って、普通の桜の盆栽を売りつけようとしていた」

「……なるほど、父ももうすぐ八十になりますから、そういう詐欺にひっかかってもおかしくないのかもしれませんね……」

佳乃は「ああ……」と、深くため息をついた。

「あ、いえ……まだそうと決まったわけではありません。可能性の一つとしてお話ししているだけなんです」

須美子は慌ててそう説明してから、さらに言葉を付け加えた。

「正直なところ、詐欺だとすると一つ気になる点が残っていますし——」

「え、なんのこと？」

「虹の桜の金額です」

「ああ、高くて三十万円じゃ安いってことね。たしかに一千万なんていう盆栽もあるけど、本命は黄金レモンだからなんじゃない……？」

「いえ、高いほうも違和感はありますが、安くて五百円というのがより気になります。虹の桜の盆栽を五百円でいかがですか？　——って言われたら、逆に安すぎて怪しく感じるのではないでしょうか」

「ああ、そうか」

「詐欺だとすると、この金額がしっくりこないんですよね」

「でも、最初は三十万だったのを、お父さんが『高いなあ』と言ったから、安いのだと五百円のもありますよって言ったのかもしれないわよ……」

「九十九パーセント以上も安い商品ですか？　それこそあり得ない気がしてしまうと思いますけど……」

「そりゃそうねえ。じゃあ、須美ちゃんは詐欺じゃないっていうの？」

「正直なところ分かりません。今の時点では、詐欺の可能性は高いと思うのですけど、なにかこう気持ちが悪いというか、すっきりしないというか——」

4

ひとまず佳乃には詐欺の可能性はあるが、もう少し調べさせてほしいと言って、須美子と育代は宮島家をあとにした。

「そうだ。忘れないうちに、はい平塚亭さんのお代ね」

門を出たところで育代は立ち止まると、財布から小銭を出した。

「いえ、今回はわたしに払わせてください」

「ダメよ。こういうことはきっちりしないと」

「じゃあ、次回は育代さんにお願いするということで今回は——」

「次回なんてあてにならないから、今受け取ってちょうだいな。はい」

「そんな、わたしが勝手に買ったのに受け取れませんよ」

無理矢理に押しつけてくるお金を、須美子は押し返した。

「ダメよ。受け取ってちょうだい」

「こっちこそダメですよ」

「ダメって言ってもダメよ――」

二十代半ばと還暦手前の二人の女性が、お互いの手を摑んで押し合いをするようなやりとりが続く。その横をコートを着た若いサラリーマンが、「コントかよ」と言って笑いながら通り過ぎて行った。

「じゃ、じゃあ……遠慮なくいただきます」

「う、うん」

恥ずかしそうに顔を赤くした二人は、うつむき加減で寸劇を終えた。

育代から受け取ったお金を財布に入れた須美子は、「あ、そうだ」と言って、がま口のらっきょう玉をパチンと鳴らした。

「どうしたの、須美ちゃん？」

「さっき、山岸さんという方の名前が出ていましたよね」

「ああ、最中をくれたっていうご近所さんだっけ？」

「はい。ちょっとその方とお話をしてみたいんですけど、突然お邪魔したらご迷惑ですよね……」

「まあ、都合が悪ければ出直せばいいんだから、とりあえず訪ねてみてもいいんじゃないかしら。でも須美ちゃん、どうして山岸さんとお話がしたいの？」

「美桜ちゃんが男の人を見たのが学校から帰ってきた一時半頃って言ってましたよね。そして、山岸さんがおやつにって最中をくれたということは三時頃かなと思いまして。だとすると、その男の人とすれ違っているとか、そこまでは肉薄していなくても囲碁の対局中に、先ほどまで来ていた来客について何か話をしているかもしれないなと思いまして」

「ああ、なるほど。そうね。――えっと、たしか美桜ちゃん、近くの赤い屋根のおうちって言ってたわよねえ」

「はい。あ、あと、レモンなんですけど――」

須美子の言葉の途中で、「あ、あれじゃない！」と育代が人差し指を向けた。

その方向を見ると、宮島家から五十メートルも離れていないところに、赤い屋根が見えた。

二人三脚のように歩幅を合わせながら小走りに行ってみると、「山岸栄吉」と表札が出ている。

「あ、大当たりみたい！　たしか美桜ちゃん、『えいきっちゃん』、『ひさきっちゃん』って言ってたわよね。よし、ここはわたしに任せてちょうだい」

育代はそう言うと、なんのためらいもなくインターフォンを押した。

「――はい、もしもし山岸です……ああ電話じゃなかったな、どちらさん？」

須美子は思わず笑いそうになってしまった。育代も「ふふっ」と口元を押さえたが、すぐに咳払いをして仕切り直した。

「えっと、霜降銀座商店街の花春といいますけど、宮島久吉さんのことでちょっとお話をお伺いできないでしょうか」

育代は須美子を押しのけるように一歩前へ出ると、インターフォンに口を近づけて話しかけた。カメラがついているタイプなので、あれでは先方は育代の鼻しか見えていないのではないだろうかと心配したが、山岸はそんなことは意に介さず、「久きっちゃんのことかい？　ちょっと待ってな」と、応じてくれるようだ。

すぐに玄関から出てきたのは、背の低い矍鑠とした老人だった。久吉と同い年と言っていたから、八十歳に近いはずだが、背筋もぴんと伸びており、年齢よりも若々しく感じる。

「こんにちは。花春の小松原と申します。突然すみません。あ、こちらは吉田須美子さん。わたしたち、久吉さんのお孫さんの美桜ちゃんに頼まれて、探し物をしているんですけど、山岸さんのお話を聞かせていただけませんか？」

「ん？　よく分からんが美桜ちゃんの探し物なら手伝わんとな。立ち話でいいかい？」

「あ、はい」

「それで、何が聞きたい？　さっきインターフォンでは久きっちゃんのことと言うてなったか？」

開けた門扉に手を乗せて山岸が首を傾げる。

「えっと……」

育代がちらっと須美子を見たので、聞き役をバトンタッチすることにした。

「わたしから説明させていただきます。あの山岸さんは、久吉さんが今、その……」

「ああ入院しとることかな」

「あ、ご存じでしたか。実は——」

須美子は久吉が入院する前にあった出来事を話し、美桜が虹の桜を探すことになった経緯を説明した。

「……なるほどなあ。美桜ちゃんが、その虹の桜をお見舞いに持って行きたいと言ってるのか。小さいのに優しい子だなあ」

山岸が目を細めて言う。

「それで、その虹の桜がどういうものなのかを探しているところなのですが、山岸さんは久吉さんが倒れる二日前に、囲碁をしに宮島家にいらっしゃってますよね。多分、午後三時頃じゃないかと思うんですけど」

「うーん、しょっちゅう出入りしてるからなあ、たしかにその日かと言われてもなあ……」

「山岸さんが美桜ちゃんに、最中を持ってきてくださった日ですが……」

「おお、思い出した。あの日なあ。うん、たしかに一局打った。あの日は久きっちゃんの調子が良くてなあ。あっさり決着がついてしまって、最中のお礼の残念賞だと言ってレモンをもらったな」

「えっ！　レモン!!」

育代の声があたりの住宅街に響く。

「……なんで、そんな驚くんかい。年寄りにレモンは似合わんか？」

「い、いえ、そういうわけでは……」

「久きっちゃんはわしが酎ハイが好きなのを知っておるからな、レモンハイにでもってくれたんだ。久きっちゃんのほうは酒をあんまり飲まんからな」

「レモン……ここにあったのね……」

育代は消え入るような声で言うと、呆然とした表情を浮かべた。一方の須美子は、そこまで驚いてはいなかった。その可能性はあるかもしれないと思って、さっき口にしようとしていたからだ。

「レモンがどうかしたんかい？」

「そのレモンって珍しいものだとか、久吉さんは言ってませんでしたか？」

気軽に栄吉に譲った時点で、レモンのほうの詐欺の可能性は限りなく低くなっていたのだが、須美子は念のため確認しておくことにした。

「おや、そうなんかい？　それは聞かんかったが、もらい物で悪いけどとは言っておったた。
　育代はまだ『黄金詐欺』にこだわっているようで、須美子と栄吉の話に割って入ってき
「あの、そのレモンって、金箔がついていませんでした？」
「聞いておらんなあ」
「誰にもらったかは仰ってませんでしたか？」
な」
「金箔？　いや、普通の黄色いレモンだったなあ」
「……そうですか。ちなみに、そのレモンってもう使ってしまわれましたか？　皮だけで
も残ってないでしょうか？」
　須美子がわずかな望みに期待を寄せる。断片だけでも、真相を突き止める手がかりにな
るかもしれないと思ったのだ。
「ああ、すまんが跡形もないわ。わしが酒に入れた残りを、うちのが孫にレモンケーキを
作ってやるとかで、皮ごと全部使っちまったからなあ……残しとけばよかったかい？」
「あ、いえ。すみません、変なことを聞いて」と須美子は軽く頭を下げてから、別のこと
を訊ねた。
「……あの、山岸さんがいらっしゃったとき、久吉さんのお宅に誰かお客様がお見えにな
ってませんでしたか？　あるいは出て行くところを見かけたりとか？」

「いや。見とらんなあ」

「そうですか。あ、じゃあ囲碁の対局中に、来客があった話や、虹の桜の話って出ませんでしたか？」

「いや、しておらんと思うぞ。特に虹の桜なんてそんな珍しい言葉が出とったら、さすがに覚えておるだろうし」

「そう……ですよね」

須美子が次の質問を考えていると、育代が「そういえば、美桜ちゃんから久吉さんと山岸さんは昔からのお友だちとお伺いしたんですけど」と嘴（くちばし）を挟んだ。すると、難しい顔をして考え込んでいた山岸が相好を崩した。

「おお、久きっちゃんとは同じ長野県の出身でなあ、偶然、二人とも小学校を出る頃にこの街に越してきたんだ。中学の入学式で会って、名前も栄吉に久吉で、すぐに仲良くなった。高校に上がるときに久きっちゃんは一度、家の都合で引っ越したが、しばらくしてまた戻ってきてな。——わしと違って久きっちゃんは頭も良くてなあ、数学のテストなんかいつも倍は点数が違ったもんさ。頭の回転が速いから計算も速いんだな。いまだに陣地が何目差かも、あっという間に数えてしまう」

最後は囲碁の話なのだろうが、須美子には詳しいことは分からなかった。

「まあ、なんだかんだで、半世紀以上の付き合いにはなるなあ」

「運命が二人を引き合わせているみたいね」

育代が大げさに言うと「はっはっは、美女だったら嬉しかったがな」と言ってから、

「……まったく、早う元気になってもらわんと、対局相手がいなくて困るわい。まあ、今のうちに腕を磨いて退院祝いに圧勝してやるかな」と続けた。

山岸は、また「はっはっは」と笑ったが、その顔はどこか淋しそうだった。


「詐欺ではなかったということかしらねえ……」

山岸宅を辞し、歩きながら育代は首を傾げた。

「そうですねえ、少なくともレモンは関係なかったのかもしれません」

「そっか、黄金レモンのフルフル詐欺だと思ったのに違ったのねえ。……でも、虹の桜に関しては、まだ分からないわよねえ」

「はい……」

「あ、そういえばさっきレモンがあったって知ったとき、わたしはビックリしちゃったけど、須美ちゃんはあんまり驚いてなかったわね。もしかして、山岸さんのお宅にレモンがあるって気づいてたの？」

「……いえ。ただ、もしかしたらとは思っていました。もし、来客の男性がレモンを持って帰らなかったとしたら、そのレモンはどこに行ってしまったんだろうと考えた場合、山

岸さんのところというのが一番、可能性が高そうだなと思っただけです。家になくて、代わりに最中はあった。それなら物々交換でもしたのかな――と」

「ああ、なるほどね。レモンのこと、一応、佳乃さんに伝えておいたほうがいいわよね」

「そうですね。虹の桜については分かりませんが、一つでも安心してもらっておいたほうがいいと思います」

「じゃあわたしから電話しておくわね」


須美子が浅見家に帰ったのは、午後三時半を回った頃だった。裏口から入り、手を洗ってエプロンの紐を腰で結んだとき、来訪者があることを告げるチャイムが鳴った。

リビングでインターフォンをとると、画面には見慣れた郵便配達の青年が「速達です」と、門扉の前に立っていた。

「はーい、どうぞお入りください」

須美子はリビングのインターフォンを壁に戻し、玄関へと急いだ。玄関にある小物入れから三文判を取り出してドアを開けるのと、青年が門から駆けてきてポーチに立つのが同時だった。

「こんにちは。書留です。ここに受け取りのサインか判子をお願いします」と青年は礼儀正しく郵便を差し出した。

「はい」

須美子は束になった郵便物の一番上に載せてあった受け取りの書類に判を押し、青年から郵便物を受け取った。

「書留のついでがあったので、普通郵便も持ってきてしまいましたが、よかったでしょうか？」

「もちろんです。いつもありがとうございます」

土曜日は通常郵便の配達はないが、浅見家は郵便物が多いからか、時々、例外的に速達や書留のついでに持ってきてくれることがある。

「ありがとうございましたー」

郵便配達の青年はこれまた礼儀正しくお辞儀をして、くるりと向きを変えて走り出した。

須美子は青年が門扉を出るまで見送って、手元の郵便物に目をやった。件の書留郵便は浅見陽一郎宛の大判封筒だ。その他に、十通程度の普通郵便物も一緒に渡されたが、ほとんどが同じ浅見家の家長宛で別納郵便の印刷がされている。その中に一通だけ、切手の貼られた光彦宛の葉書があった。

玄関のドアを閉めながらふと差出人の名前が目に入り、須美子は眉をひそめた。

「お、郵便かい？　僕宛のはあるかな」

声がしたので顔を上げると、二階から当の光彦が下りてくるところだった。

「坊っちゃま……はい、ございます」

「もしかして内田さんかな?」

須美子の険しい表情から察したらしい。苦笑いしながら、一段一段、足を運んでくる。

内田というのは、軽井沢に住む推理作家の内田康夫のことで、須美子が一方的に毛嫌いしている人物だ。光彦にとってはフリーのルポライターという仕事を世話してくれた恩人でもある。だが、その結果、光彦は定職に就こうとせず、ふらふらと気の向くまま日本中を駆け巡り、旅先で妙な事件に首を突っ込んでは探偵の真似事を繰り返すことになってしまった。いつか坊っちゃまは立派な人物になると信じている須美子にとって、今の風来坊のような状況を作った元凶である内田は憎むべき人物なのだ。

ただ探偵の真似事に関しては、内田というよりも光彦自身に問題があるといえるので、須美子の偏見といえなくもない。けれどもう一つ、須美子には許せないことがある。内田は光彦が解決した事件簿を小説に仕立て上げ、さらに作中に浅見家の面々や須美子のことまで実名で登場させているのだ。しかも、あることないことを書き連ねて——。

「ありがとう」

最後の一段を下り、光彦が内田からの葉書を受け取ろうとした瞬間、須美子はさっと手を引いた。

「須美ちゃん、いくら内田さんからの葉書だからって、そんな意地悪しなくても……」

「桜……」

須美子は葉書に目を近づけるとつぶやいた。

「桜？　ああ、切手のことかい？」

「あっ！　すみません……」

須美子は自分の行動に気づき、赤くなって光彦に葉書をあらためて渡した。

「へえ、須美ちゃん、切手に興味があったんだ？」

「あ、はい……というわけでもないのですが……ちょっと、調べてみたいことがありまして……」

不得要領な返事をしながら須美子の頭には、もし「虹の桜」という切手があったらという考えが浮かんでいた。切手なら、「絵とはちょっと違うなあ」という久吉の言葉にぴったりな気がする。それに古くて貴重な切手なら、状態によってそれこそ五百円以下から三十万円以上まで値が変わるものがあるのではないだろうか。切手なら、佳乃はインターネットで検索する際、花そのものに目が向いていたようなので、気づかなかったのかもしれない。

そうだとすると、詐欺じゃないのかも――。

「切手について調べるなら、たしか王子駅の近くに『お札と切手の博物館』というのがあったはずだよ」

思案げな須美子の様子に気づいたのか、光彦がそう言った。

「あ、そうなんですか。ありがとうございます、坊っちゃま」

王子駅の近くならすぐに行けると思い、嬉しくなって微笑んだ。

「お礼を言われるほどのことじゃないけど」と光彦は頭をかきながら、「あ、そうそう、桜といえばジョージ・ワシントンの桜の逸話を知ってるかい?」と訊ねてきた。

「えっと、子どもの頃、父親の大切にしていた桜の樹を切ってしまったとき、正直に自分がやったと言って、褒められた——っていうような話でしたっけ……」

誰に聞いたのか忘れてしまったが、子どもの頃に聞いた話を須美子は口にした。

「そう、それ。あれって、作り話らしいんだよ。ワシントンの死後に書かれた偉人伝に、途中から追加された話なんだってさ。ワシントンという人間の偉大さを昇華させるために、脚色したんだろうね。まあ、伝記にはよくあることだろうけど」

「へえ、そうだったんですね」

「まあ、内田さんの小説も作り話だと思って、あまり気にしないほうがいいよ。それにこれは、このあいだ取材先から送ったお土産のお礼状だし、事件には関係ないからさ」

そう言って、葉書をひらひらと振りながら、光彦はリビングへと入っていった。

5

翌日の日曜日。

午後一時に滝野川警察署近くにある一里塚の信号で待ち合わせをして、須美子は育代と共にお札と切手の博物館を訪ねた。

昨晩、育代に電話をして、新たな思いつきを説明し、明日にでも行ってみようと思うと話した。すると、予想していたとおり「わたしも行くわ！」と元気な声が返ってきたのだった。

ここは国立印刷局が運営している博物館で、驚いたことに入館料は無料なのだそうだ。

一階ではお札の偽造防止の技術の紹介や、すかし印刷の方法、二階では古今東西のお札や切手、それにパスポートや官報、収入印紙など、国立印刷局が製造している紙類を幅広く紹介している。

体験コーナーには切手の周囲にあるミシン目が打てる道具もあって、案内の男性に勧められた育代は子どものようにはしゃいで体験している。

「あの、つかぬことをお伺いしますが……」

そんな育代を尻目に、須美子は係の男性に思いきって訊ねてみることにした。

「はい、なんでしょうか？」

「桜が描かれた切手って色々あると思うんですけど、そのなかに虹の桜って、あったりしないでしょうか？」

「虹の桜ですか……うーん、ちょっと分からないですねえ……」

「そうですか。あ、じゃあ、保存状態とかによって、価値が五百円以下だったり、三十万円以上になったりする切手ってありませんか？」

「うーん、あるんじゃないかなとは思いますが……ここはどちらかというと印刷技術に関する紹介を中心にした博物館でして……。あ、そういえば、目白に切手だけに特化した『切手の博物館』というのがありますから、そちらでお訊ねになってみてはいかがでしょうか」

申し訳なさそうに教えてくれた男性に、須美子は「あ、こちらこそ見当違いのことを伺ってすみません。ありがとうございます」と慌てて頭を下げ返した。


「行ってみましょうよ」

お札と切手の博物館を出てすぐに育代が提案した。

目白まではそれほど遠くない。夕食時までには余裕で戻ってこられるだろう——と思い、須美子は「はい」と同意を示した。

目白へはＪＲではなく、王子駅前から都電荒川線の早稲田行きに乗った。「目白に行くなら、ちょっと寄り道をしてもいいかしら」という育代のリクエストを受けての変更だ。

（都電に乗るのは久しぶりね……）

初めてこの街に来たとき、車の多い東京の道路の真ん中を、電車が走っているのに須美子は驚き、ぶつからないだろうかと怖くも感じた。だが、その後、乗ってみて分かったのだが、実は車と併走する区間は短く、ほとんどが専用軌道だった。

都電荒川線は桜や薔薇、紫陽花などを、走る区間、季節によって窓から楽しむことができる。今回は育代と一緒だったのと車内は空いていたので、並んで座って話しているうちに、景色を堪能する間もなく、あっという間に目的地に着いてしまった。

降車駅は庚申塚だ。

駅といっても路面電車なので、一両の車両がすっぽり収まる程度の長さしかなく、改札もない。ゆるやかなスロープを下り道路に降りると、もうそこが目指す商店街だった。

育代の寄り道は、巣鴨地蔵通り商店街にある判子屋さんに寄りたいというものだった。

巣鴨地蔵通り商店街は、花春のある霜降銀座商店街より道幅が広く、電線も埋設工事がされているらしく景観が美しい。それはとりもなおさず、ここが住民が日常に使う商店街であることよりも、有名なとげぬき地蔵尊や染井霊園を訪れる観光客相手の商売をしていることを思わせた。

「花屋さんが多いですね」

須美子は左右に目をやりながら言った。

「参拝客の方が多いからかしらね。あ、ここよ。亡くなった夫の同級生でね、昔から花春の印鑑やスタンプはここに頼んでいるの。受け取るだけだからちょっと待っててね」

そう言って育代は、増渕（ますぶち）印章工房と看板が掲げられた間口の狭い店に入っていった。店先には印章店でよく見かける、三文判の入ったスタンドが二台設置され、店内には、色とりどりの印章ケースや朱肉、いかにも高級そうなチタンや黒水牛の角などでできた判子の見本品が並べられているのが見える。

「こんにちはー。小松原です」

店頭は無人だったので、奥に向かって育代が大声で呼びかけた。すると店主らしき男性が「はいはい、いつもどうも」と顔を出した。

「お久しぶりです慶太（けいた）さん。何年ぶりかしら、変わらないですね」

「はは、ありがとうございます。育代さんも……あまり、お変わりなく」

「ふふ、いいのよ無理しなくて。自分でもだいぶ丸くなってきたなって気づいているから。丸って言うか球かしら？」

「いえいえ、そんなことはありませんよ」

しばし互いの近況を話したあと、増渕が「こちらです。ご確認ください」とカウンターに商品を置く音が聞こえた。

今回、育代が注文したのは、住所や電話番号と共に店名の入ったゴム印、俗に横判と呼ばれる物らしい。そういえば、少し前に「うちの店、手書きの領収書に判子を押すんだけど、もう二十年以上使ってるからゴム印のゴムが固くなって割れてきちゃったのよね」と言っていたのを須美子は思い出した。

「お待たせ須美ちゃん」とすぐに育代は店から出てくると、「折角ここまで来たんだからお参りして行くでしょう?」と提案した。

育代に言われるまでもなく、須美子は巣鴨のとげぬき地蔵尊を参拝するつもりでいた。

増渕印章工房から数十メートルのところに、髙岩寺——通称・とげぬき地蔵はあった。

「これがとげぬき地蔵さんじゃないんですよね?」

どっしりとした構えの本堂の脇にある育代よりも背の低い観音様を見て、須美子はそう口にした。

「ふふふ、これは洗い観音様よ。とげぬき地蔵様は秘仏だからお姿は拝めないのよ」

「そうなんですよね。わたし新潟の実家にいたころ、テレビでここに行列ができているのを見たことがあったので、ずっと勘違いしてたんです」

須美子は恥ずかしそうに言った。

「この観音様もありがたい御利益があるからね」

「自分の悪いところを洗うと良くなるんですよね」

「うん。昔はね、たわしでゴシゴシ洗ってたんだけど、みんながゴシゴシしすぎてすり減ってしまったから、この観音様は二代目なの。今はタオルなんかで洗ってるのよ。さあ、先にご本尊にお参りしましょう」

育代は若いころからよく来ているのだという。浅見家の大奥様の雪江も、毎月三度ある「四の日」の縁日には必ず歩いてお参りに出掛けている。須美子たちは今回、王子駅から都電経由で来たが、西ケ原にある浅見家からとげぬき地蔵までは直線距離で一・五キロほどしかない。それでも須美子にしてみれば、七十歳という雪江の年齢、しかも和装での訪問にしてはなかなかの長距離だと思うのだが、それだけ信心深く、だからこそ健康でいられるということなのだろう。

「とげぬき地蔵様のことは大奥様からは聞いたことがある？」

お参りの列に並ぶと、育代が小さな声で訊ねてきた。

「何度か付き添いで伺ったことはあるのですが、実は詳しいことは知らないんです」

須美子も周囲の人たちに聞かれないように、育代に耳打ちした。

「とげぬき地蔵様はね、『延命地蔵菩薩』といって、三センチにも満たない小さな霊印なのよ。まあ簡単に言えば、仏様のお姿を彫った印章よね。昔々、とても重い病にかかった奥さんを助けようとした髙岩寺の檀徒さんの夢にね、お地蔵様が現れて、その霊印を授けたんですって。それを一万枚の紙片に写し取って、隅田川に流したら、あら不思議、奥さんはあっという間に元気になっちゃったの。その霊印がとげぬき地蔵様ってわけ」

「へえ、そうだったんですね。でも、それでどうして『とげぬき』という名称がつけられたんですか？」

「よくぞ聞いてくれました。この話には続きがあってね、ある大名屋敷で針を間違って飲み込んでしまった女性がいたの」

「えっ……針って、あの縫い針の針ですか？　ひゃあ、痛そう……」

「だけどね、ちょうど居合わせたお坊さんが、このお地蔵様の霊印を写し取って、その紙片を飲ませたところ、針が紙片のお地蔵様を貫いて口から出てきたっていうのが、『とげぬき地蔵』様の由来なの。その霊印がね、この髙岩寺に奉納されて、本尊として祀られているのよ。秘仏だから公開はされていないけど、霊印を写し取った紙を『御影』としてあそこで授けてもらえるの。そして悩みや病気、お願いごとの障害になっているものを『とげ』として抜いてくださる――」

「もしかして……その紙って、飲み込むんですか？」

「敬虔な信者さんたちはそうすることもあるみたいだけど、体の痛いところに貼ったり、身の回り品に貼ったりしてお地蔵様に見守っていていただくのでもいいそうよ」

「あ、そういう使い方もできるんですね」

順番がきて須美子と育代は並んで本堂の中へ入ると、賽銭を入れて手を合わせた。育代はごにょごにょと何か願い事を唱えているようで、ずいぶん長いことそうしていた。

「さあ、次は洗い観音様をお参りしましょう」

二人はさらに行列のできている洗い観音の列に並び、育代はひしゃくで観音様の腰や足の辺りに水をかけ、ハンカチでその辺りを洗っている。須美子はどこも痛いところがなかったので、虹の桜の謎が解けますようにと祈りながら頭を洗った。

「寺院にお稲荷さんがあるなんて珍しいですね」

洗い観音の隣に小僧稲荷というのがあるのに須美子は気づいた。

「あら、そんなことないんじゃない？　愛知県の豊川市にある豊川稲荷は、お寺だけどお稲荷様の神前でお坊さんがお経を唱えるんだって聞いたことがあるわよ」

「ああ、それはわたしも聞いたことがあります」

「でしょう。あ、でもね、この小僧稲荷さんは元はタヌキだったっていう、珍しい話があるのよ」

「タヌキですか？　お稲荷さんといえばキツネじゃないんですか？」

須美子は稲荷といえば油揚げ、油揚げといえばキツネではないかと思った。

「それがね、タヌキがお寺を守って三ツ目小僧に変身して悪者を排除したから祀られたんだって聞いたことがあるの」

「へえ、育代さん詳しいですね」

「ふふん。まあ、これくらいのことはね、年の功より亀の甲ってやつよ」

育代が得意げに鼻を高くしたので、須美子は「逆ですよ」と指摘するのはやめておいた。

二人は並んで商店街通りへ戻ると、巣鴨駅へ向かって歩き始めた。

「……久吉さん、詐欺の被害に遭ってないといいんだけど」

育代が横を向いてぽつりとつぶやいた。

その視線の先に目をやると、『振り込め詐欺に注意』というポスターが貼られていた。

二人は同時に立ち止まると振り返り、とげぬき地蔵様へのお願いに付け加えるよう、手を合わせた。

6

巣鴨駅からＪＲ山手線に乗り三つ目、須美子と育代は目白駅の改札を出ると、学習院大学沿いのゆるやかな坂を下っていった。

「あ、あそこじゃない？　……わ、見て見て須美ちゃん！」

目指す切手の博物館に到着すると、育代がはしゃいだ歓声を上げた。

博物館の前には変わった郵便ポストが須美子たちを待ち構えていた。

「なんでしょう、これ？」

「まことちゃんのポストよ」

赤と白のストライプ柄の奇妙な郵便ポストに近づき、育代は珍しそうに撫で回す。ポストには不思議な形に指を曲げた手や、目が描かれている。

「……まことちゃんって、どなたですか？」

ポストの絵柄から妖怪の類いだろうかと思いながら須美子は訊ねる。

「楳図（うめず）かずおさんのギャグ漫画に出てくる、まことちゃんよ。グワシとかサバラとか聞いたことない？」

「初めて聞く言葉です」

「あら、ジェネレーションギャップってやつね……。この手のポーズ、子どもの頃によく真似したのよ。……でも、目白って楳図かずおさんにゆかりのある街なのかしらねえ」

そう言いながら育代は、「昔はできたんだけど……」と左手の小指と中指だけを曲げようと必死になっている。

館内に入ると、右手奥に受付があり、そのさらに奥が展示室になっているようだ。案内を見ると、その時々で様々な企画展示を行っているらしい。

二人は受付で入館料を払い、展示スペースへ足を踏み入れた。

「王子の博物館も色々あったけど、ここもたくさん切手があるわねえ」

「ゆっくり見たいところですけど、今日は虹の桜の切手を探さないといけませんので……」

一階の展示をざっと見学したあと、須美子は展示室の一角にある階段を見上げた。パンフレットによると二階には図書室があると書いてある。

「切手に特化した博物館。その図書室なら詳しいことが分かりそうね」

意気揚々と二階へ上がって行く育代の後ろを須美子も付いて行った。

階段を上がった正面には「水原記念館」と題された展示コーナーがあった。この切手の博物館の創設者、水原明窗の書斎を復元しているようだ。机の上や周囲に置かれたゆかりある品々のせいか、椅子に座る氏の姿がふっと浮かんできそうな作りだ。

二階はこの記念コーナー以外が、図書室のスペースになっている。二人の他に見学者は誰も居らず、奥に司書らしき女性がぽつねんと座っているのが見えた。

「見て見て須美ちゃん。『さくら日本切手カタログ』っていうのがあるわよ。桜の切手なら、これに全部載ってるんじゃない？」

早速育代は、窓際に立てかけてあった一冊の本を手にして須美子のもとへ戻ってきた。

「あ、すごい……」

興奮を抑えながら育代と並んで桜色の椅子に腰掛けると、須美子はテーブルの上で本を開いた。

「あれ？」

目次を見て、須美子は首を傾げた。

「どうしたの？」

「これ、違うみたいです。『本カタログは、日本最初の切手類から最新の切手類まですべてを採録し……』って書いてあります。どうやら『さくら』っていうのは、この本のタイトルであって、桜の花に特化した切手の本というわけではなさそうですよ」

「あら、そうなの。ややこしい名前の本ね、すっかり勘違いしちゃったわ」

「……あの、何かお探しですか？」

後ろから優しげな声が聞こえた。

振り返ると、司書らしき女性がカウンターから出てきて、ニコニコしながら立っていた。淡い色合いの眼鏡が似合っている、知的な雰囲気の女性だ。胸元に「川富（かわとみ）」と名札が付いている。

「あ、わたしたち虹の桜の切手を探してるんですけど、そんな切手ってあります？」

育代は単刀直入に訊ねた。

「虹も桜もそれぞれありますけど、虹の桜ですか……あ、虹と桜が描かれている切手ならたしかありますよ」

「え、本当？」

「はい、えっと、お待ちください」

そういって川富は一冊の本を書棚から持ってきた。

「切手をテーマ別に分けた本がいくつかあるのですが、花関連の切手をお探しでしたら、こちらがお薦めなんです」

それは『テーマ別日本切手カタログVol.1　花切手編』という本だった。

「少し前までの切手になってしまいますが、桜でまとまったページがありまして……あ、これです」

川富はすぐに目的のページを開いてくれた。

「あ、虹と桜だわ！……あ、ごめんなさい……」

育代が本に目を近づけて大きい声を出してから、慌てて口を押さえる。須美子も叫びたい気持ちだった。

「ハワイ官約移住75年記念」の切手らしい。

虹はよく見ると七色ではなく、ピンク、黄色、水色の三色になっているが、「サクラとパイナップルに虹」という説明書きがあったので、間違いないだろう。

（これのニセモノで、「サクラとレモンに虹」というのがあるっていう詐欺なら、あのレモンにも意味が——）

須美子はそんなことを考えながら、本に印刷されたカラフルな切手を見つめた。

「こちらは一九六〇年に発行された切手ですね」と川富が教えてくれる。

「価値がありそうね」

育代は須美子の耳に口を寄せてつぶやいた。

「……育代さん、美桜ちゃんは久吉さんの言葉を聞き間違えたのかもしれません。本当は『虹と桜』と言ったのを『虹の桜』と——」

須美子の言葉の途中で、育代のバッグから振動音が聞こえた。

「あら、佳乃さんからだわ」

須美子と育代は、川富にすぐに戻りますと伝えて階段を下りると外に出た。すでにコールは止んでしまっていたので育代はすぐに折り返す。

「あ、佳乃さん。どうしたの？　……うんうん、えっ、嘘！　……あ、そうじゃないの美桜ちゃんが悪いとかじゃなくて、ちょ、ちょっと待ってね、今須美ちゃんに代わるから——」

育代はそう言って須美子を見る。

「どうしたんですか？」

「須美ちゃん、大当たりみたい！　佳乃さん、あれから美桜ちゃんにもう一度、話を聞いたんですって、そしたら、伝え間違いがあったらしいの」

「……！」

「詳しくは須美ちゃんが聞いたほうがいいと思うから、代わってもらえる？」

「分かりました」

須美子は育代のスマートフォンを受け取ると「お電話代わりました、吉田です」と呼びかけた。

「あ、須美子さん。昨日はありがとうございました。今育代さんにもお伝えしたのですが――」

「美桜ちゃんの伝え間違いがあったとか」

「そうなんです。実は父は『虹の桜』ではなく正確には――」

須美子はつい先ほど頭に浮かんだ「虹と桜」という単語を予想した。だが――。

「『どれも桜かあ、虹みたいできれいだな』と言っていたそうなんです」

「え……虹みたい……」

意味が分からず言葉を失った須美子の耳に「だって、それって虹の桜ってことでしょう」という美桜の言葉が漏れ聞こえてきた。佳乃の近くにいるらしい。佳乃が「きちんと伝えないとダメでしょう。ほら、ちゃんと謝りなさい」という声のあと、「もしもし……」というか細い声が聞こえた。

「あ、美桜ちゃん……」

「……あの……ごめんなさい」

「ううん、いいのよ。お祖父ちゃんの言葉を聞いたら、虹の桜だなって思うものね」

須美子が優しい口調でそう言うと「うん！」と嬉しそうな声が返ってきた。

「ねえ美桜ちゃん。お祖父ちゃんは他に、『虹と桜かあ』っていう言い方をしたことはなかったかな？　あと、『サクラとレモンに虹』という言葉を口にしたとか」

先ほどの切手を思い出しながら、一応確認してみる。

「ううん、言ってないよ」

美桜が答える後ろで、「本当？　忘れているんじゃないの？」という佳乃の声が聞こえる。

「もう。本当だってば」

ふてくされるような美桜の声のあと、電話を代わった佳乃が、「本当にすみませんでした」と言った。

その後、久吉は切手集めの趣味はないか佳乃に確認してみたのだが、そんな話は聞いたことがないという。

電話を切った須美子は、残念さを滲ませながら、育代に美桜との会話の内容を伝えた。

「……そうだったの。じゃあ、あの切手はただの偶然なのかしら？　一九六〇年発行って言ってたし、希少な切手に見えたから、三十万円以上はすると思ったんだけど……。ほら、破れて桜とか虹の部分がなかったら、価値が下がって五百円以下になるとかもありそうじゃない？」

育代は諦めきれないようだ。

「とにかく一旦、図書室に戻りましょう」

須美子の言葉に、「そうね」と育代もうなずいた。

二人は再び入館し二階へ上がった。川富は本をパラパラと捲りながら二人を待ってくれていた。

「すみませんでした。お話の途中で出てしまって」

そう言って須美子が頭を下げると、川富は「いえ、構いませんよ」と両手を胸の前で振ってから、「こんなのもありましたよ」と机の上の本を差し出して続けた。

事情を知らない川富は、さらに「虹の桜」を探していてくれたらしい。須美子は無性に申し訳ない気持ちになった。

川富が本を開いて見せてくれたのは「桜の花で象った東日本」という五枚綴りの切手で、二〇一五年に発行された第三回国連防災世界会議の開催を記念した切手だった。たくさんの桜の花で象った東日本の背景に、虹が架かったイラストである。

（これなら、さっき聞いた「どれも桜かあ」という言葉には当てはまるわね。……だけど、

（「虹みたいできれい」というより――）

この切手も先ほどのと同じく、まさに虹にしか見えない。誰もこの切手を見て「虹みたい」とは言わないだろう。

「ありがとうございます」

須美子はそう言って、いちおうノートにタイトルをメモした。先ほどの「サクラとパイナップルに虹」も書いておく。

「……あ、そうだ。ちなみに『ハワイ官約移住75年記念』の切手って、どれくらいの価値があるんでしょうか」

育代も気にしていたし、参考までに聞いておこうと須美子は思った。

「金額ですか？　目安の金額でしたらこちらに書いてありますよ」

女性が『テーマ別　日本切手カタログ』を先ほどのページに戻し、細かい字を指さす。よく見ると、それぞれの切手の説明文の最後のところには、数字が書かれている。「ハワイ官約移住75年記念」の切手は一〇〇だ。

「一〇〇？　もしかして百万円ってこと⁉」

育代がまた大きな声を出してしまい、慌てて口を押さえる。

「いえ、未使用評価額が百円ということです」

「え？　百円？　百万ドルでも、百ドルでもなく？」

「はい。日本円で百円です」

「……そうなの。あっ、『虹の桜の切手』じゃなくて、『虹みたいな桜の切手』っていうのはないかしら？　安くて五百円以下で、高くて三十万円以上するんだけど」

　育代はまだ川富を頼るつもりらしい。新たな問題を提示した。

「えっと、虹じゃなくて虹みたい――というのは、七色とは違うんでしょうか……」

「うーん、七色なのかしらねえ、わたしもよく分からないんだけど……」

　育代がごにょごにょと言葉を濁すと、川富は眼鏡の奥でぱちぱちっと瞬きをしてから、

「虹みたいっていうと、ホログラムかしら……」と、独り言のようにつぶやいた。

「ホログラム？　ホログラムって、お札に付いてるあれ？」

「はい。切手も今はホログラム切手というのがあるんですよ」

「え、そうなの？　それって桜の切手のホログラムもあるかしら？」

　新たな希望を見つけたとばかりに育代が前屈みになる。

「いえ。ホログラムはこちらの本に載っていますが、星座シリーズと、星の物語シリーズしかないようですね。それに、三十万円以上の価値がある切手というと限られてきますが、『虹みたいな桜』に該当するものは――」

　川富は申し訳なさそうに言って、眼鏡の奥の瞳を曇らせた。

「そっか……」

肩を落とす育代に、「あ、桜といえば日本ですが、外国の切手にも描かれているものはあると思いますよ」と川富は言った。

足早に見てきてしまったが、そういえば一階の展示スペースには世界地図の上に拡大した切手が紹介されていた。

「ああ、これは日本の切手のカタログだったわね。でも――」

育代の視線を辿り、須美子も膨大な数の切手が掲載されたカタログに目を向ける。日本の切手だけで、何千もの種類があるのなら、世界中にはいったいどれくらいの数の切手があるのだろうか。

川富はどこまでも優しそうな笑みを浮かべて「一緒にお探ししましょうか」と言ってくれる。

「ありがとうございます。ひとまず、これで充分です。助かりました。お手数をお掛けして、申し訳ございませんでした」

須美子が頭を下げる横で育代は、「親切にしてくれてありがとう。また遊びに来るわね」と、入口のポストに描かれていた形に、指を必死に曲げていた。

7

翌日の月曜も良い天気で、でも冷たい風の吹く一日であった。

須美子は青果店の八百吉でタマネギやにんじんなど野菜を中心に買ってから花春に向かった。

「いらっしゃいませ……あ、須美ちゃん。昨日はお疲れさま」

「こんにちは育代さん。昨日はすみません、無駄足になってしまって……」

「なに言ってるのよ、無駄なんてことはないじゃない。切手の可能性だってゼロになったわけじゃないでしょう。世界中には何十万もの種類があるようだし、もっと探してみたら久吉さんの言葉に該当する切手があるかもしれないじゃない」

育代は自身をも励ますようにそう言った。実際あれから、育代のスマートフォンで検索をしてみたところ、外国の切手にも桜や虹が使われている切手はいくつかありそうだった。だが、須美子は進むべき道を間違えているような、不安な気持ちを抱いていた。

「――一度、考え直したほうがいいかもしれません。久吉さんに切手集めの趣味もないようですから……」

佳乃に電話で聞いたことを思い出しながら須美子は口にする。

「でも、年を取ってからの趣味とか、佳乃さんに内緒で集めているかもしれないわよ」

「可能性はあると思いますが、そもそも今までは『虹の桜』という言葉で考えてきましたので、一度リセットしてもいいかなと……」

「……まあ、たしかに、それはそうね」

「それに『虹みたいできれい』という言葉って、その人の感性にもよると思いますので、より探すのが難しくなったような気もします」

「たしかにねえ。カラフルなものなら、なんでも『虹みたい』っていう表現が当てはまるかもしれないか……とにかく、詐欺じゃなければいいんだけどね」

「はい」

切手だと思われた考えが行き詰まり、再びその可能性が頭をもたげてきた。

「あ、いらっしゃいませ！」

表のドアが開き、育代が元気の良い挨拶を投げた。

「須美ちゃん、ちょっと座って待っててね」と育代は言い置くと、入ってきた女性客のほうへと小走りに近づいていった。

須美子はレジカウンターの近くにあるテーブルに着くのは遠慮して、店内の花を眺めながら、邪魔にならない場所に移動する。

「あの式典用のお花に――」

どうやら卒業式で使う花の相談のようだ。「三月」や「コサージュ」、「壇上」といった単語が漏れ聞こえてきた。

「はい。昨年とご一緒でよければ――」という育代の答えから、毎年のお得意様の学校関係者らしい。

納品日や数量などの話が続き、無事に今年も商談は成立したようだ。

「じゃあこれでお願いします」

「ありがとうございます。五万円おあずかりします。あ、今、領収書を書きますからお待ちくださいね」

（……そうか、お札か）

不意に須美子の頭に、目白の切手の博物館で育代が言っていたことを思い出した。

『――ホログラムって、お札に付いてるあれ？』

あのときは切手のことで頭がいっぱいで聞き流してしまったが、それこそお札のホログラムは桜だったかもしれない。それに、印刷ミスや番号揃いなどプレミア紙幣というものがあると聞いたことがある。

（でも、高くて三十万円以上っていう条件は満たすものがありそうだけど、お札だと安いので五百円もしないっていう条件には合わないかしらね。昔は五百円札があったって聞いたことがあるけれど、そのころはホログラムなんてついてなかっただろうし。それに、ホログラムを美桜ちゃんに見せるだけなら、プレミアなど付いていないお札で充分だから「買ってみるか」と言った久吉さんの言葉に符合しない……。あっ！　日本の紙幣とは限らないわね――）

思考を広げていきながら、見るともなしに須美子はカウンターに目を向ける。

育代が領収書の綴りにボールペンを走らせ、このあいだ買ってきた真新しい横判をスタンプしているところだった。

「あ、忘れるところだったわ。えーと……」

そう言って育代は引き出しを開けて、中から黄色いクリアブックを取り出し、「あら、また買ってこないといけないわね……」とつぶやいた。

（――あっ!!）

育代の動きを見ていて、須美子の体が硬直した。

（確認してみないと分からないけど、もしかして……。でもレモンっていうのはなんなのかしら……）

頭に黄色い形を思い描いていると、育代と女性客の会話が耳に入ってきた。

「――あ、それ、唐揚げですか、いい匂いですね」

「そうなんです。わたしもこの匂いに引き寄せられまして」

女性客が手にしているビニール袋の中身のようだ。

「我が家も今日は唐揚げにしようかしら。匂いだけでご飯をおかわりできそうですよね」

二人の笑い声が聞こえる。

そのとき須美子が肩にかけていたトートバッグがずり落ち、袋の中でタマネギが転がった。

突然、育代の声が聞こえ、須美子は我に返った。

「須美ちゃんお待たせ！」

（あれって……まさか――）

「……え」

まだ空想の中にいた意識が抜けきらず、須美子は瞬きを二度、三度と繰り返す。

思考のスクリーンが消え去り、目に映る景色は花春の店内だった。いつの間にか女性客の姿は消えている。しばらくのあいだ考え事に集中していたらしい。ドアの開閉音にも、そして間違いなく「ありがとうございました」と言ったであろう、育代の声にも気づかなかった。

「さあ、心機一転。一から考え直すわよ」

そう言って腕まくりをする育代に須美子はぽつりと言った。

「虹の桜の謎が解けたかもしれません――」

「えっ!?」

「あ、いた！　ちょっと須美ちゃんったら……はあ、はあ……」

須美子が郵便局から出てきたところへ、育代が小走りにやって来た。あのあと須美子は買い物した荷物を花春に置かせてもらい、「ちょっと郵便局へ行ってきます」と言って突然店を飛び出したのだった。

「あ、育代さん。お店は大丈夫なんですか？」

「すぐ戻りますって書いた紙を……はあ、はあ……ドアに貼りつけてきたから大丈夫……はあ、はあ……。それより、謎が解けたって、どういうこと？」

育代は肩で息をしながら須美子に詰め寄る。

「まだ可能性があるというだけなんですけど、説明はあと一つ確認してから……え、嘘っ！」

須美子は目の前を通り過ぎた軽トラックを指さすと、走り出そうとする。

「ちょっと須美ちゃん、今度はどこに行く気よ！」

育代が須美子の細い腰にしがみつく。

「放してください。あの運転手さんかもしれないんですよ！」

「なんの話？」

「久吉さんに虹みたいできれいな桜を見せた人です」

「なんですって！」

育代は須美子から手を離すと、猛然と駆け出した。

どこにそんな体力が残っていたのかと思うほど、育代は転がるように走って行く。

「育代さん、待ってください！」

慌てて須美子もそのあとを追った。

「信号よ変わって！」

走りながら育代は右手を伸ばすと、本当に信号が黄色になり軽トラックが徐行する。

「や、やったわ……よし……」

ラストスパートをかけるように育代は走ると、停まった軽トラックの荷台に手を乗せて
「ぜーぜー」と肩で息をしてから、運転席の窓ガラスに神秘の力が宿っているかもしれない右手を押し当てた。

運転手は四、五十代くらいの男性で、少しおびえた顔をして育代を見ている。そしてパワーウィンドウを少しだけ下げて「な、何かご用ですか？」と言った。

「はあはあ、虹……みたいで……きれいな桜を……はあはあ、売りつけ……ようとしてるのは……あなたね！」

息切れが止まらない育代が、細く開いた窓に両手を突っ込んで、無理矢理こじ開けようとしている。

「ああもう、ダメですってば！」

須美子は育代を車から引きはがして、運転手に向けて「ちょっとした行き違いがあったみたいですみません、少しだけお話をさせていただけませんでしょうか」と育代を羽交(はが)い締めにしたまま平身低頭、運転手に悪意がない旨を伝えた。

男性は訝(いぶか)しげな視線を向けながらも「……じゃ、あそこで」とうなずいてくれた。

信号が青になり、車は少し先まで進むと、路肩に停まった。

須美子はそこへ向かって歩きながら、「育代さん、落ち着いてください」と伝えた。だが、汗だくの育代は闘牛の牛のように興奮しているようで、須美子の言葉を聞いてはいない。車から降りてきた作業服の男性に向かってびしっと指をさして告げる。

「武田信玄の黄金レモンのことも知ってるんだから！」

興奮のあまり育代は滅茶苦茶なことを口にする。レモンは黄金ではなかったと山岸老人のところで判明したはずだし、そもそも「武田信玄の黄金レモン」などという話は出ていない。

「育代さん、違うんです！」と須美子は待ったをかけてから、男性に向かって「あの、本当に申し訳ございません！」と頭を下げる。そして、すぐに「わたしたちは宮島久吉さんのお孫さんから頼まれていることがありまして……あの一月十五日に、宮島さんのお宅にいらっしゃいましたよね』と、須美子はわざと断定的に訊ねてみた。

「宮島さん……」

男性は一瞬、上げた前髪に手を当て記憶を辿る様子を見せてから、「ああ、たしかに、その頃お伺いしたと思いますが」と、すぐに肯定した。

「え、本当ですか⁉」

勘が的中したことに、須美子自身が驚いた。

「あの、なんの話なのでしょうか？」

不得要領な顔をしながらも、男性は少し、警戒心を解いてくれたようだ。

「造園業者さんなんですよね」

須美子は男性が乗っていた軽トラックの荷台の側面に書かれた、「玉井造園」という文字を指さしながら訊ねる。先日、須美子が買い物に向かうとき、ドアに手をつきそうになった、「二重丸に玉」の屋号が書かれている軽トラックだ。

「そうですが、あなたは……」

「あ、名前も名乗らずにすみません。わたし、西ケ原に住んでいる吉田須美子といいます。えっと――」

男性は車のドアを開け、透明なプラスチックケースを持ってくる。名刺が入っているようだ。ぎっしり詰まった中から一枚取り出すと差し出した。須美子はそれを見て、「あ、もしかして宮島さんのお宅に行ったときって、名刺を切らしていらっしゃったんですか」

と訊ねた。

「ええ、まあ……」

須美子はレモンと共に名刺が見あたらなかった理由はそんなことだったのかと思いながら、名刺に目を落とす。

〈玉井造園　東京営業所　所長　吉岡直人〉

横から覗き込んできた育代は「あ、知ってるわ、ここ……」と口にする。

「あのう、それで宮島さんのお孫さんから頼まれていることっていうのはなんでしょうか？」

「あ、すみません。そのことを先にお話ししないといけませんでした。実は十日ほど前に久吉さんが倒れて入院なさったそうなんですよ。吉岡さんがいらした翌々日です」

「えっ、そうだったんですか！」

「はい。それで――」

須美子は美桜の疑問とこれまでの経緯を簡単に説明した。

「どれも桜みたい……虹みたいできれい……ああ、たしかにそんなことをおっしゃってましたね」

「やっぱり！」

吉岡の言葉に須美子は胸が早鐘を打つのを感じた。だが、自分以上に喜びそうな育代の反応がなかった。気になって視線を向けると、「あのう、吉岡さん」と、へそのあたりで両手をもじもじと擦り合わせている。

「あ、はい……」

吉岡が少し警戒した様子で答える。

「わたし、霜降銀座商店街で花屋を営んでいる小松原育代って言います。あの……ごめんなさい！　わたしの早とちりでした。ごめんなさい！　ごめんなさい！」

育代はブンブンと何度も頭を下げる。

「ああ、そんな。やめてください。気にしてませんから」

「でも、自分が情けなくて。本当にごめんなさい！」

「頭を上げてください……」

周りの目も気になるのだろう。吉岡は困ったように頭をかくと「そうだ。うちの営業所、すぐそこなんですけど、良かったら寄って行きませんか？」と言った。

「あらあ。玉井造園さんって、レモンの樹があったのね」

吉岡の言うとおり、そこから信号を二つばかり越えた所に、細長い三階建てのビルがあって、そこに玉井造園と看板が出ていた。前庭には都会の真ん中とはいえ、造園会社らしくきれいに植栽がされていて、その中にレモンがたわわに実った樹が一本あった。歩き出してしばらくは枯れすすきのようにうな垂れていた育代だったが、いつの間にか立ち直り、目の前のレモンの樹のように堂々と背筋を伸ばしていた。

「そうなんです。ご覧のとおりたくさんなりましてね、赴任のご挨拶がてら営業先の皆さんにお渡しししているんです。お二人もよかったら持って帰ってください」

吉岡はニコニコ顔で勧めてくれる。

あの日……花春へ向かう途中、広い庭のある一軒家の前で、須美子が耳にしたのも、吉岡の営業先での会話だったに違いない。

『――あらぁ！　もらっていいの？』

『ええ、よろしければ是非』

『本当？　じゃあ今夜は孫が好きな唐揚げか、チキンソテーでも作ってあげようかしら』

あれは、このレモンの話だったのだ。

そしてさらに、そのあと須美子は吉岡が乗ってきた軽トラックのドアに手をつきそうになり、そこに書かれていた「玉」の字を見て、タマネギを思い浮かべた――。

先ほど花春で育代と女性客が話していた内容と、トートバッグの中の動いたタマネギから、須美子は不意にその日のことを思い起こしたのだ。

宮島家もあの家と同じく広い庭がある。しかも、須美子もどこか殺伐とした雰囲気を感じたが、吉岡もちらっと見かけて同じように感じ、営業に赴いたに違いない。そう考え、行動を起こしたのだが、正直なところ、須美子自身も半信半疑だった。

(当たっていて良かったわ……あ、もしかして)

須美子はふと、自分が買い物にでも行っている間に、吉岡は浅見家にも営業で訪れたことがあるのかもしれないと思った。だが、見覚えのないレモンは記憶にない。となると、まだ来ていないだけか、あるいは刑事局長の家ということが知られており、飛び込みの営業は敬遠しているのかもしれない。

(それにしても、東京でレモンの樹が育つとは思ってなかったわね……)

てっきり、どこからか取り寄せているレモンを配っているのだと思っていた。

「――どうぞ中へ」と通された事務所は二十畳ほどの広さに、事務机が三台置かれていて、奥にはパーティションで区切られたスペースにロッカーが置いてあるようだ。そして入口のすぐ脇に、来客用の応接セットが据えられていた。

「すみませんね、今、みんな出払っちゃってて。普段は事務員が二人と、あとは現場のスタッフが三人ほどいるんですけどね」

育代と須美子は応接セットに案内された。

吉岡手ずから温かいお茶まで淹れてくれ、須美子と育代は恐縮して小さくなった。特に育代は詐欺師扱いした吉岡が、あまりに好人物なので、また申し訳なくなってきたようだ。

玉井造園は本社が千葉県市川市にあり、三十年前に玉井弘庸という人物が起こした会社だそうだ。吉岡はつい三か月前までは群馬県高崎の営業所に勤務していたのだが、このたび東京営業所の所長——といっても、彼と現場スタッフが数名いるだけの所帯ではあるが、そこを任されたのだと照れくさそうに頭をかいた。

「宮島さんのお宅へは飛び込みだったんです。別のお宅に伺った帰り、駐車場へ戻る途中で寄らせていただきました。せっかく広いお庭があるのに、少し寂しい感じでしたので、お薦めしがいがあるなと思ったんです」

やはり思ったとおりだと感じながら、須美子は吉岡の言葉の続きに耳を傾けた。

「……ただ、ちょうど、名刺が切れてしまったものですから、あらためて伺おうと思っていたら、宮島さんのほうから声をかけていただきまして、レモンだけ持って——」

久吉は吉岡が造園業者の人間だと知ると「ちょうどよかった」と言って、家に上げてくれたのだそうだ。

「あの、それで虹みたいな桜っていうのはどこに？」

育代がずっと気になっていたようで訊ねた。

「吉岡さんが持っていらっしゃると思いますよ」

「え……」

　須美子の言葉に吉岡は、育代がまだ答えを知らないということに気づいたようだ。

「ああ、はい。ご覧になりますか？」

　いたずらっぽく笑って吉岡は立ち上がると、青いクリアブックを持ってきた。

「あ、それって、もしかして……」

「美桜ちゃんが見たものですね、きっと」

「これに、自分が担当したお庭の写真を入れているので、参考に見ていただいたんです。どうぞ、この中に宮島さんが仰っていた虹みたいな桜がありますので」

　そう言って、吉岡は育代にクリアブックを差し出した。

「え、本当！」

　育代は花春の黄色いクリアブックよりも厚みのあるそれを、一ページ目からゆっくりと開いていく。

　須美子も横からそれを覗いていたが、どれも素晴らしい庭の写真だった。色とりどりの花が咲き乱れる花壇から、庭の中央に大木が聳える豪邸のような家まで、様々な写真を一枚一枚、育代は「これじゃないわね」と言いながら凝視する。

「これでもないし、あら……終わっちゃったわ」

　気づけば写真は終わり、あとは事務的な書類が一ページ分入っているだけのようだった。

「どこにあったの？」

「そこですよ」

須美子が目で促す。

「そこって？」

「目の前をよく見てください」

「よく見てって、これは庭の写真じゃなくて切手の一覧表……じゃなくて、収入印紙ね……うちにもあるわよ。さっきも領収書に貼ったばかり……ん？　ああっ！」

育代はクリアブックを手に取ると、目がくっつくのではないかというほど、顔に近づけた。

「これ、桜だわ……しかも、いろんな色がある……」

――そう、収入印紙の柄は桜なのだ。

領収書を発行するとき、金額に応じて貼付が義務づけられている収入印紙。

先ほど、花春で育代がファイルから取り出し貼っていたのは、緑色の二百円と書かれた桜の柄の収入印紙だった。それを見て、須美子は収入印紙にはいくつかの金額があったことを思い出した。もしかして、どれも同じ柄で、金額によって背景の色が異なるだけではないのだろうか――と。

それを確認するために、須美子は収入印紙を取り扱っている郵便局へ行って、確かめてきたのだった。

「――収入印紙は全部で三十一種類」

　須美子は育代が机の上に置いたページを指さして説明する。

「ご覧のとおり、一円や二円、高いものでは十万円なんていうのもあります。そのうち、三十円以上はほとんどが同じ白い桜の柄ですけど、金額によって少しずつ背景の色が違っています。赤、青、緑、紫、オレンジ……どれも桜で、虹みたいできれいですよね」

　須美子は久吉が言っていた言葉をなぞるように言ってから、続けた。

「この桜の柄の収入印紙を高いほうから七色買うと、十万円、六万円、五万円、四万円、三万円、二万円、一万円で合計が三十一万円。逆に安いほうから七色なら三十円、四十円、五十円、六十円、八十円、百円、百二十円で四百八十円です」

「あ、それって、久吉さんが言ってた――」

「はい。一番高いのだと三十万円以上はするけど、一番安いのだったら五百円もしないはず――です」

「条件にぴったりね！」

「久吉さんは、美桜ちゃんが『虹の桜を見たい』と言うのを聞いて、収入印紙を七枚買ってこようと思ったんでしょうね」

「なるほどねえ……でも、久吉さん。よく五百円以下とか三十万円以上になるってすぐに分かったわね」

「ご近所に住む山岸さんが、久吉さんは頭の回転が速いから計算も速いと仰っていましたし、八十歳近いお年ですが記憶力も良いのでしょうね」

「ああ、きっとそうね」

育代は「うんうん」と、納得したようにうなずく。

「そういえば、この収入印紙の一覧に気づいたとき、なぜだかとても興味をお持ちになられましてね。じっくりご覧になってましたよ」

吉岡の言葉を聞いて、久吉が収入印紙をじっくり見ていたのは計算することだけが目的だったわけではないと感じて、「桜に縁があるお宅でもありますからね。興味深かったんだと思います」と口にした。

須美子の言葉に育代も気づいたようで「ああ、そうかもしれないわね」とうなずいた。

ただ事情を知らない吉岡は首を傾げたので、須美子は宮島家の女性陣が、みな桜にゆかりのある名前なのだということを伝えた。

「なるほど、そうだったんですね」

「それにしても収入印紙って、こんなに種類があったのね。うちには二百円しかないわ……あ、そうだ。今日、最後の一枚を使っちゃったんだったわ」

そういいながら、育代がまた収入印紙の一覧表をじっくりと眺めた。

「わたしも常備しているのは数種類ですね。十万円の収入印紙なんて、いったい何億円の取引で使うことになるのかも知りません」

　吉岡は笑ってから「……しかし、吉田さんはよくお孫さんの言葉から、ここまで辿り着きましたねえ」と感心したように言った。

「須美ちゃんは名探偵ですから」

　育代がえっへんと言うのが聞こえてきそうなほど胸を張った。

「はあ、名探偵……ですか」

　吉岡はあらためて須美子をまじまじと見つめた。

「ち、違います。名探偵なんかではありません。たまたま育代さんが取り出した収入印紙から、あれも桜の絵が描かれていて、たしかいくつか種類があったなって思って。その直前まで、切手かお札のホログラムかもと考えていたくらいですし。偶然、郵便局から出たところで玉井造園さんの車を見かけて、こうして運良く真相がはっきりしただけなんです。たまたま勘が当たっただけです……」

　須美子はこれ以上、名探偵だなどと、ろくでもない噂が広まらないよう、まくしたてるように一気に喋った。

「たまたまじゃないわよ須美ちゃん。すべての推理は勘から始まるって言葉があるって、以前教えてくれたじゃないの」

「あ……」

育代にいつ話したかは覚えていないが、それは本物の名探偵・浅見光彦が言っていた言葉だ。

「それにね、名探偵には事件と幸運を引き寄せる能力があるのよ。あ、これはわたしの考えた格言ね」

育代は腰に手を当て得意げな顔をする。

「そうなんですね。名探偵って本当にいるんですねえ……」

吉岡は真面目くさった表情でうなずいている。

須美子がもう一度、きちんと否定しようと思っていると、不意に「宮島さん、早くお元気になってくださるとよいのですが……。それこそ縁のある桜のことを、今度お聞きする約束でしたのに……」と、吉岡が淋しそうにつぶやいた。

「桜？」

育代の言葉に、吉岡は「ええ」と答えてから、「宮島さんはあの日、桜を——」と久吉が語っていた内容を教えてくれた。

「このあいだ一千万円をだまし取られてしまった女性の事件、犯人が捕まったらしいわ」

帰宅した須美子がリビングのドアを開けると、テレビの前で雪江が光彦を相手に話をしていた。

画面に目を向けると、フードを被って連行される男たちの姿が映っている。

「さすがは陽一郎さんの束ねる日本の警察です」

先日とは打って変わって雪江は上機嫌だ。

「はい。仰るとおりです」

光彦もそういうところはそつがない。だが、そのあとぼそっと言った一言が雪江の逆鱗に触れたようで、「光彦！」と怒鳴られた。須美子はそっとドアを閉めるとキッチンへと戻った。

「いやあ、まいったまいった」

須美子がキッチンでエプロンをつけていると、光彦が頭をかきながら入ってきた。

「どうしたんですか坊っちゃま。また何か大奥様のお気に召さないことでも仰ったんですか？」

「まあね。さっきテレビに詐欺で捕まった犯人が映っていたんだけどさ」

「ああ、二人組の男ですね」

「そうそう、犯人の手口があまりに杜撰だったから、美しくない犯行だなってつぶやいたのが、聞こえちゃったみたいでね」

光彦は肩をすくめてみせる。

「犯罪に美しいも美しくないもありません――ということですか？」

「正解。いやあ、小さい声で言ったつもりだから、お袋さんには聞こえなかったと思ったんだけどね。まだまだ耳はいいみたいで――」

「あっ、坊っちゃま、後ろ……」

「――!!」

光彦が背筋を伸ばして、ゆっくりと振り返る。

「なんて、冗談です」

「もう、脅かさないでくれよ須美ちゃん」

「ふふふ、申し訳ございません。あ、そうだ。坊っちゃま、『ご相伴にあずかる』の『ご相伴』って、もともとどういう意味かお分かりになりますか?」

美桜が先日、育代に訊ねていた言葉を不意に思い出し、須美子は物知りな光彦に訊ねてみた。

「ご相伴か。たしか、室町時代に『相伴衆』っていう役職があったから、それに関係してるんじゃなかったかな。将軍に付きそって行く身分の人たちのことだから、そこからきてたと思うよ。ああ、それにたしか茶道の世界でも使われてる言葉だったかもしれないな。そっちは母さんに聞いたら分かると思うけど――」

「ああ、いえ充分です。ありがとうございます、坊っちゃま。教えていただいたお礼と、さっき脅かしてしまったお詫びに、今夜は筑前煮の予定でしたがチキンソテーに変更しますね」

煮物よりも肉料理が好きな光彦は案の定、大喜びだった。

「お、いいね！　僕のはガーリックバターのソースをたっぷりと頼むよ。あ、皮はパリッとしてるのが嬉しいなあ」

「分かりました」

「よーし、じゃあ晩ご飯まで、もう少し原稿を書いちゃおうかな」

「あとでコーヒーをお持ちしますね」

「ありがとう、須美ちゃん」

鼻歌を歌いながら、ご機嫌な足取りで光彦はキッチンを出て行った。

「あ、そうだ。これもソースに使わないとね――」

先日、参考になったお宅の会話を思い出しながら、トートバッグに手を突っ込むと、須美子はエプロンと同じ色のレモンを一つ取り出した。

8

翌日、須美子は浅見家の仕事をいつも以上に手早く済ませると、午後三時に宮島家の和室にいた。

「こんにちは！　……あれ、育代おばさんは？」

ふすまが開き、入ってきた美桜は須美子の後ろを探すように見ている。

「こんにちは美桜ちゃん。育代さんは、お花屋さんのお仕事を片付けてから来るって」

「そうなんだ」

「はい、これ、お土産です」

「やったー、どら焼きだ！」

平塚亭の和菓子を今日も美桜は喜んでくれた。

「すみません、またお気遣いいただいてしまって」

そう言って佳乃が、温かいお茶を載せた盆を持って現れた。

「お姉ちゃん、虹の……虹みたいな桜、見つかった？」

どら焼きの包みを手にしたまま、美桜がおずおずと切り出してきた。このあいだ母親に言われたことを気にしているのか、虹の桜ではなく、久吉が言った言葉を踏まえて「みたいな」と言い直している。

「うん。今から説明するね。実はね、これのことだったの」

須美子は吉岡からカラーコピーを取ってもらった、収入印紙の一覧を見せた。

佳乃と美桜は並んで座ると、顔を寄せて覗き込む。

「……どういうこと？」

首を傾げる美桜に対し、佳乃のほうは「あ、桜……」と気づいた様子だ。

須美子は「ええとねえ」とできるだけ分かりやすく、安いものだと五百円もしないが、高いのは三十万円以上になる桜の柄の収入印紙の話をした。

「じゃあ、お祖父ちゃんのお見舞いに持って行けるお花じゃないの？」

悲しげな美桜の顔に、胸に小さな痛みを感じながらも、須美子は「……うん」と、きちんと肯定してみせた。

「あの吉田さん。じゃあ、あの日来ていた男性はどういう……？」

佳乃の疑問に須美子は、それについてもなるべく端折らず丁寧に説明をする。

「……そうですか。造園業者の方だったんですね。父は庭の手入れでも頼むつもりだったのでしょうか。わたし、母が亡くなってから草むしりぐらいしかしていませんので、ご覧のとおりですからね……」

庭に目を向けてそう言う佳乃に、「美桜ちゃんのためだそうです」と須美子は言った。

「えっ？……美桜の？」

探していた桜が本物の花ではないと気づき、先ほどからしょんぼりしていた美桜が顔を上げた。

「ええ」とうなずいてから、須美子は吉岡から聞いた話を二人に伝えた。

「お父さまは美桜ちゃんのため、桜の名前に縁があるこの家に桜がシンボルツリーとなるような庭を造りたいと仰っていたそうです。吉岡さんが今そのイメージを作っていて、今度、桜はどの種類にするかの相談をする約束になっていたようなのですが……」

「そうだったんですね。父が美桜のために庭を……」

「吉岡さん、お父さまがお元気になられたらあらためて伺いますので、いったん白紙にしていただいて構いませんと伝えてほしいとのことでしたよ」

「そうですか……。でも、その打ち合わせ、わたしが引き継ぎます。せっかく父が美桜のためを思って庭を造ろうとしてくれたんですもの。その気持ちをなかったことにしたくないんです。美桜もお祖父ちゃんが造ってくれるお庭を見たいよね」

「うん、見たい！　きれいなお花いっぱいにして、お祖父ちゃんと一緒に見る！」

美桜は立ち上がると、縁側に飛び出していった。

「えっとねえ、桜はあのへんがいいかな……」

早速新しい庭を自分なりにイメージしているようだ。

ピンポーン。

インターフォンの鳴る音が響き、「あ、ちょっと失礼します」と佳乃が部屋を出ていった。

きっと遅れてやって来た育代が到着したのだろう。

その予想どおり、戻ってきた佳乃は育代と一緒だった。

「あ、育代おばさん！」

縁側から戻ってきた美桜が、「こんにちは」と頭をちょこんと下げる。

「こんにちは。はい、これ美桜ちゃんに」

そう言って育代は、後ろ手に隠していた花束をパッと出して見せた。ヒヤシンスやユキヤナギ、アイリス、フリージア、ラナンキュラスなど七色の花がかわいらしくまとめられていた。

「わあ、すごい！　虹みたい！　お祖父ちゃんのところに持って行っていい？」

「もちろん」とうなずく育代から美桜は歓声を上げ花束を受け取ると、仏間に行って掲げてみせる。三人の遺影が、微笑みながらその姿を見守っている。

育代のサプライズに感謝しながら、須美子は視線を窓の外に向けた。

冬の太陽がうらうらと降り注いでいるが、枯れた芝生が広がる寂しげな庭。

(春になったら――)

須美子の脳裏に、たくさんの花々に埋め尽くされた色鮮やかな景色が浮かんだ。そして、その虹のような庭を駆け回る、満開の笑顔の美桜の姿も――。

第二話　花筏

1

舞台上の白いスクリーン。そこに時計回りで青いラインが走り、大きな円が描かれた。

するとと今度は、直径三メートルはあるだろうその円の内側が、淡い水色に塗られていく。

会場に静かなフルートの音色が流れ出した。

特徴的な施律が繰り返される、ラヴェルの「ボレロ」だ。クラシックには明るくない吉田須美子だが、以前、浅見家の次男坊・光彦がレコードで聴いていたのを思い出した。

スピーカーから流れる音楽に合わせ、水色の円の上端に、ピンク色の小さな丸がふっと現れた。それは踊るように、ゆらりゆらりと揺れながら落ちてくる。

(花びらかしら……)

やがて中央付近までくると、そっと動きを止める。それと同時に周りに波紋が現れ、輪を描いて広がっていった。

須美子は水面に落ちた桜の花びらを思い浮かべた。

さらに、一つ、二つと降り注いできて、あちこちで波紋が広がると、円の内側が上から下へと動いていく。

(あ、川だ……。花びらが流されているんだわ)

須美子は丸く切り取られた世界に視線を釘付けにされ、その想像をかき立てる表現に、思わずため息が出た。

「ボレロ」の主旋律がクラリネットに変わったところで、舞台上手に長い髪の女性が現れた。美しい白いドレスにあしらわれた金色の刺繡が、ライトを浴びてきらめいている。

メイクをしっかり施しているが、体のラインやそのしなやかな動きから若い女性であることが分かる。

女性は虚ろな目で広いホールの宙一点を見つめている。

「ああ、ハムレット様……」

どうやら彼女がオフィーリアのようだ。舞台の端で両手を組み、ハムレットとの出会いや想いを語っていく。変わっていく楽器の音色が、オフィーリアの感情の起伏を表しているようでもあった。

やがて、ゆっくりとスクリーンの前に歩みを進めていくと、オフィーリアの顔や白いドレスの上に、桜色の水玉模様が蠢く。

「どうして、どうしてなの……」

会場に切なげな声を響かせると、小さなピンク色の丸がぽつりぽつりと数を増していく。

オフィーリアは両腕を体の脇でたおやかに揺らしている。

「ハムレット様、嘘だと言って……」

（川に浮かんでいるシーンなのね……）

シェイクスピアの四大悲劇の一つ「ハムレット」。その登場人物であるオフィーリアが美しいドレスをまとい川に浮かぶ場面は、「ハムレット」を観たことがなくても、ミレイの絵画で知っている人は多いに違いない。

叔父の陰謀で父を殺されたハムレットは、狂気を装い復讐の機会を狙う。あるとき、恋人であるオフィーリアに対して、ハムレットは「尼寺へ行け」と酷い言葉を投げつける。それればかりか、叔父と間違ってオフィーリアの父を殺してしまう。度重なるショックのあまりオフィーリアは狂い、川に落ちてしまう――。

舞台の女性は今まさに、あの絵の場面のオフィーリアを演じているのだ。

不意に須美子は、自分が空へ舞い上がり、川面を見下ろしている気分になった。

（きれい……花筏みたい）

水色の円の中を埋めていくように、どんどん丸い花びらは降り積もり、流れていく。

「さようなら、ハムレット様……」

オフィーリアがゆっくりと後ろに倒れ込んだ。ドレスの中の足をうまく曲げているのだろうが、すーっと静かに仰向けになる。それはまるで、水を吸い込み重くなったドレスに引きずり込まれ、川底へと沈んでいくような動きだった。

須美子の腕に鳥肌が立つのと同時に、スクリーンの流れが止まった。

「あ……ちょっと！」

突然、左隣の席にいた小松原育代が、小声ながらも詰問するような調子で言った。

急に幻想的な世界から現実に引き戻された須美子が目を向けると、育代から二つ向こう側に座っていた男性が立ち上がり、足早にホールを出て行くところだった。

舞台から届く照明に照らされ、男性の左腕のあたりが一瞬、光ったように見えた。その下に、ぼんやりとだが「Ａ」というローマ字が見えた気がする。

「育代さん、どうしたんですか……」

体を寄せて須美子が耳元で訊ねる。

「あとで話すわね……」

育代のほうも口元を押さえながら須美子に耳打ちした。

黙ってうなずき、舞台に目を戻すと、下手から新たな登場人物が現れた。

「ボレロ」が次第に厚みを増していき、曲に合わせて羽ばたくように踊る若い女性。茶系の薄い生地を何枚も重ね合わせたような衣装が、小柄な容姿と相まって、小さな鳥を連想させた。

小鳥は無数の花びらが浮かんでいるスクリーンに向かって風を送るかのように、大きく翼を動かす。すると、水色の円の左端と右端に大きな菱形の模様が浮かび上がる。再び風を送るとそれは消え、今度は上端と下端に現れる。まるで水面に光がきらきらと輝くように、時に一つ、時に三つ四つと、上下左右の四か所でランダムに浮かんでは消えてを繰り返した。

しばらくすると、小鳥は翼をたたみ、その生涯を終えたオフィーリアにそっと近づく。その歩みに合わせて「ボレロ」が少しずつ小さくなっていった。

「かわいそうなオフィーリア——」

か細く鳴くような小鳥の声。だが、不思議と須美子たちがいる後方の座席まで美しく響いてくる。小鳥はオフィーリアの知らないハムレット側の視点を語りながら、舞台狭しと踊り、飛び回る。

やがて、長ゼリフが終わり、小鳥が再びオフィーリアの傍らに寄り添うと、「さあ、一緒に行きましょう」と呼びかける。

するとオフィーリアは、先ほど倒れ込んだときの動きを逆再生するかのように体を起こす。すーっと起き上がるその動きは、素人の須美子には魔法のように見えた。腹筋や背筋に、ものすごい負荷がかかっているのだろうに、顔色一つ変えずオフィーリアは起き上がった。思わず須美子は「すごい……」と小さく声に出してしまった。

一度絞られた「ボレロ」の執拗（しつよう）に繰り返されるメロディが、また、徐々にボリュームを上げていく。それに合わせて、スクリーンに映し出された丸い花びらは渦となり、吹き荒れ始めた。

目を閉じたままのオフィーリアの手を小鳥が引き、滑るように舞台上を廻る。

一段と激しさを増す「ボレロ」。

桜色だった花びらが、いつの間にか小鳥の衣装のように茶色に変色していた。スクリーンの前を横切るオフィーリアのドレスは薄汚れた水玉模様に見える。

なんだか須美子は胸がざわざわしてきた。

表情のないオフィーリアと、微笑んでいる小鳥。

二人が暗い空へと昇っているのか、冥い水底へと沈んでいるのか分からなかった。

向かう先は悲しみの果てか、新たな世界か――。

そして、最後の一音とともに、ふっとステージの照明は落ち、しずしずと幕が下りた。

2

「あぁ、とっても素敵な舞台だったわねえ……」

うっとりした表情の育代に、「はい。佳乃さんに感謝ですね」と須美子は答えた。

「北とぴあ」のつつじホールを出て、二人は紅色の絨毯が敷かれた階段を並んで下りる。

周囲には同じように演劇の感想を口々に話しながら、帰りの客がどっと出て行く。

北とぴあは須美子も何度か来たことがある、東京都北区のシンボルともいえる複合施設だ。大ホールがさくらホール、小ホールがつつじホールという名で、つつじホールの入口は二階のホワイエにあるガラス扉を抜け、階段を上った三階にあった。

今日は二月の第二日曜日。

須美子と育代は、先日、「虹の桜」に関する謎を解いたあと、宮島佳乃からもらったチケットで『シェイクスピアの女性たち』という舞台を観に来たのだった。

少しでも謝礼を支払いたいと言う佳乃と、絶対に何も受け取れないと言う須美子はかなり長い間——育代と佳乃の娘の美桜が、お絵かきを始めて終えるくらいの間、もめていた。

「じゃあ」と折れるような形で折衷(せっちゅう)案を出したのは佳乃だった。

「父の入院で観に行けなくなってしまった演劇のチケットがあるんです。二月九日の日曜日なんですけど、せめてそれを受け取ってもらえませんか——」

父親の久吉が倒れなければ、久しぶりに帰宅する夫と観に行く予定だったのだそうだ。しかし、久吉が倒れてまだ意識を取り戻さないなかで、優雅に演劇鑑賞という気分にはなれないという。

「無駄にしたくありませんので、お二人で是非——」

そう言って、佳乃はチケットを二枚差し出した。

「そういうことなら、いいじゃない。須美ちゃんも日曜なら行けるでしょ？　お言葉に甘えて一緒に行きましょうよ」

育代はうきうきした調子でそう言って、須美子の代わりに佳乃の手からチケットを押し戴いた。

舞台はシェイクスピアの四大悲劇「リア王」、「オセロ」、「マクベス」、「ハムレット」に登場する女性に焦点を当てた、四つのオムニバス形式の演劇。三日間五公演あるうちの最終日のチケットだった。

「育代さんは四作の中でどれが良かったですか？」

「どれも素晴らしかったけど、一番心が揺さぶられたのは最後の『オフィーリア』かしら。短い舞台でセリフも少なめだったけど、まだ胸がドキドキしてるわ」

よほど興奮したのだろう。育代の顔は上気したままだ。

だが、育代の言うとおり、短い上演だったが観るものを魅了する吸引力は、他の三作を圧倒していると須美子も思った。

全部で二時間半にもおよぶ舞台は、「リア王」のコーディリア、「オセロ」のデズデモーナ、「マクベス」のマクベス夫人が四十五分ずつの上演。「ハムレット」のオフィーリアは十五分ほどの内容だった。

「小鳥が語り手として、うまくまとめていましたし、あのスクリーンの演出が良かったですよね」

「本当ね。それに、あの『水戸黄門』が始まりそうな音楽もすごく合っていたしね」

『水戸黄門』？『ボレロ』でしたよね」

「あ、その名前知ってるわ。へえ、あれが『ボレロ』っていう曲だったのね。ドッ、ドドド、ドッて繰り返すリズムが頭に染みついちゃったわ。ドッ、ドドドドッ、ドドドドッ、ドドドド、ドドドド、ドドドド、ドッ……」

育代は人差し指を揺らして歌うが、それはたしかに「水戸黄門」のオープニングテーマのようで、須美子の頭には金色の三つ葉葵が浮かんできた。

「――でも、須美ちゃんのいうとおり、なによりもあのスクリーンの演出が秀逸だったわね。だってわたし、途中から水面を空から見下ろしている鳥の気持ちになったもの」

育代も須美子と同じ感覚を味わっていたらしい。

「はい、不思議な体験でしたね」

「ほんと、最後のほうは目が回りそうだったわ。でも、途中であのピンクの丸が桜の花筏に見えたときは感動しちゃった」

「あ、わたしもです！」

広いホワイエに繋がるガラス扉を開けながら、須美子は同意を示した。

花筏――。

その言葉を知ったのは、以前、浅見家のリビングで一同がテレビを観ているときだ。聞き慣れない単語が耳に入り画面に目を向けると、青森の弘前城の桜が映っていた。散り落ちた花びらが外濠を埋め尽くすさまは、ピンク色の絨毯が敷かれているように見える。その幻想的な風景を「花筏」と呼ぶということを知り、言い得て妙だと思った。あまりの美しさに須美子は、後片付けの手を止めて、しばらくのあいだテレビ画面に見入ってしまったほどだ。

「そういえば須美ちゃん知ってる？　ミレイの『オフィーリア』の絵に描かれている花がなんの花かって」

「海外のどこかの川を流れているような絵でしたから、桜じゃないですよね」

「うん。あれは舞台のアレンジよね。日本版『オフィーリア』といったところかしら」

「えっと、たしか、いろいろな色の花が描かれていたような気はしますけど……うーん、分かりません」

「答えはね、バラにスミレにパンジー、それに赤いのはケシの花だったかしら、他は忘れちゃったけど、全部で十種類以上の花が描かれているのよ」

「へえ、さすがお花屋さん」

「えへへ、実を言うと、このあいだ上野の美術館でその絵を観てきたばかりなのよね……」

なんだか照れくさそうに育代は言った。

「……あ、もしかして、日下部さんとご一緒にですか？」

「……うん」

「美術館デートですね」

「デ、デートっていうか。二人でちょっとお出掛けしただけよ！」と育代は顔の前でぶんぶんと手を振る。

「そうですか、そうですか。デートじゃないけど、おめかしして、二人で仲良く美術館にお出掛けして、お食事して――」

「ちょ、ちょっと須美ちゃん、大人をからかわないでちょうだい」

育代は耳まで赤くなって頬を膨らませた。

「ふふふ、ごめんなさい」と謝ってから須美子は、「あ、そういえば、さっき舞台の途中で、男の人に何か言ってましたよね。どうしたんですか？」と訊ねた。

「そうそう、聞いてちょうだい。オフィーリアの舞台になったら、二つ向こうに男の人が座ったんだけど、スマホで堂々と舞台を撮影しようとしていたのよ。マナー違反というか盗撮でしょ？　一言、注意しようとしたら、逃げるように出て行っちゃったんだけど……。あ、受付の人に言っておいたほうがよかったかしら？」

「育代さん。その男性、多分、スタッフの方ですよ」

「え、嘘っ！」

暗い会場でのことだったので詳細は分からないが、体型や服装から中年くらいだろう。

須美子は育代に、席を立って出て行くその男性の左腕に、腕章らしきものがあったことを伝えた。一瞬何か光ったのは、安全ピンが照明に反射したからだろう。そして、その真下に「A」という文字が見えたが、「STAFF」の中央の「A」ではないか――と。

「やだ、本当？　どうしましょう、悪いことしちゃったわね」

二階のホワイエから乗った下りのエスカレーターの途中で、育代は慌て出す。そして一階に着いた途端、「……ちょっと謝ってくるわ」と言って、隣の上りエスカレーターに乗った。

須美子も仕方なく、少し遅れて育代のあとを追うことにした。

須美子が二階に戻ると、育代は人の合間を縫って、つつじホールへ続くガラス扉に向かっていた。

（あ、あの人……）

不意に育代の左手にある太い円柱形の柱の陰に、「STAFF」と書かれた腕章を手にうつむいている男性を見つけた。

「育代さーん！」

ガラス扉を開ける育代の後ろ姿にそう声をかけて、指で合図を送り、一足先に須美子は男性のもとへと向かった。

「あの……」

近づいて声をかけたが、男性は須美子の声が聞こえなかったのか、「……まさか本当のことに気づいたのか……」と、ぼそぼそとよく分からないことを口にしている。

なんとなく聞き覚えがあるようなと思いながら、「あのう……」と先ほどより大きな声で呼びかけると、ようやく男性が顔を上げた。

「あっ！」

須美子は驚きのあまり言葉が続かなかった。

その顔は、つい先日知り合ったばかりの男性……玉井造園の吉岡直人だった。このあいだ会社で会ったときとは違い前髪を下ろしており、しかも今日は私服で眼鏡もかけていたので分からなかった。

「え……あ、吉田さん……」

吉岡も須美子に気づいて、柱に寄りかかっていた姿勢を正し、「先日はどうも」とお辞儀をする。

「いえ、こちらこそお世話になりました」と須美子がお辞儀を返しているところへ、育代がやって来た。

「え、嘘っ！　さっきの人って吉岡さんだったの？」

「どうも……」と吉岡が育代にも会釈を送る。

「なんで造園業者さんがこの舞台のスタッフなの？」

　育代が吉岡の手にある腕章を指さして訊ねると、吉岡は「いえ、わたしはただ、娘に撮影を頼まれただけでして……」と答えた。

「あら、そうだったの。吉岡さんがいらっしゃったのって、オフィーリアの舞台からよね」

「はい」

「……じゃあ、娘さんって、もしかしてオフィーリア役の彼女かしら？」

　出演者はオフィーリア役と鳥役の二人だったので、確率は二分の一だ。

「……ええ、まあ……」と、吉岡はにこりともせず、なにやら歯切れの悪い返事をした。

「そうだったの。あんな大きな娘さんがいらっしゃったのね。大学生？」

「はい……」

「そうなの……吉岡さん？　ちょっと顔色が悪いみたいだけど大丈夫？」

　須美子も気になってはいたのだが、先ほどから吉岡は青白く生気のない顔をしている。

「え、ええ……」

「所長になったばかりだったわよね。お仕事は大変だと思うけど、無理しちゃダメよ」

「……はい。ありがとうございます」

「あ、そうだ。さっきはごめんなさいね……って、なんだかわたし、いつも吉岡さんに謝ってばかりな気がするわ」

「あの……さっきとは、なんのことでしょう？　わたしが咎めたからでしょう？」

　育代が申し訳なさそうに体を縮こめる。

「咎める？　なんのことですか？」

　どうやら吉岡は育代に注意されたことに、気づいていなかったらしい。

「あら、違ったの。じゃあ、どうして舞台の途中で出て行っちゃったの？」

「……それは……あっ！」

　吉岡が不意にどこかへ視線を向けたあと、慌てたような声を上げた。

「どうしたの？」

　育代の問いかけに返事もせず、「すみません……お先に失礼します。あ、申し訳ないのですがこれ、受付に返しておいてもらえませんか」と腕章を押しつけ、小走りにエスカレーターのほうへ行ってしまった。

「え……」

　育代が受け取りそこねた腕章が床に落ちる。

「ちょっと……吉岡さん！」

　驚いて反応が遅れた育代が呼びかけるが、すでに吉岡の頭がエスカレーターに沈んでいくところだった。

「どうしちゃったのかしら？」

位置的に、吉岡が見ていたのはつつじホールに続くガラス扉のあたりだったが、人が多く、誰を見ていたのか分からない。

「——とにかく、この腕章を受付に届けないといけませんね」

須美子は腕章を拾い上げて言った。

「そうね。三階のつつじホールの横のところよね。でも、ちょっと人が多くなってきちゃったわね。少し人混みが落ち着いてから戻りましょうか」

「そうですね」

須美子は手の中の預かり物を大切に持ち直すと、育代と並んで三階から下りてくる人の波が収まるのをその場で待つことにした。

「ねえ、須美ちゃん。わたしのせいじゃないとしたら、吉岡さんはどうして舞台の途中だったのに、会場から出て行っちゃったのかしら？」

「顔色が悪かったですし、お手洗いでしょうか？」

「ああ、そうかもしれないわね。……あっ、もしかして撮影に失敗しちゃったんじゃないかしら？　録画ボタンを押し忘れていたことに気づいて、ショックで出て行っちゃったとか」

「でも、それならせめて、途中からでも撮影すればよかったのではないでしょうか。出て行く必要はないですよ」

「そりゃそうね」と育代はうなずいてから、「あ、分かった！　録画し忘れたんじゃなくて、スマホのバッテリーがなくて、録画ができなかったのよ。それがショックで出て行ったんだわきっと」と、少し得意げな顔で言った。

「なるほど、バッテリーですか……」

須美子はスマートフォンを持っていない。

高校時代は携帯電話を学校へ持って行くこと自体が禁止だったから不要だったし、卒業後すぐに浅見家へ来たので、仕事の上でも特に必要は感じなかった。上京してしばらくは手紙でやりとりしていた友人たちとも、疎遠になってしまった。

兄から「実家との連絡用に」と送られてきたガラケーを持ってはいるが、ほとんど使ったことはない。今時の二十代で自分は希有な存在だと自覚しつつも、須美子にとってスマートフォンや携帯電話は、別になくても困らない物という認識である。

そんな須美子のガラケーは、それこそ一週間に一度くらいしか充電しない。だが、スマートフォンは電池の減りが早く、モバイルバッテリーを持っている人も多いと聞いたことがある。

（……けど、撮影を頼まれたのに、吉岡さんがスマホを充電せずに来てしまうなんてことあるかしら？　……あ、そうか、バッテリーじゃなくて電源が入らないとか、故障していた可能性もあるわね。もしそうなら、たしかにショックは大きかったかもしれないけど――」

「あら、あの子、オフィーリア役の子じゃないかしら？」

育代の声に須美子は思考を中断する。

「ほら、あそこ」と育代が指さす先に、キョロキョロと誰かを探している若い女性がいるのに気づいた。服装はドレスではないが、体型や全体の雰囲気が似ている。ただ濃いメイクはしておらず、髪もアップにしているので断言はできない。

「見て見て、ほらこの写真、あの子よね」

育代が鞄から、受付でもらった舞台のチラシを取り出す。その中に、他の出演者よりも小さい写真だったが、「吉岡莉子」という名前があった。化粧っ気のないその顔は、まさに今、目の前にいる女性だ。

「あ、本当ですね」

それを見て、須美子も間違いないと思った。

「吉岡さんを探しているのかしら？」

「……もしかして、さっき吉岡さんが急に帰られたのって、ガラス扉の向こうに娘さんの姿を見つけたからかもしれませんね……」

「ああ……そうねえ。娘の晴れ舞台の撮影を失敗したなんて言いづらいわよね……」

育代は「よし」と言って、つかつかと歩いて行った。須美子も追従するが、少し後ろで様子を見守ることにした。

「こんにちは、吉岡さんの娘さんの莉子さんよね？」

「えっ？　あ、はい」

「舞台、素敵だったわよ」

「ありがとうございます」

「吉岡さん、さっきまで、ここにいたんだけど……急に帰っちゃったの。その……撮影中に気づいたみたいで……」

「……………」

莉子はぎゅっと握りしめた拳を体の横で震わせ、「やっぱり……」と漏らした。その言葉に須美子は、もしかすると吉岡のミスを予想していたのだろうかと思った。

床を睨みつけるように視線を落とす莉子に向かって、育代は一度逡巡してから、「あ、あのね……」と続けた。

「吉岡さん、あなたに合わせる顔がなかったんだと思うの。青い顔をしてたし、ショックだったんだと思うの……でも、許すっていうのは大事な——」

育代の言葉の途中で、莉子は「……謝っても許されることじゃない……」と、苦虫を嚙かみつぶしたような顔でつぶやいた。

「えっ……そ、そうね……気持ちは分かるけど……」

「すみません、失礼します」

「あっ！　ちょっと――」

　育代が止めるまもなく、莉子はつつじホールへ続くガラス扉へ駆けて行った。

3

「どうしましょう。わたし、余計なことをしちゃったのかしら……」

　莉子の背中を見送りながら、育代は眉尻を下げてうろたえ始めた。

「いえ、お二人のことを思ってのことですし」

「でも、喧嘩にならなければいいけど……」

「そうですね……あ、そうだ。これ、渡せばよかったな……」と須美子は残された吉岡の腕章を見つめる。

「……あの。莉子ちゃんのお知り合いの方ですか」

　不意に横から小柄な女性が話しかけてきた。莉子と同じ年頃の、ショートカットがよく似合うかわいらしい印象の女性だ。

「莉子ちゃんっていうか、お父さんの吉岡さんの知り合いだけど……あら？　もしかして、『オフィーリア』の小鳥役を演じてた人かしら。えーっと――」

育代が名前を確かめようとチラシを見る。須美子も声に聞き覚えがあった。

「あ、はい。莉子ちゃんの友人で、原保乃花と言います」

「素敵なお名前ね。花の字が入っているのね。わたしは霜降銀座商店街で花屋をやってるの。あ、小松原育代っていいます、よろしくね。ちょうどよかったわ。これ、吉岡さんが置いていっちゃったんだけど……」と、須美子が手にしていた腕章を差し出す。

「じゃあ、わたしが責任を持ってお預かりします」と受け取ってから、「……あの、莉子ちゃんとお父さんは……その、なにか話をしていましたでしょうか」と聞く。

「それがね。莉子ちゃんがここに来る前に、お父さん……吉岡さんったら、逃げるように帰っちゃったのよ」

「えっ……」

「実はね――」

吉岡が途中で撮影を失敗したことに気づき会場を出てしまい、それを知った莉子が「謝っても許されることじゃない」と怒ってしまったようなのだと、育代は話して聞かせた。

「そうでしたか。せっかく、この機会にと思っていたのに……」と、保乃花が腕章を握りしめてうつむく。

何か事情がありそうなその姿を見て育代は、「こっちで話しましょう」と、保乃花の手を摑んだ。

「……え？」

困惑気味な保乃花の手を引いていく育代に従い、須美子も人のいない壁際に移動する。

「ここならいいかしら」

「あの……わたし……」

言葉に詰まる保乃花の手をようやく離すと、「保乃花ちゃんは、莉子ちゃんと仲が良さそうだけど、いつからのお友だちなの？」と、育代は丸い顔をにっこりとさせて訊ねた。

「中学……一年のときからですけど……」

緊張した面持ちで保乃花は答える。

「同じクラスだったの？」

「いえ……一年のときは別のクラスだったんですが、部活が一緒だったので……」

「演劇部ね」

「囲碁将棋部です」

「あら、そうなの。渋いのね。たしかこんな感じにやるのよね――」と言って育代は、人差し指に中指を重ねると、ピンと腕を伸ばし、しっぺでもするかのように手を振り下ろした。そして口で「ぺしっ！」と効果音までつける。

その姿に保乃花は「ふふっ」と笑うと、力が抜けたように肩を下げた。

「そんな本格的なものじゃなかったんです。囲碁将棋っていっても、わたしと莉子ちゃんは、毎週、五目並べをしていたくらいですから……」

気づけば保乃花の表情から不安は払拭されている。

育代は相手の懐にするりと入っていくのがうまい。本人は意識しているわけではないようだが、それがまた良いのだろう。長年にわたって続けてきた客商売での経験の蓄積もあるだろうが、生まれ持った育代自身の人柄に違いない。それに最近太ったと気にしていたが、外見から抱く安心感も増したのだろう——と、須美子は思った。

「ああ、五目並べならわたしも子どもの頃、よくやったわ。でも、囲碁将棋部って五目並べもやるの？」

「出席さえしていれば、文句を言われないくらいのゆるい部活だったんです。もちろん、真面目に対局している人もいましたけど、将棋の駒でドミノ倒しをしてる人もいたくらいでした。わたしは一応、子どもの頃から将棋が好きだったので入部したんですが、莉子ちゃんは五目並べのルールしか知らない、囲碁も将棋も完全な初心者で、他に入りたい部活がなかったから入ったって言ってました。それで一年の女子がわたしたち二人だけだったので、わたしも五目並べに付き合って自然と仲良くなったんです」

「そうだったの。今、二人は大学生よね」

「はい。今度三年になります」

「もしかして、莉子ちゃんとは中学からずっと同じ学校なのかしら？」

「そうなんです」

保乃花が嬉しそうな顔で答える。

「あら、素敵。青春を共に過ごした親友同士なのね。憧れるわあ。セーラー服に赤いスカーフ……」

育代が両手の指を組み合わせ、遠くを見てうっとりした顔をする。頭の中では四十年以上の時を遡（さかのぼ）っているのだろう。須美子はふと今の育代のセーラー服姿を想像して、思わず頬が緩んでしまい、慌てて口元を隠した。

「どうしたの須美ちゃん？」

「あ、いえ、なんでもありません」

須美子は誤魔化すように一つ咳をした。

するとすぐに、育代の興味は保乃花のほうへと戻ったようだ。

「ねえ保乃花ちゃん。莉子ちゃんと吉岡さん……今日のことで喧嘩になっちゃうと思う？普段の二人はどんな感じなのかしら……」

須美子も心配はしていたが、正直聞きづらかったことを、育代はストレートに訊ねた。聞き方によってはただの興味本位と思われてしまいそうなのだが、育代の言葉には純粋に心配している「想い」のようなものが感じられる。会ったばかりの保乃花にもそれが伝わるのか、育代と同じように心配そうな表情を浮かべた。

「……分かりません。わたし、莉子ちゃんのお父さんには会ったことがないので……」

「あら、そうだったの。おうちに遊びに行ったりしないの？　中学から一緒ってことは、おうちは近いのよね？」

「はい、二人とも北区に住んでますし、お互い何度もそれぞれの家で遊んではいるのですが……」

「ああ、そっか。吉岡さん、三か月前に東京営業所長に就任したって言ってたわね。じゃあ、ずっと単身赴任だったのね。どれくらい離れていたか知らないけど、ようやく親子で一緒に住むことができたのね」

「いえ、あの……こんなことわたしの口から言っていいのか分からないんですけど、莉子ちゃん、お父さんとは一緒に暮らしていないんです」

「えっ、ああ、そうなのね……」

何か事情があるのだろうと察したようで、育代は「まあ、お母さんと女同士の二人暮らしっていうのもいいわよね」とあえて明るく言った。

「あ、そうじゃなくて、莉子ちゃんはお祖母(ばあ)ちゃんと二人暮らしなんです。お母さんは、小さい頃に亡くなっているんですが、莉子ちゃん、お母さんが亡くなったのはお父さんのせいだって以前言っていたことがあって……。でも、今日をきっかけに、お父さんとの距離が縮まったらいいなと――」

　思わぬ話の内容に、須美子と育代は声が出なかった。

「あっ！　す、すみません、なんでもないんです……あ、これありがとうございました」

と、腕章を手にした保乃花は、頭を下げて駆け出して行く。

「保乃花ちゃん！」

　育代が大きな声で名前を呼ぶ。保乃花はビックリしたように立ち止まる。

「ここにいる須美ちゃんはね、名探偵なの！　困ったことがあったら、霜降銀座商店街の花春まで、いつでも相談に来てちょうだいね」

　保乃花は不得要領な顔をしていたが、一つお辞儀をして駆けて行った。

「……育代さん。わたし名探偵なんかじゃないって言ってるじゃないですか」

　須美子は周りの人がチラチラと見ているのに気づき、体を小さくしながら育代をじとっとした目で睨む。

「でも、このあいだだって虹の桜の謎を解明したじゃない。それに、あんなこと聞いたら、放っておけないわよ。莉子ちゃんのお母さんが亡くなったのはお父さんのせいだなんて、もしかしたら事件性があるかもしれないでしょう？」

「そんなの、余計わたしなんかじゃ無理ですよ。それは警察の方のお仕事です」

「そ、そうだけど……」

須美子もまた育代と同じように心配な気持ちは抱いていた。だが、そもそも当事者である吉岡や娘の莉子から相談を受けたわけではない。それなのに勝手に首を突っ込めば、それこそ好奇心の塊である浅見家の光彦坊っちゃまのようになってしまう。

(もし探偵の真似事みたいなことをしていることが、大奥様にばれたら……)

須美子は想像しただけで、背筋が寒くなるのを感じた。


「ただいま戻りました」

そう声をかけておいて、須美子がエプロンをしてキッチンへ行くと、夕食の支度のために若奥様の和子も入ってきたばかりだったようだ。

「あら、須美ちゃん。今日は日曜日だから夕食はわたしが作るし、もっとゆっくりしてくれば良かったのに」

警察庁刑事局長の妻である浅見和子。

私立のお嬢様学校を卒業し、商社で働いていたバリバリのキャリアウーマンだった和子は、二十九歳のときに浅見家に嫁入りしたのだそうだ。それから十七年、警察官僚の夫を陰で支え、二人の子どもを育て、姑である雪江に対しても完璧な嫁であろうといつも努力している。加えてお手伝いの須美子のことまで、何かと気にかけてくれる聖母のような存在だ。

「いいえ、充分ゆっくりさせていただきました。わたしもお手伝いします」

週末の二日は須美子のお手伝いとしての仕事はお休みだから、最初の頃はお湯だけいただき、カップラーメンでも食べて過ごそうと思っていた。だが、いつも和子が須美子の分まで作ってくれることに申し訳なさを感じ、よほどのことがない限り、夕食は和子と一緒に作るようにしていた。

「ありがとう須美ちゃん。そういえば、今日はシェイクスピアの演劇を観に行ったのよね？　どうだった？」

「とても素敵でした。『シェイクスピアの女性たち』っていう四本立てのお芝居だったんですけど、どれも女性の悲しい運命に焦点を当てた作りになっていたんです。特に他と違って短い舞台だったんですけど、『オフィーリア』は演出も斬新で、映像も美しくて、まるで動く絵画を観ているようでした」

「へえ、そうなの。楽しかったのなら良かったわ」

「あ、お洗濯物を取り込んでいただいて、ありがとうございました」

「いいのよ。土曜と日曜はお休みしてちょうだいって、いつも言ってるでしょう。わたし、須美ちゃんにいつも甘えすぎだなって反省してるんだから」

「そんな、わたしこそ、いつも若奥様に甘えてばかりですし――」

そこへ「須美ちゃん、今日の晩ご飯は何かな……あ、まだ準備前だったか」と、光彦がやって来た。

「あ、坊っちゃま、すみません。帰りが少し遅くなってしまって、これから準備するところなんです」

「光彦さん、今日は日曜日ですよ。須美ちゃんはお休みの日。それとも、わたしが作る晩ご飯はお嫌かしら?」

「とんでもない。義姉(ねえ)さんの料理も、いつだって美味しいですからね。あ、須美ちゃん、ごめんね、今日が日曜だってすっかり忘れてたよ。居候っていうやつはこれだからね」

そう言って光彦は自虐的に笑った。

「ふふ、光彦さんたら」と和子は笑ってから、「でも何にしようかしら。あ、先日いただいたハムを使ったステーキなんてどうかしら?」と、頰に手を当てて提案する。

「あ、いいですね。じゃあ、付け合わせにマッシュポテトとクレソンでどうでしょう」

たしか、じゃがいもとクレソンを買っておいたはずだと須美子は思った。

「お、いいね。ハムステーキにマッシュポテトか」と光彦が嬉しそうな声で言う。

「そうそう、ハムといえばね光彦さん。須美ちゃんは今日、『シェイクスピアの女性たち』っていう舞台を観に行ってきたのよ」

　和子がそう言うと、光彦はすぐに「へえ、オフィーリアか――」と答えた。

　ハムからハムレットを連想し、『シェイクスピアの女性たち』と関連づけて、光彦は一瞬でオフィーリアを思い浮かべたのだろう。相変わらず、頭の回転が速いなと須美子は舌を巻いた。

「オフィーリアといえば、やっぱりミレイの絵かな」

「そうよね。一度、実物を目にしたことがあるけど、素晴らしかったわ」

　光彦の言葉にそう答えた和子は、育代と日下部がデートで訪れた都内の美術館ではなく、海外で観たのかもしれないと須美子は思った。

「そうだ。坊っちゃまは、あの川に浮かんでいる花が何かご存じですか？」

「花か……そういえばカラフルな花が浮かんでいたね。赤とか黄色とか、でもなんの花かなんて考えたことなかったなあ。須美ちゃんは知ってるのかい？」

「えーと、赤い花はケシの花です。他にスミレとかパンジーとかも描かれているんです」

　いつも光彦から教えてもらうばかりの須美子は、少し得意げに説明する。

「へえ、そうなんだ」

「須美ちゃん、よく知ってるわね」

　光彦ばかりか和子も感心してくれたことで、少し後ろめたくなった須美子は、「育代さんの受け売りなんです」と白状した。

「ああ、花春さんの小松原さんだっけ？」

光彦の言葉に須美子は「はい」とうなずいてから、「実はわたしも、今日初めて知ったばかりなんです」と正直に答えた。

「ふふ、そうだったのね。でも、あのミレイのオフィーリアの絵って、きれいだけど怖いのよね」

和子が整った眉をひそめてそう言う。

「あ、わたしもそう思います。最初に見たのはたしか中学の教科書だと思うんですけど、よく見るとあの目と口がうっすら開いている表情って、背中がぞくぞくってしてきます」

「オフィーリアが溺死(できし)する直前の姿だったわよね」

和子は細い肩を抱くような仕草をした。

「お、そうだ。じゃあ、須美ちゃんに逆に問題。あの絵にドクロが描かれているっていう話は知ってる？」

今度は光彦が試すような表情で質問した。

「えっ！　ドクロ？　そんなの描かれてたかしら？」

「あ、義姉さんも知りませんでしたか？」

「ええ、初耳よ。須美ちゃんは知ってる？」

「……いえ」

「まあ、そう見えるっていうだけで、本当のところは分からないんだけどね。背景の草むらの中にドクロのように見える箇所があるんだよ。オフィーリアは足を滑らせて川に落ちたらしいけど、実はそのドクロにまつわる不可解な事件が……なんて、内田さんが好きそうな話――」

「光彦！」

鋭い声に三人が一斉に目を向けると、大奥様の雪江がいつの間にかキッチンの入口に立っていた。

「今、『事件』とか『内田某』って聞こえた気がするのだけど」と、雪江は次男坊を睨めつけて言った。

「いえ、絵画の話をしていただけです。絵画の盗難事件が増えているようですので、うちだって気をつけないといけないという話ですよ」

光彦が平然と口から出任せを言う。

「本当かしら？」

雪江がさらに厳しい目を光彦に向ける。

軽井沢に住む推理作家の内田康夫は、旅先で光彦が遭遇した事件を基に小説に仕立ててしまうのだが、締切が近づいてもネタが思いつかないときは、光彦をけしかけるように事件に向かわせることがある。だから、浅見家の名誉をなにより大事にしている雪江にとって、内田は蛇蝎のごとく嫌われている存在なのだ。須美子も基本的に、内田に対する感情は雪江と同じなのだが——。

「お義母さま、本当です。ね、須美ちゃん」

和子が助け船を出したので、須美子もここはおとなしく「はい」とうなずいておいた。

「……ならいいですけど」

雪江はまだ疑わしげな眼差しだったが、和子と須美子がそういうのであれば仕方がないと判断したようだ。

「とにかく、あの方とは関わらないにこしたことはありませんからね。いいですね、光彦」

「はい。肝に銘じておきます」

光彦は「さて、仕事仕事」と言って雪江の横を通り過ぎると振り返り、須美子と和子にだけ見えるように、「ありがとう」と口を動かした。

4

三日後——。

月曜、火曜と須美子はなんとなく嫌な予感がして、育代の営む花春には立ち寄らずに商店街での買い物を済ませていたが、今日は思いきって顔を出してみることにした。

「あら須美ちゃん、いらっしゃい」

「こんにちは……あの、いらっしゃってませんよね？」

須美子はそれほど広くない店内に素早く視線を走らせたあと、恐る恐る小声で訊ねた。

「いらっしゃってって……ああ、日下部さん？　今日はまだよ」

「いえ、そうではなく……というか、育代さんの頭の中はいつも日下部さんでいっぱいなんですね。それに今日はって、昨日はいらしてたんですね」

「えっ！　な、何を言っているのよ須美ちゃん……そんないつも日下部さんのことを考えているわけじゃ……」

顔を真っ赤にした育代が意味もなく店の花を整えて回る。

そのとき店のドアが開いた。

「あ、ほら噂をすれば日下部さんじゃないですか」

須美子の言葉に、いそいそと迎えに行った育代は「あらっ！」と驚きの声をあげた。

「……こんにちは」

入ってきたのは、須美子が危惧していた先日の彼女――原保乃花だった。

「いらっしゃい！　保乃花ちゃんだったわよね。ちょうど須美ちゃんも来てるのよ。さあ、こちらへどうぞ」

育代が満面の笑みで保乃花を案内し、奥の丸テーブルへと導く。

「須美ちゃんも座ってちょうだい」

育代に促され、須美子は仕方なく席に着くが、保乃花はテーブルの横に立ったまま、

「あ、あの、探偵の方への相談料っておいくらくらいなんでしょうか……」と言った。

「……えっと、日曜日は育代さんが誤解させてしまったみたいでごめんなさい。実はわたし探偵なんかじゃないんです。ただの家政婦なんです……」

「え……」

ここへ来るのにそれなりの決意をしてきたのだろう。保乃花はあからさまにがっかりした顔をした。

「あ、あのね、でもね、探偵は副業というか、須美ちゃんが名探偵なのは本当なのよ」

慌てて育代がフォローに走る。

「育代さん！　ですから、わたしは――」

「でも、今まで何度も謎を解決しているのは本当じゃない」と、育代は子どものように口を尖らせる。

「それは、たまたま当たっただけで」

「たまたまが何度も続けば本物よ」

「……」

育代の勢いに押され、須美子は思わず言葉を失った。

「肩書きとしては家政婦だけど、須美ちゃんの実績はね、十一戦十一勝の負け知らずなの」

育代の言葉に「すごい」と保乃花はこぼしたあと、「あの、本物の探偵さんじゃなくても構いませんので、相談に乗っていただけませんか」と続けた。

（どうしよう……）

須美子は先日の会話から保乃花が相談しようとしていることは、吉岡父娘に関することだろうと思った。

（人様のおうちのことだし……）

須美子は口には出さなかったが、保乃花は言いたいことが分かったのだろう。

「余計なお世話……人の家庭に首を突っ込むなと言われるかもしれません。自己満足だと思われるかもしれません。……でも、でもそんなことより、友だちが苦しんでいるところを見たくないんです！」

「……！」

保乃花の言葉が須美子の胸に刺さる。

面倒ごとなんて、傍観者でいるのが一番楽に違いない。いじめがいい例だろう。目撃しても、下手に介入すれば次のターゲットは自分になる。だから、多くの人は自衛のために見なかったことにしたり、加害者に嫌われないよう同調し、ご機嫌とりをする。もしくは、あとでこっそり被害者を慰めることで、自分にできることはしたと自身を納得させるのではないだろうか。

ひどい話だと、いじめる側の思いも汲んであげたほうがいい、なんていう人間もいるらしい。そういう人は、被害者の気持ちに寄り添えないというより理解ができないのだろう。自分はターゲットにならないという自信があるのか、あるいはやり返せばいい、無視すればいい、いじめられたって気にしないという、強い心の持ち主なのかもしれない。

だが、極論を言ってしまえば、それはいじめる側に立つ人間の発想ではないだろうかと須美子は思ってしまうのだ。結局のところ、「弱者が悪い」。そう言われている気がしてならない――。

「保乃花ちゃんは優しい子ね……」

そう言う育代の微笑みも優しかった。育代は「須美ちゃん……」と名前だけ呼んだ。言いたいことは須美子にも分かっている。名探偵だなんておこがましい。自分なんかに何ができるか分からない。でも、困っている人が手の届くところにいるのなら――。

「原さん、詳しい話を聞かせてください。ただし、相談料なんていうものは必要ありません」

「え、でも、それでは吉田さんに申し訳ないです……」

「それでいいじゃないの」と育代は言ってから、「保乃花ちゃんと須美ちゃんと、おまけにわたしも、今日からお友だちということで、困ったことを相談するだけよ。ね、須美ちゃん」とうなずいてみせた。

「はい、そういうことです。ですので気軽に、須美子と呼んでください」

須美子はようやく笑顔を作る余裕ができた。

「わたしも育代でお願いね」

「ありがとうございます！　須美子さん、育代さん。わたしのことも保乃花でお願いします」

保乃花は嬉しそうにぴょこんと頭を下げた。

「あ、わたしはすでに『保乃花ちゃん』って呼んでたわね」

育代は「ごめんね保乃花ちゃん」と舌を出した。

「ふふ、いえ」

「じゃあ、ちょっと待っててね。あ、座って座って」

そう言って保乃花を須美子の隣に座るよううながすと、育代は店の奥に引っ込んだ。

「お待たせ」

お盆に載せた湯飲みをテーブルに置いた育代は、もう一度店の奥に戻り、今度は大きな皿を持って現れた。

「これもどうぞ。白いお饅頭(まんじゅう)が黒あん、茶色のほうは白あんよ」

大皿には小ぶりな二種類の饅頭が載っていた。

「ありがとうございます」

保乃花は頭を下げるが手をつけず、「えっと、どこから話せば……」と迷っている。

その姿を見て、席に着いた育代が代わりに口を開いた。

「このあいだ、中学のときは囲碁将棋部だって言ってたわよね。じゃあ演劇部は高校生のときからなの？」

「あ、いえ。高校も大学も演劇関連の部活やサークルには入っていないんです」

「あら、じゃあこのあいだの舞台はどういうご縁なの？」

「高校生のとき、二人で観に行った演劇に感銘を受けて、それからその劇団に練習生として入ったんです。参加したのが高校一年のときだったからもう五年になりますね」

「そうだったの。じゃあ、もう何度も、ああいう舞台には出ているの？」

「端役で何度か出させていただいたことはありますが、今回の『オフィーリア』はわたしたちにとって初めての大役でした。半年ほど前に座長から、『シェイクスピアの女性たち』をやるから、二人で『オフィーリア』をやってみないかって台本を渡されたんです。まあ、十五分のオマケみたいなものですが……」

「ううん、短い時間に魅力が凝縮されてたわよ。ここだけの話、四つの演目の中で、一番、印象に残っているもの」

「はい、わたしもです」

育代に続けて須美子もうなずくと、「そう言っていただけると、頑張って作った甲斐があります」と、保乃花ははにかむように笑った。保乃花は二十歳のはずだが、その表情はずいぶん幼く見えた。

「『作った』というと、もしかして、出演だけでなく、それ以外のこともお二人が担当なさったんですか」

保乃花の様子を見て、須美子は訊ねた。

「はい。構成や映像、音楽なども自分たちで考えました。もちろん、実際の舞台では音響さんや照明さんの手を借りていますけど」

「じゃあ、あの桜の花筏も保乃花ちゃんたちのアイデアなの？」

「えっ？」

育代の質問に保乃花は首を傾げる。

「あのスクリーンに映し出された丸い花びらよ。あれって川の上に落ちた、桜の花びらを表していたんじゃないの」

「そうですけど……あ、それを花筏っていうんですね。知りませんでした」

保乃花は二度三度、うなずいてから「あれを作ったのは莉子ちゃんなんです。莉子ちゃん、パソコンを使う作業も得意なんですよ。五目並べのゲームを自分で作ったこともあるって言ってました」と続けた。

「へえ、すごいわねえ。そういえば、あのピンクの丸い花びらって、うじゃうじゃして碁石が並んでいるみたいだったわね。まあ、丸い碁盤なんていうのはないだろうけど。あ、これも色は違うけど、碁石みたいじゃない？」

育代が白と茶色の饅頭を指さして言ってから、「あ、ほら、食べて食べて」と促した。

「ありがとうございます。じゃあ、いただきます」

保乃花は白いほうの饅頭を一つ手にして、口へ運ぶ。

「須美ちゃんもどうぞ」

「あ、はい、いただきます」

須美子は茶色いほうを手に取ってから「でも茶色はまだしも、ピンク色の碁石なんてありますか？」と育代に言った。

「あ、わたし、見たことありますよ」と返事をしたのは保乃花だった。

「若草色とピンク色がセットになっていて、たしか『さくらご』って名前がついていました。他にも目に優しい『グリーン碁石』とか、おしゃれなガラスでできた赤や水色なんてのもあって、渋いと思われがちの囲碁ですけど、いろいろ可愛いのがあるんですよ」

「へえ、そうなの。あ、可愛いといえば、保乃花ちゃんが着てた小鳥の衣装も可愛かったわよ。それに、莉子ちゃんの着てたドレス、あれは高そうだったわね」

そう言ってから育代は白い饅頭を口に入れ、すぐに茶色にも手を伸ばす。

「あれは二着ともわたしが作ったんです」

もごもごしている育代の口元を見ながら、保乃花が嬉しそうに微笑む。

「え、本当？　すごいじゃない保乃花ちゃん！　オフィーリアのドレスは金色の刺繍とか、遠目で見ても、とっても素敵だったし、小鳥なんて翼っぽく見せるために、何層にも少しずつ色の違う生地を重ねていたでしょう？」

「そうなんです！　嬉しいなあ、そんなところまで見ていただけてたなんて……。実はあの衣装、どっちも古着屋さんで偶然いい布地を見つけたものなんです。オフィーリアのドレスは刺繍とかもミシンでやったものですから、時間と手間はかかりましたけど、材料費は実は千円もかかってないんですよ」

「うそっ！　十万円はすると思ったわ。千円なら、わたしもあんな素敵なドレスを作ってもらいたいわね」

育代が夢見るような顔で視線をさまよわせた。

「育代さん、ドレスを着る機会なんてあるんですか？」

須美子が冷静に突っ込むと、「それはまあ……ないけど」と、育代が肩を落とす。

「あ、そっか。ウエディングドレスなら着るかもしれませんものね」

須美子がからかうように言うと、「え、そうなんですか！」と育代よりも早く保乃花が反応した。彼女の年齢からしたら、育代は自分の親よりも年上だろう。そんな育代がウエディングドレスを着ると聞いて、驚かないわけがない。

「ちょ、ちょっと須美ちゃん！　何を言っているのよ！」と顔を真っ赤にした育代は、

「そ、そうだ。それより莉子ちゃんのお母さんが亡くなったのは、お父さんのせいだっていう話を聞かせてちょうだい」と、慌てて矛先を変えた。

「……あ、はい。ご相談したいのは、そのことなんです。莉子ちゃんとお父さんの間で何があったのか分からないんですけど、仲違いしているらしいことは伝わってくるんです」

「保乃花さんが、そう感じたのはいつ頃ですか？」

本題に入ったところで、須美子もしっかりと聞く姿勢をとる。

「たしか中学二年のときです」

「あ、そんな前からなんですね……」

「はい。わたしの家で遊んでいて、平日だったんですけど、父がたまたま早く帰ってきたことがあって、両親と一緒に莉子ちゃんもうちで夕食を摂ったんです。そのとき莉子ちゃんが『保乃花ちゃん家はいいな』って淋しそうに言って……。それで、莉子ちゃんの家族のことを聞いてみたら、今はお祖母ちゃんと二人暮らしだって言うんで、じゃあ莉子ちゃ

んも一緒に、今度うちの家族と出掛けようって話になったんです。わたしの父、車が好きでして、ローンなんですけど、当時、けっこういい車を買ったばかりで、自慢げにエンジンがどうだとか、訳の分からないことを話し出しまして——」

保乃花の父親の話を聞きながら、須美子はふと光彦の顔が浮かんだ。光彦も近所で居候と呼ばれているくせに、ソアラなどという高級車に乗っている。毎月のローンが大変だと嘆いていたが、まるで恋人のように愛車を大切にしている。

「——でも、そのときの莉子ちゃんの様子がなんだかおかしかったので、あとでうちのお父さんがうるさくてごめんねって言ったら、『ううん、そうじゃないんだ』って。家族でドライブに出掛けたとき、お母さんが交通事故で亡くなったからって。莉子ちゃんが五歳のときにお母さんは亡くなったというのは知ってたんですけど、このとき初めて原因を知ったんです。莉子ちゃんは大丈夫だったのって聞いたら、わたしはなんにも覚えていないんだ、って。それから、お祖母ちゃんとお父さんと三人暮らしになって、小学五年生のとき……お父さんが家を出て行ってしまったって……」

「………」

須美子はなにも言葉を挟めなかった。育代も無言のまま耳を傾けている。

「今なら、あまり触れちゃいけない話題だって思うんですけど、当時は中学生でしたから、どうして出て行っちゃったのってわたし、思わず聞いちゃったんです。そしたら、『お母さんが死んじゃったのは、お父さんのせいみたいなの』って、そう莉子ちゃんが言ったんです……」

より深刻になっていく話に、なんと言葉を継いでいいか、須美子はさらに分からなくなった。黙っていると、保乃花が話を続けた。

「――どうしてそう思ったのって聞いたら、お父さんが仏壇のお母さんの写真に向かって『お前を死なせたのはわたしだ』って言ってるのを聞いちゃったんだって言ってました。その言葉がショックだったらしくて、思わず『お父さんなんて大っ嫌い！　お母さんに会いたい！　お父さんがいなくなればよかったのに』って言っちゃったらしいんです。莉子ちゃん、寝込んでしまってしばらく学校を休んで、部屋に閉じこもってしまったそうで……。そして、それからしばらくして、お父さんが……」

「そんな……」

育代がため息とともに言葉を漏らした。

「お祖母ちゃんは、お父さんは仕事で単身赴任することになったからだって言ってたらしいんですけど、それ以来、お盆やお正月になってもお父さんは帰ってこなかったそうです。住んでる場所はお祖母ちゃんが知っているそうですけど、お母さんを死なせた人のところに、自分から会いには行きたくないって、そのときの莉子ちゃんは言ってました」

「でも交通事故なら吉岡さんのせいじゃないんじゃない。お祖母ちゃんは詳しいことを教えてくれなかったのかしら？」

「聞いたことはあるそうですけど、自分は知らないと首を振るばかりで、教えてくれないって」

「……」

須美子は何も言えなかった。

もしかしたら、運転していた吉岡が何かを避けようとハンドルを切ったせいで、助手席に座っていた妻が亡くなってしまったのではないだろうか。それなら、自分の責任と感じるかもしれない。あるいはハンドルを握っていたのは吉岡ではなく妻のほうで、運転させてしまったことを後悔していた可能性もある。いや、それよりも今気になるのは……。

「保乃花さん、中学二年生の頃に聞いた話と仰いましたよね」

須美子の問いかけに、保乃花は「はい」と答えた。

「となると、もう六、七年前のことだと思いますが、それにしては、ずいぶん詳しく覚えていらっしゃる気がするのですけど……」

「日記を見直してきましたから」

「保乃花ちゃんが中学二年のときに書いてた日記ってこと？」

育代が訊ねる。

「はい。わたし、莉子ちゃんから話を聞いてショックだったんです。父親も母親もずっと当たり前のようにいて、それなりに仲良くやってきた自分と、そのどちらとも暮らせていない同い年の莉子ちゃん。自分の感情とかも、その日の日記に細かく書き記してありました。その中には汚い字で、『莉子ちゃんがかわいそう』とも書いてあったんです。でも昨日、それを見て、偉そうに、偽善じゃないかって情けなくなりました。実際、そのあと相談に乗ってあげることもせず、ただ莉子ちゃんの両親のことに触れないように過ごしていましたし……」

「無理に相談に乗ろうとせず、そっとしておいてあげたのは、保乃花ちゃんの優しさでしょう？　偽善なんかじゃないわよ」

育代の大人な意見に須美子もうなずいてみせる。

「ありがとうございます。でも、あれからもずっと莉子ちゃんと仲良くしてもらって、わたしがつらいとき、莉子ちゃんはいつも支えてくれました……あのときも……」

保乃花は一度躊躇（ちゅうちょ）してから、深呼吸をして続けた。

「わたし……高校生のとき、いじめを受けていたことがあったんです。莉子ちゃんと別のクラスになった二年生のときでした。わたし、背が低いじゃないですか。当時はうつむき加減で話す癖があったので、上目遣いに見えたんだと思うんですけど、男に媚（こ）びを売っている女だって言われて……」

「まあ、なにそれ！」

瞬間湯沸かし器のように一瞬で頭に血が上った育代が立ち上がろうとするのを、須美子が制した。

「わたし、そう言われても、いつも何も言い返せなくて……。莉子ちゃんとは学校が終わってから一緒に遊んでましたけど、いじめられていることを言えなかった……というより、知られたくなかったんです。でも、あるとき休み時間にわたしのクラスに来た莉子ちゃんに、目撃されちゃったんです。わたしがいじめられているところを……」

「……！」

「莉子ちゃん、なんの躊躇もなく入ってきて、わたしをいじめていた子たちに向かって『最っ低！』って言って机をバーンって叩いたんです。教室がシーンとしたなかで、莉子ちゃんは、何事もなかったように笑って、『保乃花ちゃん、今日帰ったら何して遊ぶ』って言いました……。ぽかんとしているうちにチャイムが鳴って、そしたら次の休み時間も莉子ちゃんがやって来て、それから三年生になって同じクラスになるまで、毎日休み時間は必ずわたしのクラスに来てくれたんです」

「いいお友だちね」

育代の言葉に「はい」と力強く保乃花はうなずいた。

「――今度はわたしが莉子ちゃんを支えたいんです。舞台のあとから、莉子ちゃん塞ぎ込んでしまって、つらそうなんです。……わたし、莉子ちゃんに幸せになってほしい。でも、どうしたら力になれるのか分からなくて……」

その言葉を聞き育代は「うんうん」と目を潤ませている。

須美子も保乃花の親友を思う気持ちに心を打たれた。今度こそ後悔しないよう、自分ができることを実践しようとしているのだという強い気持ちが伝わってきた。だから須美子も自分にできることをすべく、質問に戻った。

「どうして今回、莉子さんがお父さんに撮影を頼んだのかは分かりますか？」

「分かりません。『オフィーリア』をやることになってしばらくして、突然、最終日にお父さんに撮影をしてもらうって言い出したんです。舞台は毎回、ビデオ撮影しているんですけど、座長に許可も取って……」

こめかみのあたりを指で押さえた保乃花が、考え込むように視線を下げると「あ、白と黒……」とつぶやいた。

「あんこのこと？」

皿の上の饅頭に目を向けて、育代が答える。

「あっ、いえ。そういえば撮影を頼むっていう話の少し前に、莉子ちゃん、子どもの頃にお父さんと五目並べをしていたことを思い出したと言ってたんです。白い碁石が蛤（はまぐり）からできているとか、黒い石は那智黒石（なちぐろいし）だとか、囲碁にまつわるいろんな話をしてくれたって。莉子ちゃんの口からお父さんの話が出たのはあの日以来でした……」

「そうだったの。あ、じゃあ、中学で囲碁将棋部に入ったのも、どこかにお父さんとの記憶が残っていてのことだったのかもしれないわね。……そっか、じゃあ今回、撮影を頼んだのって、昔は色々あったけど、二十歳になった自分の姿を晴れ舞台で見てもらって、仲直りしたかったのかもしれないわね。それなのに、吉岡さんが撮影に失敗しちゃったから、莉子ちゃん怒っちゃったのね」

「……吉岡さんは本当にバッテリーが切れて、撮影ができなかったんでしょうか？」

ふと気になった疑問が、須美子の口からこぼれ出た。

「須美ちゃんも納得してたわよね？」

「あのときは、そうなのかなと思ったんですけど……。でも、あらためて考えてみると、娘の晴れ舞台の撮影なんですから、しっかり充電してくるんじゃないかな——と。ほら、吉岡さんって、お仕事のイメージからも、そういうところはきちんと準備なさる方だと思いませんか？」

「それはそうねえ……」

「まあ充電を忘れたのではなく、もしかしたらスマホが故障して撮影ができなかったという可能性もあるかもしれませんけど……」

「ああ、それもあり得るわね。それもショックでしょうね」

うんうんと育代がうなずく。

「……ただ、可能性というなら、逆の可能性もあるかもしれません」

「逆？　逆ってどういうこと？」

須美子は保乃花が不快に思うかもしれないと思ったが、少し躊躇ったあと、思い切って言ってみることにした。

「仲直りしようと思って呼び出したのではなくて、お母さんのことを謝罪してもらおうと思ったということです。つまり、撮影は呼び出す口実だった」

「そんな！　莉子ちゃんがそんなこと……」

やはり保乃花にこの意見は受け入れがたかったようで、反論して顔をしかめる。

「保乃花ちゃん、まだそうと決まったわけじゃないのよ。ね、須美ちゃん」

「はい。あくまで可能性の一つというだけです」

「莉子ちゃんのことは保乃花ちゃんが一番よく知っていると思うわ。だからね、真実を知るためにもきちんと検討しましょう」

そう言って、育代が保乃花の肩にそっと手を置く。

「あ、そう……ですよね。すみません」

興奮してしまったことを恥じ入るように頭を下げる保乃花に、「ううん。いいのよ」と育代は微笑んだ。

「須美子さんもすみませんでした」と謝る保乃花に、「いいえ、気にしないでください」と須美子も答えた。

「えっと、その場合は何か変わるのかしら？」

育代が腕を組んで、須美子に問いかける。

「たとえば吉岡さんは最初、父娘がもう一度、仲良くできると信じて会場に行った。けれど、舞台上の大きくなった娘の姿を見ている途中で不安になり、本当は糾弾するために呼ばれたのではないかと気づいて逃げ出した――とか」

須美子が顎に人差し指を当てながら答える。

「なるほど、成り立っている気がするわね……」

可能性の一つと言っていたが、その仮定で問題はないような方向に進んでしまい、保乃花はなんとも言えない顔でうつむく。

その様子に気づいた育代が、「ねえねえ保乃花ちゃん。舞台直前って二人とも緊張するの？」と、一度、話題を逸らした。

「……え？　あ、はい。それはもちろん。わたしたちにとって初めての大役でしたし、いつも以上に緊張してました。……あ、そうだ！」

「どうしたの？」

「莉子ちゃん、出番の直前に『きっと伝わる』ってとても真剣な顔で言ってた気がします……」

「きっと伝わる……なんのことかしら」

(……あっ)

育代が首を傾げる横で、須美子の頭には北とぴあでの一場面が浮かんだ。

『……まさか本当のことに気づいたのか……』

「STAFF」の腕章を手にうな垂れている男性を見つけ近づいたとき、ぼそっとそうつぶやく声が聞こえたのだ。その直後に、その男性が吉岡だったと知って驚き、すっかりそのことを忘れてしまっていたが、何かに怯えているような表情だった。

「……そうか。厳密にはもう一つ可能性があります」

顎から外した指を下ろし、須美子は言った。

「もう一つ?」

「はい……」

須美子がちらっと保乃花に顔を向ける。

「あ、大丈夫です。可能性の一つですよね。冷静に耳を傾けますので、お願いします」

保乃花は力強くうなずいた。

「分かりました。えっと、舞台中に吉岡さんの心境に変化があったというのは一緒ですが、そのきっかけの話です。漠然と娘さんの姿を見ていて不安が募ってきたのではなく、莉子さんが明らかに糾弾の意を表し、吉岡さんがそのメッセージを受け取ったというパターンです」

「それって、舞台上から吉岡さんに向かって、莉子ちゃんが何かしたってこと？　保乃花ちゃん、なにかおかしなことあった？」

「いえ、リハーサルどおりでしたけど」

「ですってよ、須美ちゃん」

「リハーサルどおりで、かつ吉岡さんだけに分かるメッセージならいいんです。実は――」

ホワイエで聞いた吉岡のつぶやきについて、須美子は二人に説明した。

「え、『本当のこと』って、どういうこと？」

「保乃花さん。さっき、莉子ちゃんのお母さんは交通事故で亡くなったって言いましたよね」

須美子は育代の質問には答えず、保乃花に訊ねた。

「は、はい」

「莉子さん自身はそのときのことを覚えていらっしゃらないんですよね」

「はい」

「……………」

「もう、じれったいわねえ。須美ちゃん、気になることがあるなら早く言ってちょうだい」

育代がせかした。

「莉子さんのお母さまは、本当は交通事故で亡くなったのではないのかもしれないと思ったんです。たとえば、水の事故とか――」

「水の事故？」と育代は不思議そうな顔で須美子を見る。

「あ、オフィーリア！」

保乃花が先に気づいたようで、興奮した顔で言った。

「え、え、どういうこと？」と訊ねる育代に、保乃花は「川での水難事故ってことですよね？」と須美子に向かって言った。

「はい」

「あ、そういうこと。川で……」

育代もようやく理解したようだが、語尾は悲しげな顔で濁した。

「五歳のときのことを覚えていなかった莉子さんは、父親との碁の話の記憶と同様、あるときふと思い出したのではないでしょうか。お母さんは交通事故ではなく、本当は川で亡くなったということを。しかも桜の季節。もしかすると、花筏の淵に足を取られて亡くなったとしたら、あの舞台は明確な意思表示になったはずです」

「……あ、ちょっと待ってください！」と保乃花が待ったをかけてから続けた。

「桜の季節じゃありません。莉子ちゃんのお母さんの命日、十一月十四日ですので……」

「えっ！」

「莉子ちゃん誕生日のときに、『今日はお母さんの亡くなった日でもあるんだ』って言ってましたから間違いありません」

「そんな、お母さんの命日と自分の誕生日が一緒なのね……」と育代はつらそうに顔をしかめる。

「そうでしたか……。あれは明らかに春を連想させる作りでしたから、この考えは違いますね。すみません、勝手なことを……」

そう言って須美子が頭を下げたとき、「……あ、秋の桜！」と育代が口にした。

「秋の桜ってコスモスですか？」

須美子が顔を上げて訊ねる。

「ううん、そうじゃなくて本物の桜よ。十月桜。このあいだ盆栽の話をしていたときにも言ってたでしょう」

「あ……」

そういえば、育代が旭山桜や河津桜と口にしていたとき、十月桜という単語も出ていた。

「秋に咲く桜があるんですか？」

首を傾げる保乃花に育代は「うん。春の他にも十月から十二月頃まで咲く桜なの。たしか飛鳥山にもあったんじゃないかしら。春の桜みたいにぶわーっと咲いて、花筏になるようなのは聞かないけど」と説明してから、「でも、桜を思い出してもらうために強調していたのね。きっとそれよ須美ちゃん！」と、びしっと人差し指を立てた。

「じゃあ、考えを進めてもいいのかもしれませんが、でも――」

「どうしたの？」

「……あ、いえ。そうなると、どうして莉子ちゃんに交通事故死という事実ではないことを、吉岡さんは教えたのか。それに吉岡さんの言った『お前を死なせたのはわたしだ』という言葉。そして、『……まさか本当のことに気づいたのか……』とつぶやき、逃げるように立ち去った不可解な言動。それらのことに、合理的な説明をつけるとするなら、それは――」

須美子が言いよどんでいると、育代と保乃花が「あっ！」と同時に声を出した。

二人とも一つの可能性に気づいたようだ。

それは――事故ではなく、吉岡が妻を死にいたらしめたのではないかということ。

それならば、記憶があいまいな娘に事実ではないことを教えただろう。

奇しくも、北とぴあで育代が、『もしかしたら事件性があるかもしれないでしょう？』と言っていた言葉が当たっていたことになる。

「まさか須美ちゃん、莉子ちゃんのお母さんが、父親である吉岡さんに、こ、殺されたかもしれないっていうの？」

「そんな……」

育代も保乃花も、あの日の吉岡のような青ざめた顔で言って言葉を失った。

5

今夜のメニューは金目鯛の煮付けとにんじんと大根の味噌汁、それにごま豆腐とレンコンのサラダ――と、雪江の好みに合わせた和食のメニューだ。

（……本当にあれでよかったのかしら）

調理の手を進めながらも、須美子は頭の中でぼんやりと別のことを考えていた。

秋に桜を見に言って川で溺れた母親。その原因……もしかしたら父親に殺されたのかもしれないと思った娘が、「オフィーリア」の舞台でその罪を糾弾しようとした。

――そう須美子は推理したのだが、頭の片隅に何かが引っかかっていた。もどかしさのあまり、その場で自分の頭をコツコツと叩いたのだが、結局、何も思い浮かばなかった。

あのあと花春にお客さんが来たこともあり、須美子、育代、保乃花の鼎談（ていだん）はひとまず終了することになった。

肩を落として外に出た保乃花に、あくまで可能性の一つというだけであり、可能性ということなら他にも考えられますから——と、須美子は店先で伝えた。

だが、もしその時点で「他の可能性を教えてください」と言われていても答えられなかった。保乃花も気休めの言葉と感じ取っていたのかもしれない。「相談に乗っていただき、ありがとうございました……」と言って帰って行ったが、小柄な背中がさらに小さく見えた。

『……わたし、莉子ちゃんに幸せになってほしい』

保乃花はそう言っていた。

(そのためにわたしに相談してくれたのに——可能性というだけで、あんな悲しい話をしてしまった……)

須美子はコンロの火を弱めながらため息をついた。

もちろん真実が必ずしも喜ばしいものとは限らない。もしかすると、今よりもっと悲しく、残酷な結果になる可能性だってある。それは分かっている——。

(……とにかく、引っかかっていることを考えなきゃね)

まずは、あの日のことをしっかり思い出してみようと思った須美子は、手にした菜箸を置き、目を閉じて、自分が舞台に立った姿を想像してみた。

「ああ、ハムレット様……」

莉子のセリフを小さく口にしてみる。

そのあとゆっくりとスクリーンの前に移動していたはずだ。

「どうしてなの……」

たしか桜色の水玉が、スクリーンだけでなく白いドレスにも映っていたっけ――。

「ハムレット様、嘘だと言って……」

莉子がやっていたように、川に浮くように両腕を体の脇で揺らしてみる。

「どうしたんだい須美ちゃん」

「ひゃあっ！」

突然、背後から声を掛けられて、須美子は思わずおかしな声が出た。

「ぼ、坊っちゃま。脅かさないでくださいよ……あ、あの、いつから、そこにいらっしゃいましたか？」

「ん？　たった今だよ。須美ちゃんがクラゲの真似をし始めたところから……」

「………」

須美子は恥ずかしさに両手で顔を覆った。

「あれ？　クラゲじゃなかった？」

「……忘れてください、坊っちゃま。でないと、しばらくハンバーグは食卓に並びませんよ」

耳を真っ赤にした須美子はそっぽを向いて、頰を膨らませる。見られた恥ずかしさもさることながら、「クラゲ」と言われたことがショックだった。

「え、それは困るなあ……。分かったよ、すぐに忘れるから」と光彦は頭をかきながら、背中を向ける。たぶん、今夜のメニューの偵察に来たのだろう。

「……あ、坊っちゃま！」

須美子は光彦を呼び止めた。

「大丈夫、大丈夫。もう忘れたから誰にも言わないよ」

「いえ、そのことではなくてですね……」

須美子は逡巡した。名探偵である光彦に知恵を借りてもよいものだろうか——と。

「……あの、坊っちゃまが事件の真相を探し求めているとき、すっきりしないというか、あと一歩で辿り着きそうなのに何かが足りないとかってことありませんか？」

迷いに迷った揚げ句、結局、中途半端なことを訊ねるにとどめた。

「ああ、よくあるね」

光彦は振り返ると、不思議そうな顔をしながらも真摯に答えてくれた。

「そういうときって、どうするんですか？」

「そうだなあ、得てして真実は、見えないところにあることが多いよね。それを丁寧に探すように心がけているよ。それに、すでに見えているのに見えていないということもあるからね」

「……見えているのに見えていない、ですか……」

「はは、なんだか禅問答みたいな答えになっちゃったかな。でも、どうしたんだい須美ちゃん。急にそんなことを聞いたりして。何か悩みがあるなら聞くよ？」

「いえ、わたしの悩みではないのですが……」

聞こえないほどの小さな声でそう言ってから、「坊っちゃま、明日の夜はハンバーグにしますね」と、アドバイス料代わりに、そう予告した。

「お、やった」と喜んだものの、須美子の機嫌がどうして直ったのか、さすがの名探偵でも謎が解けないようで、光彦は首を傾げながらキッチンを出て行った。


「――違う色にすればよかったかしら」

夕食後、リビングで智美が白い春物の服を着て、和子と雪江に見せている。袖に膨らみを持たせ、首元にイミテーションの真珠がついたワンピースだ。友人と一緒にショッピングに行った際にお小遣いで買ったのだそうだ。

浅見智美は陽一郎と和子の長女で、市ケ谷のJ学院に通う高校一年生だ。母親に似た整った顔立ちに細い手足。黒髪に色白の智美は、「美少女」という単語を具現化したような存在だ。正直、どんな服を着ても似合うだろうと須美子は思った。

「とてもよく似合ってますよ。膝が隠れるその丈の長さも、あなたらしくてとても素敵です。ねえ、和子さん」

祖母の雪江が目を細める。

「はい」と和子はゆっくりとうなずく。浅見家の家風にも合っていて、姑のお眼鏡にかなったのだから文句はないようだ。

「須美ちゃんはどう思う?」

夕食後のお茶を運んで来た須美子にも、智美は不安そうな顔を向ける。

「とってもお似合いです」

まるで雪国の妖精みたいだと思いながら須美子は言った。

「本当? でも、白って膨張色っていうから……」

「あ、それ知ってる!」

一人テレビに目を向けていた智美の弟・雅人(まさと)が、首だけ振り返って、「だから碁石の大きさって黒のほうが少し大きいんだよね」と言った。

「うそ、碁石の大きさなんて、白も黒も同じでしょう?」

「本当だってば。あ、ねえねえ叔父さん」と、リビングにやって来た光彦に雅人が声をかける。

「なんだい? お、新しい服を買ったのかい? 智美らしくて、とてもよく似合ってるね」

光彦が姪の姿を見てそつなく褒めると、「ありがとうございます」と智美は照れくさそうに答えた。

「叔父さん、叔父さん。そんなことより、碁石ってさ、白より黒のほうが大きいよね」

雅人が光彦に問いかけると、光彦は事もなげに「ああ、そうだよ。白が膨張色で大きく見えるからって理由じゃなかったかな」と答えた。

「ほらね」と雅人が得意げに笑うのを見て、どんな流れがあったか光彦は気づいたようだ。すぐに「でも、たしかその差はわずかなものだよ。パッと見て分かるほどじゃないんじゃないかな」とフォローを入れる。

だが、智美は「もっと暗い色の服にすればよかったかな……」と、つぶやきながらリビングを出て行ってしまった。

「しまったな……」

光彦はそうつぶやいてソファーの端に腰を下ろしながら、「じゃあ、雅人は碁盤の形は縦横どっちが長いか知ってるかい？」と逆に訊ねた。

「え、あれって正方形じゃないの？」

「元々は正方形だったらしいけど、横より縦のほうが三センチも長いんだよ」

「へえ、どうしてなの？」

「そのほうがきれいに見えるからとか、向かい合う対局者との距離を考えたっていう理由だったかな」

「そうなんだ。明日、みんなに教えてあげよう。叔父さん、他にも囲碁の雑学ない？」

「そうだなあ……あ、碁盤の脚の形の話は知ってるかい？」

「脚？　ああ、そういえばどれも不思議な形をしているよね。意味があるの？」

「あれはクチナシの果実を模しているんだ。クチナシの実は熟しても割れないことから、『口が無い』の口無し――つまりね、碁を打つ二人はもちろん無言。周囲は口出ししてはいけないよという意味があるらしい」

「へえ、口無しかあ。他には？　他には？」

「うーん、そうだなあ。傍目八目（おかめはちもく）っていう言葉があるだろう。あれも、囲碁に関係しているし、ああ、これもそうだよ――」

浅見がテーブルの上にあった新聞を指さして説明する。

雪江も和子も、先ほどから感心したように光彦の話に聞き入っていた。

須美子はお盆を胸に抱えながら、莉子も子どもの頃、こうやって父親と囲碁の話をしていたのだろうな――と思った。


この日は警察庁刑事局長でこの家の主の帰館が早かった。――といっても、要職にある陽一郎は、役所の窓口のように八時半から十七時までというわけにはもちろんいかない。

帰りは早くても二十時、遅いと深夜を過ぎることもよくある。

今日の帰宅は久しぶりに、その一番早い二十時であった。帰宅後には家族に遅れて須美子が支度した夕食を摂り、風呂につかり、家族がそれぞれ自室へ引き上げたリビングで、和子夫人としばし寛ぐ。

「須美ちゃん、今日はもういいから、あなたもお風呂に入って休んでちょうだいね」

和子が気を利かせて言ってくれたので、須美子はその言葉に甘えることにした。

時刻は二十二時。

すでに全員が入り終えているので、あとはのんびりつかっていても差し支えはない。

髪を洗って体を洗って、「ふうっ」と湯船に体を沈めた須美子は湯の中で両手をふわふわと動かす。

(坊っちゃまったら、クラゲだなんてひどいわ。オフィーリアが流されていく場面だったのに……)

須美子は思い出して、また頬を膨らませた。

(……ああでも、莉子さんってすごいわね。わたしが莉子さんだったら——)

そのときだった。

「あ……」

ずっと気になっていた、すっきりしないものの正体に気づいた。

（そうだ……できないとは言い切れないけど、違和感があるのよね。じゃあ、どうして、お父さんを呼んだの。やっぱり仲直りのため……あっ！　そうか、『謝っても許されることじゃない』という言葉も逆なのかもしれない……。でも、だったら吉岡さんはどうして舞台の途中で外に出てしまったの——）

進展しそうなきっかけに気づいたのだが、そこで思考は止まってしまった。

須美子は濡れた両手でほっぺたを叩くと、天井を見上げて頭を整理しようと試みた。

だが、気づいたのは事件のことではなかった。

「そういえば最近、お風呂の換気扇を磨いていなかったわね。見えないところもちゃんと掃除しないと……」

そう独りごちた須美子の脳裏に突然、これまでのことが映画のように流れ始めた。

北とぴあで観た舞台。

吉岡との邂逅（かいこう）。

莉子と保乃花との出会い。

花春での会話。

そして、さっきリビングで——。

「……っ！」

突然、須美子の頭にある可能性がよぎり、声にならない声がこぼれ出た。

「……まさか、あれって。でも、そんなことができるの――」

6

土曜日の午後――。

花春で、三日前と同じ女性三人が顔を揃えた。

「すみません、急にお呼び立てしてしまって」

入口を入ったところで保乃花の姿を見つけ須美子は、開口一番、そう言った。

「いえ……あの須美子さん。わたしやっぱり、莉子ちゃんは舞台を使ってお父さんを告発するなんてこと、しないと思うんです！」

保乃花は訴えるような目を須美子に向けた。

「保乃花ちゃん。つらい気持ちはわたしも一緒よ。だけど、このあいだも言ったけど、可能性はきちんと検討しないと……」

育代の言葉に「してみました」とうなずく保乃花の表情は、冷静に見えた。

「中学一年のときからですけど、わたしが見てきた八年間の莉子ちゃんを思い返してみました。でも、そんな復讐みたいな方法でお父さんを糾弾する子ではありません。……それに、お母さんが亡くなる場面を演じることには、抵抗があったと思うんです」

「あっ……」と育代は驚いた顔をするが、須美子が感じた違和感も同じだった。

湯につかりながら莉子の立場になって考えてみたとき、もし自分だったら母親の死を再現するなんて、お芝居だとしても、とてもできるものではないと思った。愛する母の最期の場面。それはつらく、悲しい思い出のはずだ。

「で、でも、それほどの決意で、お父さんを糾弾したとも言えるんじゃないかしら？」

育代のその考えは須美子も検討した。

たとえば莉子が本気で舞台役者を目指しているのなら、悲しみに耐えて演じることができるのかもしれない。

「……莉子ちゃん、舞台が決まってから、過去の『ハムレット』を観たり、本を読んだりして、オフィーリアを演じることに真剣に向き合っていました。それに、本番当日の演技も、お父さんを糾弾しようとか、お母さんの最期を必死に演じようとかではなく、純粋にオフィーリアという役に入り込んでいたと思います」

「……そっか。親友の保乃花ちゃんが言うなら、そうかもしれないわね」

育代は納得したというように大きくうなずいてみせた。

「……ただ、百パーセント間違いないとは言えません。舞台袖で莉子ちゃんが覚悟を決めたような表情だったのは、もしかしたら必死に役に入り込むことで、お母さんの死を一時忘れようとしていたのかもしれませんし、わたしの知らない莉子ちゃんも……」

保乃花の心が揺れ動いているのを感じた。自分の知っている莉子ならという考えと、自分の知らないところで苦しんでいるのかもしれないという想い――。

育代が救いを求めるように須美子へ視線を向けた。

「わたしも、莉子さんはお父さんを告発しようとしたわけではないと思います」

育代と保乃花が「えっ！」と驚く声が重なった。

「このあいだは可能性の一つとはいえ、つらいことを言って申し訳ありませんでした。わたしも莉子さんの告発という考え方が、何かおかしいって引っかかっていたんです。あのあと夜になって、今保乃花さんが仰った、自分の母親が亡くなったときの再現なんてできたのだろうかと気になったのですが、一番近くで莉子さんを見ていた保乃花さんが仰るなら、間違いないと思います」

「ですが、絶対とは言い切れないんです……」

「いえ、充分です。そのことで、より新たな可能性が現実味を帯びてきましたから」

「あっ！　須美ちゃん、真実に辿り着いたのね。だから、今日集まったんでしょう。あれよね、いつだったか日下部さんが言ってたんだけど……えーっと、『名探偵、みなを集めて、さてと言い』ってやつ。やっぱり須美ちゃんは――」

育代が得意げに語っている途中、花春のドアが開き、口ひげと帽子の似合う老紳士が入ってきた。今まさに名前が出た日下部亘（わたる）だった。

「こんにちは」

「あら、ちょうどいいところに。今から、名探偵・須美ちゃんの推理ショーが始まるところよ」

育代はウキウキした調子で手招きし、日下部を奥の椅子に案内すると、須美子や保乃花にも椅子を勧める。

「ほう、そうですか。これはいいところに来ましたな」

「そんなたいそうなものじゃありませんよ……」

須美子は否定するが、日下部は「お手並み拝見といきましょう」と笑った。

「あ、保乃花ちゃん。こちら日下部さん——」と、育代が帝都大学で教授を務めていた人だと紹介する。

「え、そうなんですか！」

女子大生の保乃花は少しかしこまって背筋を伸ばす。

「いやいや、今はただの非常勤講師で、名探偵・須美子さんの助手二号です」と日下部が笑ったので、保乃花は「助手二号……？」と驚く。

「そうなの。あ、もちろん、助手一号はわたしよ」と育代も笑う。

「もう、お二人とも何を言ってるんですか。あ、そうそう保乃花さん、日下部さんと育代さんは、お付き合いなさっている恋人同士なんですよ」

勝手なことを口にする仕返しとばかりに、須美子は二人の関係を保乃花に伝えた。

「ちょ、ちょっと！　須美ちゃん、恥ずかしいじゃない……」

「違うんですか？」と須美子がいたずらっぽい目で育代を見上げる。

「違わないけど……その、ねえ、日下部さん」

「お付き合いさせていただいています」

日下部のほうは堂々としたもので、はっきりと保乃花に言い切った。

「！」

育代は顔を真っ赤にして須美子の背中をバシバシと叩く。

「素敵ですね。あ、もしかして、このあいだ言ってたウエディン……」

保乃花が言いかけたのを遮って、「ああ！　わたし、お茶を持ってくるわね！」と育代は慌てて奥へと引っ込んだ。

「ははは、ここはいつも賑やかですなあ」

日下部は穏やかな顔でそう言うと、「――それで、何があったのですかな？」と須美子に視線を向けた。

「保乃花さん、お話ししてもよいですか？」

須美子が確認を取ると、保乃花は迷わず「はい」と答えた。

帝都大の元教授であり育代の恋人ということに、信頼を置いたようだ。もしかすると、

「助手二号」という肩書きも少しは影響があったのかもしれない。

何も知らない日下部のために、須美子は事の発端から要領よく説明した。

「……なるほど。お父さんを糾弾するために、オフィーリアを演じてみせたと考えたが、違和感がある――と」

日下部は何度かうなずいてから、「たしかに仰るとおりですな」と言った。

「それでね、紆余曲折あって須美ちゃんが真実に辿り着いたのよ。ねっ！」

お茶の載った盆を手に戻って来た育代が満面の笑みでそう言うが、まだそこまでには到っていない。

「新たな可能性という段階ですよ。一つ、検討していないことを思いついたんです」

「検討していないこと？」

「はい。莉子さんが吉岡さんへ舞台中にメッセージを送ったのではないかという考えは一緒ですが、その方法です。保乃花さん、あの日の舞台の記録映像ってありましたか？」

「あ、はい。持ってきました」

そう言って、保乃花は大きなトートバッグからノートパソコンを取り出した。須美子がモニターのない花春でも再生できるようにと頼んでおいたのだ。

「ああ、そういえば毎回、記録用にビデオ撮影しているって言ってたわね……あら、じゃあ吉岡さんが撮影しなくてもよかったんじゃないかしら？　でも、お父さんなら娘を中心に撮るだろうから、同じビデオ撮影でも違うわね」

そう言いながら育代は、画面の見える場所に椅子ごと移動した。

「いえ、莉子ちゃんがお父さんに頼んでいたのは写真でしたから」

保乃花はパソコンのスイッチを入れると、その疑問に答えた。

「あら、そうだったの？」

「あ、すみません、きちんとお伝えしていませんでしたね。莉子ちゃん、お祖母さんからお父さんに連絡をしてもらって、最終日に『舞台の写真を撮影してほしい』と、伝えてもらったって言ってました」

「あ、そうだ」

須美子はそこで一つ確認したいことを思い出した。

「保乃花さん、あの日、莉子さんが先にホワイエに下りていらっしゃいましたけど、舞台後にお父さんと待ち合わせしていると言ってましたか？」

「えっと……たしか、『お父さんが待っているかもしれないから先に行く』と言って、急いで着替えて楽屋から出て行きましたけど……」

「やっぱり……」と、誰にも聞こえない声で須美子がつぶやく。

保乃花は立ち上がったパソコンのデスクトップから、「Ophelia」というフォルダを開くと、全員が見えるようにパソコンを少し離して置き直す。

「準備できました」

「じゃあ、お願いします」

須美子の声に保乃花は「はい」とうなずくと、手を伸ばしエンターキーを押した。

花春の店内が明るいので少し見づらいが、画面にあの日の舞台が映る。

「『水戸黄門』みたいな音楽でしょう」

育代が言うと、日下部は「はは、たしかに似ているかもしれません」と笑って答える。

保乃花は意味が分からないらしく、首を傾げていた。

そのまま、黙って四人は画面を注視する。

「ほら日下部さん、この後ろのスクリーン素敵でしょ。花筏みたいで」

しばらくしてまた、育代が日下部にだけ小声で言う。

「本当ですな……ん？　今、変な声が聞こえませんでしたか」と日下部は少し声のボリュームを上げて、全員に問いかけた。

「えっ」と言って保乃花が映像を止める。舞台開始から半分ほどのところだ。

「へ、変な声って、やだ……幽霊とかじゃないでしょうね？」

怖がりの育代が怯えて須美子の腕を握る。

「少し戻してみますね」

保乃花がそう言って三十秒ほど戻し、音量を上げる。皆で耳を近づけると、ボレロの曲の合間に「あ……ちょっと！」という声が聞こえた。

保乃花が一時停止ボタンを押す。

「これ、育代さんの声ですよ」と須美子は笑った。

吉岡が盗撮していると思い込んで、注意しようと声をかけたときの音声が録音されていたのだった。どうやら劇団が撮影していたビデオカメラは須美子たちの近く、もしかするとすぐ後ろにあったのかもしれない。

「やだ！　小さい声で言ったのに……」

育代は両手で顔を覆って恥ずかしそうに身をよじる。

「ははは、よかったですな。幽霊じゃなくて」

日下部が言ったあと、保乃花はあらためて再生ボタンを押した。

スクリーンには木漏れ日のような菱形が上下左右に浮かび上がり始め、舞台は徐々にフィナーレへと近づいていく。保乃花は自身の演技を見るのが少し恥ずかしそうだった。

その後は止めることなく、十五分ほどの舞台を四人は鑑賞し終えた。

「素晴らしい舞台でしたなあ」

日下部の感想に「ありがとうございます」と保乃花は答える。

「それで須美ちゃん、さっき言ってた検討していないことって、具体的にはなんなの？」

問いかける育代に須美子は、「それはですね」と言ってから説明した。

「あの水色の円の中に映っていた桜の花びら、あれを使って、莉子さんは吉岡さんにメッセージを送っていたのではないかということです」

「えっ？　あ、もしかして、あれが文字になっていたということ？」

「いやいや、それだと、育代さんも須美子さんも……それに、会場にいた観客全員がそのメッセージを目にしていることになりますよ」

育代の思いつきに日下部が言った。

「あ、そっか。わたしは気づかないかもしれないけど、なにか文字になっていたら須美ちゃんは気づきそうよね……うーん、じゃあどういうことかしら……」

「見えているのに見えていないものです」

須美子が口にしたその言葉に、日下部が反応した。

「まさか、サブリミナル効果――」

「え、何それ？」

「閾下知覚に働きかける暗示のようなものです。えーっと――」

日下部がスマートフォンを取り出し、検索する。

「ああ、これが有名ですな。一九五七年にジェームズ・ヴィカリーが行った実験です。上映中の映画の合間にコカ・コーラやポップコーンと書かれた画像を三千分の一秒ずつ五分ごとに繰り返し見せて、観客の意識下にすり込ませたんです。すると、映画を観ている客が『なんだか、コーラが飲みたくなったなあ』、『ポップコーンが食べたくなったなあ』と思うというわけです」

「へえ、怖いわね」

「まあ、これはたしか本人がねつ造だったとあとになって発表したはずですが、その後も多くの科学者の間で研究は続けられ、現在日本のテレビでは禁止されているはずですよ……ああ、すみません。脱線しましたな」

「あ、そのサブリミナルの効果で、お父さんに何かメッセージを伝えたということ？」

育代の言い間違いに須美子と日下部は慣れっこだが、保乃花は吹き出しそうになるのを我慢し、「コマ送りで確認してみましょうか？」とパソコンに手を伸ばした。

「いや、今回の舞台にそれは関係ないでしょうな。さっきの花びらの文字と同様、観客全員に向けてのメッセージになってしまいますからな。ただ、文字と違って意識下における認識の場合、全員が受信したとしても、莉子さんのお父さんだけが理解する映像なら――と考えたのですが、違いますよね」

日下部は答えに辿り着いているであろう須美子に確認した。

「はい」

「うーん、そうなると分かりませんなあ」

「須美ちゃん、降参よ。教えてちょうだい！」

育代は早く答えが知りたくてしかたがないらしい。

「実はわたしの考えも、まだ合っているかどうか分からないんです。確認してみれば、正解なのかどうか判明しますので……保乃花さん、もう一度、先ほどのところまで、戻してもらってもいいでしょうか」

「えーっと、育代さんの声が入っているところでしょうか？」

「はい」

「あ、もう、須美ちゃんったら！　いいわよ、そこは。恥ずかしいじゃない」

「ふふ、すみません。でも、多分、あのあとなんです」

「何が？」

育代は不思議そうに首を傾げる。

「えーっと、たしかこの辺でしたね。じゃあ始めます」

問題のシーンを再生しようとする保乃花に、「あ、ちょっと待ってください」と須美子は言った。

「その前に、三人にお願いがあります――」

7

「保乃花ちゃん、莉子ちゃんから連絡あった？」

育代は保乃花の手元のスマートフォンを覗き込むように、先ほどからもう何度目かの質問を投げかけた。

「いえ、まだです。既読にはなっているんですが……」

保乃花は花春で、莉子にＬＩＮＥでメッセージを送っていた。『突然、変なことを聞いてごめんね。お母さんの命日って、十四日じゃなくて十五日だったかな？』

しかし、そのメッセージはもう一時間近くも前に既読になっているのに、一向に返事がこないのだ。

「あ、あそこ」と育代が指さした先には、吉岡直人の姿があった。

「やっぱり、ここにいたわね。吉岡さーん！」

この場所には不似合いな明るい声で、育代は遠くから大きく手を振って吉岡を呼んだ。

須美子たちは今、赤羽（あかばね）にある墓地を訪れていた。日下部は遠慮して花春の前で別れたので、女性三人での行動だ。

「どうして、ここへ……」

吉岡は鳩が豆鉄砲を喰らったような顔で、近づく須美子たちを見ていた。

「こちらは莉子ちゃんの親友の保乃花ちゃん。このあいだの舞台でオフィーリアを迎えに来る小鳥の役をやっていた子よ。こちら、莉子ちゃんのお父さん」

育代が初見の二人を紹介する。

「原保乃花です。はじめまして、莉子ちゃんとは中学のときからの友だちです」

「ああ……そうですか。どうも、莉子の……父です」

ぎこちない挨拶を交わし終えると、吉岡は「そうだ。先日はすみませんでした。腕章を押しつけてしまって」と、育代と須美子に謝罪した。

「いいのよ、そんなこと」

首を振る育代に吉岡は、「あのそれで……皆さんはどうしてここへ？」と不思議そうな顔で訊ねた。

「それは吉岡さんに会いに来たに決まってるじゃない」

育代は胸を張って答えた。

「はあ、わたしにご用ですか？」

「ええ、会社に電話してここを教えてもらったの。勝手にごめんなさいね」

花春で「オフィーリア」の動画を確認したあと、吉岡が所長を務める玉井造園に電話をかけてみたのだが、土日は営業所自体は開いているものの、今日は吉岡が休んでいるとのことだった。

代表で電話をかけた育代が「お休みですって。どうしましょう。急がないといけないのに」と振り返って須美子たちに言ったのが、電話の向こうにも聞こえたらしい。電話に出た事務員の女性が、「今日は十五日だから、お墓参りかもしれませんよ」と教えてくれたのだそうだ。

自分は吉岡の知り合いで霜降銀座商店街で花春という生花店を営んでいること、吉岡の娘の莉子のことで急ぎで彼に話があるのだと育代が説明すると、親切にお墓のある場所まで教えてくれた。

吉岡は毎月欠かさず、十五日には、赤羽にある妻の墓を参っているとのことだった。たいていは仕事が終わったあとか、昼休みに行っているが、今日は休みをとっているという。

「いえ、それはいいのですが……こんな所までいらっしゃるということは、なにかお急ぎのご用件でしょうか？」

「ええ、急用よ。吉岡さんこそ、『オフィーリア』の舞台のとき、急用でもできたの？　途中で出て行っちゃったでしょう」

「……それは……あの、個人的なことですので……」

育代の問いかけに吉岡は言葉を濁した。

「莉子ちゃんからのメッセージだと思ってビックリしたんでしょう？　それともショック

だったのかしら」

「……なっ⁉」

「吉岡さん、勘違いしているのよ。もうちょっと我慢していたら、莉子ちゃんの本当の気持ちに気づけたのに……」

「どういう……ことですか？」

吉岡が訝しげに首を傾げる。

「保乃花ちゃん、お願い」

育代が促すと、保乃花がノートパソコンを開いて再生し、吉岡のほうへ向けた。

「……！」

そこに映し出された映像を見て、吉岡はさっと目を逸らした。その表情は苦悶に満ちていた。

「吉岡さ――」

育代が呼びかけようとすると、「やめてください！」と吉岡は叫んだ。

その言葉に、保乃花はビクッと体を動かしパソコンの画面を閉じた。育代は言葉を続けようと口を開きかけたが、無言のまま須美子に顔を向けた。

視線を受けた須美子は黙って一度うなずいたあと、おもむろに口を開いた。

「……十五年前、莉子さんの五歳のお誕生日に、ご家族で十月桜を見に出掛けたんですよね」

「……なっ！」

吉岡はハッとした顔で、睨むような視線を須美子に向けた。

「そこで……奥様がお亡くなりになった。川で……水難事故でお亡くなりになったんですよね？」

「娘から……聞いたんですか？」

苦しそうな呼吸の下から、絞り出すように吉岡は言った。それは肯定を意味していた。

「いえ、違います」

須美子は、吉岡さんを見ていて分かったんです――と心の中でつぶやいてから、「……吉岡さん。あなたは、莉子さんが自分を糾弾するためにオフィーリアを演じたと思っているんですよね？」と訊ねた。

「……………」

無言で目を伏せる吉岡に向かって、須美子は続けた。

「莉子さんのお祖母さまから、二十歳になった莉子さんを撮影してほしいと連絡がありましたよね？」

「……ふう」とため息のような声を吐き出してから、吉岡は小さくうなずいた。どうやら須美子たちが、莉子の祖母から話を聞いたと思ったようだ。須美子はその勘違いを利用させてもらうことにした。

「莉子さんはずっと、お母さんは交通事故で亡くなったと思っていらっしゃったんですよね」

「……ええ」

蚊の鳴くような声で肯定し、今度は大きく息を吐き出してから吉岡は言葉を続けた。

「……ですが、莉子は本当のことを思い出してしまった。そして、そのことを伝えるためにあの舞台にわたしを呼んだんです。どうして、今まで真実を隠していたのか――と」

がっくりと肩を落とす吉岡に、須美子は「違うんです！　莉子さんはまだ本当のことに気づいていないんです！」と声を上げた。

「え……」

「よく考えてください。お母さんが亡くなる瞬間を再現するなんてこと、莉子さんが本当にすると思いますか？」

「……!!」

吉岡はハッとしたように目を見開く。平常時であれば、須美子や保乃花が気づいたように、その疑問を抱くはずだ。だが九年ものあいだ触れ合うことのなかった父娘。そして、「オフィーリア」の舞台に妻の死を重ねてしまったことで、冷静に考えることができなかったのだろう。

「吉岡さん、莉子さんのお祖母さまからの電話があったときの詳しい状況を教えていただけませんか？」

「えっ？」と、吉岡は不思議そうに顔を傾けた。祖母から話を聞いたのではないのかと問いかけるような目を向けている。

須美子はその視線に答えず、代わりに「吉岡さんは、まだ莉子さんの本当のメッセージを受け取っていないんです」と口にした。

「どういうことですか……」

訝しげな表情の吉岡に、須美子は「あとで全部、説明します」と言って、まっすぐに見つめた。

吉岡は須美子の目を黙って見返していたが、やがて根負けしたように話し始めた。

「……莉子の祖母——義母から連絡があって、『莉子が直人さんに舞台を観に来てほしいと言っている』と言われたんです。二十歳になった姿をスマホで写真撮影してほしいと。ビデオは別で撮影するし、スマホ撮影の許可だけとってあるから、受付に預けておくスタッフの腕章を受け取って、会場に入ってほしい——と。義母は莉子が書いたメモを読み上げているようでした……」

そこで一度、吉岡は言葉を切り、ふうっとまた体の中から息を吐き出す。そんな吉岡の姿を見て、育代は「莉子ちゃんのお祖母さんとは連絡を取り合っていたの？」と訊ねた。

「わたしが単身赴任で家を離れたあと、時折、連絡してくれていました。義母には本当に感謝しています。妻が亡くなり、本当ならわたしが代わりに、莉子をしっかり育てなければいけなかったのですが、頼りっきりでした。言い訳でしかありませんが、とにかく自分は仕事をして、金銭的な面で苦労をさせないようにしなければ——と。単身赴任することを選んだのも、給料が上がるというのがあったからです。……いえ、それだけじゃありません。逃げ出したかったという気持ちも、あったと思います。莉子から……その、色々とありまして、わたしがいないほうがいいのではないかと考えてしまったり、自分に妻の代わりはできそうにないという気持ちが芽生えてしまって……本当に父親失格です」

吉岡が濁した言葉を須美子たちは知っていた。

『お父さんなんて大っ嫌い！　お母さんに会いたい！　お父さんがいなくなればよかったのに』

三人の女性は何も言えず、うつむく吉岡の姿を見守った。

「——義母から連絡をもらい、悩みました。自分が行っていいのだろうかと。ですが、義母はこうも言いました。『もう、事故から十五年が経った。あなたが家を出て行ってから九年。悲しみは記憶の底に封じ込めて、またここから新しく父娘の関係を築いてほしい』と。義母の話では、『あの事故は直人さんのせいじゃない』と仏壇の前で言っていたのを、莉子に聞かれてしまったのだそうです。『どういうことなの？』と聞かれたが、義母は何も答えなかったと言ってました。だからいまだに川でのことを思い出していないはず――と、そう義母は言っていたのですが、あの『オフィーリア』を見て、わたしは莉子があの日の記憶を取り戻してしまったのだと思ったんです。そして、どうしてお母さんを助けてくれなかったのと言われている気がして――」

髪がボサボサになるのも構わず、吉岡はかきむしるように頭を抱えた。

「吉岡さん、莉子さんから、具体的な撮影の指示はありませんでしたか？」

須美子の問いに吉岡は顔を上げる。

「……ああ、そういえば、自分が倒れるシーンからカメラを構えていてほしいと。シャッター音が迷惑になるから、撮影は『ボレロ』の音が激しくなってから……たしか、鳥が登場してからでいいとも義母は言っていましたが――」

「吉岡さん、あの日のようにスマホを構えてください。そうすれば、莉子さんが本当に伝えたかったことが分かります」

「………」

どういうことなのかという疑念と、あの日と同じ行動に抵抗があるようで、吉岡は眉をひそめる。

そこへ保乃花が一歩近づき声をかけた。

「お願いです。最後まで、莉子ちゃんを信じてあげてください！」

「……!!」

娘の親友の言葉に、吉岡は無言でポケットからスマートフォンを取り出した。

それを見た保乃花は再びノートパソコンを開くと、例の育代の「……ちょっと!」という声のあとから再生する。

音量は絞ってあるが、静寂に包まれた墓地には、ボレロの音楽と舞台の声が響く。

須美子は住職や他の参拝者に怒られるかもしれない――と心配したが、事情を説明すれば許してもらえるだろうと腹を決めた。

吉岡の額に脂汗が滲みだした。

あのとき吉岡は莉子のメッセージを誤解し、舞台演出に驚いて途中で出て行ってしまったが、そのままカメラを向けていれば――。

ボレロが激しくなり、鳥の姿をした保乃花が現れたところで、吉岡がスマートフォンを画面に向けて、カメラを起動させた。

その直後、スマートフォンに変化が起きた。

「え……」

須美子がちらっと画面を覗くと、花春で日下部たちに試してもらったときと同じように、「QRコードの読み取りに成功」と文字が表示されていた。

QRコード。

テレビ画面であったり、街のポスターであったりと、最近さまざまなところで目にする機会が増えた。四角の中に、アリの大群のようにも不思議な模様にも見えるそれを読み取ることで、様々な情報を得ることができる便利な技術だ。

「小学生の頃、黒石が那智黒石でできていることを話したそうですね。そのとき、白い碁石が蛤で、黒石が那智黒石でできていることを話したそうですが、ＱＲコードは碁石が並べられた盤面をヒントに作られた——というお話も、なさったんじゃないですか？」

「あっ！」

目を見開く吉岡の顔色に赤みが差していく。

「——吉岡さん。娘さんからのメッセージを確認してください」

震える人差し指で、吉岡は「アプリを起動する」をタップした。

〔お父さん、ごめんなさい——〕

スマートフォンの画面に手書きの文字が現れた。手紙を取り込んだものだろう。画面に指を這わせスクロールさせながら、吉岡は娘の思いを読み進めていく。

〔五年生のとき、仏壇のお母さんの写真に向かって、「お前を死なせたのはわたしだ」って言ったお父さんの言葉がショックで、「お父さんなんて大っ嫌い！　お母さんに会いたい！　お父さんがいなくなればよかったのに」って、わたしは言ってしまいました。

しばらくしてお父さんは、家を出て行ってしまいました。お祖母ちゃんは仕事の都合で単身赴任だって言ってたけど、本当はわたしが「お父さんがいなくなればよかったのに」なんて言ったから出て行っちゃったんだよね。だって去年、お祖母ちゃんから、お父さんが転勤で北区に戻ってくるっていう話を聞いたけど、この家じゃなく、会社の社宅で一人暮らしを選んだものね。

　あれから九年、お父さんとは会うことも、話すこともありませんでした。淋しかったけど、自分のせいなんだからと我慢しました。

　そして、このあいだ、お祖母ちゃんが仏壇に向かって話しているのを聞いてしまいました。「莉子は二十歳になった。立派に育っているよ。でもね、直人さんがかわいそうでならない。あの事故は直人さんのせいじゃないのに、お前も莉子もみんなかわいそうだ。なんであんな不幸な事故が……」って、そう言っていました。それを聞いて、わたしはお祖母ちゃんに「どういうこと？」、「教えて？」と問いただしたけど、お祖母ちゃんは、ぎゅっと口を閉じて首を振るばかりで何も言ってくれませんでした。

　でも、何も言ってくれないってことは、お父さんは悪くないということだと気づきました。そして、お母さんが亡くなったのは、不幸な事故だったということも。それなのに、わたしはお父さんにひどいことを言ってしまった。

だからお父さんに会って、ちゃんと話がしたい。

あの日、言ってしまったひどい言葉を直接会って、謝りたい。

舞台が終わったらホワイエで待っていてください。


莉子」


「……莉子……」

吉岡が唇を強く噛みしめ、眼鏡の奥の瞳に浮かぶ涙がこぼれるのを堪えている。

「莉子さんは、吉岡さんがこの手紙を読み、その上で立ち去ってしまったと思ったんです」

だからあのとき、『謝っても許されることじゃない』と莉子はつぶやいていたのだ。あれは、吉岡に対してではなく、逆だった。莉子は自分に向けて言っていたのだ。

「――吉岡さん、奥様の月命日は今日ではなく本当は昨日、十四日ですよね。いつも一日遅らせて来ているのは、莉子さんと会ってしまわないようにするためですか？」

須美子はもう一つ、気になっていたことを確認した。

そう、今日は二月十五日だ。

それなのに玉井造園に連絡したとき、吉岡が墓参りに行っていると聞いた。そこで保乃花から莉子に命日が間違っているのではないかと確認の連絡をしてもらっていたのだが、もしかしたらそうではなく、わざと一日遅らせているのではないか——と須美子は考えていた。

「………」

その吉岡の沈黙を、無言の肯定と須美子は捉えた。

「莉子さんが自分と会ってしまったら、ふとしたきっかけで、あの日の真実を思い出してしまう。そう思って、ずっと避けるように生きてきたんじゃありませんか？」

「……！」

「須美ちゃん、あの日の真実って、どういうこと？」

ずっと黙っていた育代が口を開いた。

「それは……」

須美子の心に迷いが生じ、言葉が続かなかった。

この先のことは、育代たちにも話していない——。

（どうしよう……）

莉子は今も「謝る機会さえもらえない」と、きっと自分を責めているに違いない。

そして吉岡もまた、莉子のためを思って距離を置いている。

父と娘の悲しいすれ違い。

須美子はこのボタンの掛け違いをなんとかしたかった。二人に必要なのは向き合うことだと思う。そして、そのために必要なことは、どんなにつらい現実でも、二十歳になった莉子が真実を知ることだと――。

だが、いざとなると須美子はそれを口にすることができなくなってしまった。

（わたしがしようとしていることはただのお節介、いや自分勝手なエゴというものなのかもしれない……でも……）

『余計なお世話……人の家庭に首を突っ込むなと言われるかもしれません。自己満足だと思われるかもしれません。……でも、でもそんなことより、友だちが苦しんでいるところを見たくないんです！』

保乃花の言葉を思い出した。

――そうだ。傍観者になってはいけない。首を突っ込んだからには、最後まで向き合わなければいけない。

だから覚悟を決めて口にした。

「……吉岡さん。奥様は……莉子さんを助けるために亡くなったのではありませんか？」

「……っ!!」

吉岡が顔を歪めた。

『……まさか本当のことに気づいたのか……』

あのとき北とぴあで吉岡がつぶやいていた言葉。それは、母親の死が本当は水の事故だということに、莉子が気づいたと思ったからだけではない。もし事故の原因が違うだけなら、吉岡はあそこまで怯えた表情を見せなかったのではないだろうか。

だから須美子は、その先があると考えた。莉子に気づいてほしくなかったことがまだあるのではないか。そしてそれは、母親が亡くなった原因が、父親ではなく、本当は娘の莉子自身にあったことなのではないだろうか——と。

吉岡の反応で、須美子は自分の着想が間違っていないだろうと確信した。けれど、そのあとの言葉が続かなかった。

「具体的に何があったのですか？」と聞けばよいのだ。その覚悟で吉岡に自分の考えを告げたのではないのか——と、自分自身を奮い立たせようとした。

だが、苦痛に歪む吉岡の表情を見て、須美子はまた次の言葉を躊躇ってしまった。

本物の名探偵はきっと、遮二無二(しゃにむに)、真実に迫っていくのではないだろうか。時に誰かを傷つけながら、そして自分も傷つきながら——。

須美子にはそれができそうになかった。

(やっぱりわたしは……名探偵なんかじゃない……)

そう心の中でつぶやいたときだった。

「わたしが小さい頃、同級生の女の子が川で流されてしまったの……」

不意に育代がぽつりとこぼした。

「え……」

あまりにも突然の告白に、須美子が驚いて育代に視線を向けると、そのふっくらとした頬には涙が伝っていた。

「翌朝ね、担任の先生からお話があって知ったのだけど、助けに行ったお兄ちゃんも一緒に流されてしまったって……」

育代がハンカチを出して悲しい記憶を拭った。

「お兄ちゃん、泳ぎは得意じゃなかったらしいの……だけどね、妹の名前を呼びながら川に飛び込んで行ったって……。農作業をしていた大人が声を聞いて駆けつけたときにはもう、川の真ん中を遠くに流されて、すぐに二人とも見えなくなって。それから警察や消防の人とかが探して……」

育代がハンカチに顔を埋める。

保乃花も目元を拭っていた。

吉岡が目を向けた墓石の間から、二月の風が冷たく吹いてくる。

須美子は浮かぶ涙をこぼさないよう、雲一つ無い空を見上げた——。

どれくらい時間が経ったのだろうか。

「……あの日……」

妻の墓をじっと見つめたまま、おもむろに吉岡が口を開いた。

「十一月十四日、わたしたちは三人で、莉子の誕生祝いにと車で出掛けました。紅葉と十月桜の両方が楽しめる川沿いのいい場所があると聞いて、デイキャンプに行ったんです。天気も良くて、時折、桜の花びらが風に舞うのを、莉子は現地で知り合った子どもたちと追いかけて楽しそうでした。……ですが、穏やかな場面は突然、悪夢のようなシーンに変わりました。バーベキューの準備をしていたわたしの耳に、『莉子！』という妻の叫び声が聞こえたんです。目に飛び込んできたのは、川を流されていく莉子と、それを追いかけて、妻が川に飛び込むところでした」

「……！」

育代が真っ赤な目を吉岡に向けた。

「慌てて、川沿いを追いかけると、十メートルほどのところで、中程の岩に背中を預けて、妻は莉子を抱きしめていました。わたしもすぐに川に入りました。思ったより深くて、流れも見た目よりずっと急でしたが、妻は必死にその岩のところで持ちこたえていました。なんとか近づいて手を伸ばすと、妻は両手でぐったりしている莉子を差し出しました。そして、わたしが莉子の手を摑んだ瞬間……妻は流れに攫われてしまったんです……。あのとき、わたしが妻の手も摑めていたら、わたしが、わたしが――」

吉岡は握りしめた拳をふるわせる。

そのときだった。保乃花が突然、「あっ‼」と声をあげた。

須美子が保乃花の視線を辿ると、そこには莉子が立っていた。

予想外のことに須美子は呆然と口を開けた。いつから、そこにいたのか。どこから話を聞いていたのか――。

「……わ、わたしのせいで……お母さんが……わたし、なんにも知らないで……あんな映像を作って……あんな演技して……ああ……」

崩れ落ちるように座り込んだ莉子は顔を覆うと、突然、大声をあげて泣き出した。その姿は、吉岡が語った話を少なからず聞いてしまったことを意味していた。

「莉子っ！」

誰よりも早く、莉子のもとに駆け寄ったのは吉岡だった。

「違う、違うんだ。莉子のせいじゃないっ！」

莉子の両肩に手をかけて、吉岡は叫ぶように言う。だが、その声をかき消すように莉子も泣き叫ぶ。

「莉子は……悪くないんだ……」

須美子はその場から動けず、かける言葉も見つからなかった。

育代も保乃花も、九年ぶりに再会した親子の悲しい姿を、ただ見ていることしかできないようだった。

（こんなはずじゃ……）

父と娘の将来のために、莉子が真実を知ることが必要だと思っていた。だが、それはこんな形ではない。もっと冷静に、祖母を交えて三人で話し合うことになるだろうと、須美子は想像していた。

莉子の慟哭を受け止めている吉岡は苦しそうだった。刃のように体を貫いているだろうその痛みを、せめて少しだけでも、須美子は受け止めたいと願った――。


十分ほどもそうしていただろうか。

莉子の泣き声が小さくなっていった。

やがて、少し落ち着きを取り戻した莉子は顔を上げた。

「……最後まで……全部、教えて……」

涙でぐちゃぐちゃになった娘の顔を見て、吉岡はつらそうに目を伏せた。

「お願い！」

絞り出すような娘の声に、吉岡は必死に顔を上げると「……分かった」と答えた。

そうして、妻の眠る墓に一度目を向けてから、話し始めた。

「――警察と救急車が駆けつけ、莉子はすぐに病院へ運ばれたんだ。他の家族が通報してくれていたらしい。目撃していた人によると、帽子が風に飛ばされ、追いかけた莉子が川に落ちてしまったそうだ。お母さんは……」

　吉岡は歯を食いしばって続けた。

「下流で見つかったが、ついに蘇生はしなかった。莉子は一週間も高熱にうなされて、病院で目を覚ましたときには、なにがあったか覚えていなかったんだ。そこで、お祖母ちゃんと相談して、お母さんは車の事故で亡くなったことにしたんだ。十月桜を見に行ったということも川のことも言わないことにして、ただドライブに出掛けた先で交通事故に遭ったということに。これが、すべてだ……」

「そんな……わたし、なんにも知らないで、お父さんを恨んで……わたしが悪いのに……」

　莉子の体は震えていた。

「莉子は悪くないんだ。お父さんが悪いんだ。お父さんがもっと気をつけて莉子のことを見ていればよかったんだ……」

（違う……）

　須美子の胸がずきんと痛んだ。

「わ、わたしのせいで、お母さんが……」

　声を震わせて莉子は言う。

「莉子のせいじゃない。わたしのせいだ、悪いのはわたしなんだ……」

（違う……違う……）

須美子はコートの胸元をぎゅっと摑む。

「違うよ！　わたしのせいでお母さんが……」

莉子はいやいやをするように、激しく首を何度も振る。

「違う、わたしのせいだ……」

（違う違う違う！）

堪えきれずに須美子は叫んだ。

「二人とも間違ってます！」

吉岡と莉子の声が止まった。

「それじゃあ、あまりにも報われないじゃないですか！　自分のせいだ、自分のせいだって……莉子さんも吉岡さんも、お母様と奥様の気持ちを考えるべきです！」

まるで須美子の言葉を肯定するかのように、風がひゅうっと鳴った。

「愛する人に、愛する娘を託して亡くなった方が望んでいるのは、お二人のこんな姿じゃありませんよ……。幸せになってほしいと思っているに決まっているじゃないですか！　悲しい気持ちは分かります。つらい気持ちも分かります。自分を許せない気持ちも、あのときこうしていればという後悔も……だけど……」

唇を噛みしめる須美子の目から、ポタポタと涙がこぼれ落ちた。

「須美ちゃん……」

育代がそっと須美子を抱きしめる。

須美子はただ悔しかった。

みんなが誰かを想っているだけなのに。

育代の胸に顔を埋め、須美子はしゃくり上げて泣いた。

みんなが優しいだけなのに。

それなのに、こんなに悲しい思いをしなければならないなんて……。

誰も口を開けないままだった。

遠くのテニスボールを打つ音と歓声が、まるで別の世界からのように聞こえてくる。

「……すみませんでした」

不意に吉岡は立ち上がると、育代と須美子に向かって頭を下げた。

「わたしは妻を喪（うしな）って、どうしたら娘を悲しませないですむかと、そればかり考えていました。でも、思い出しました。莉子が生まれたとき、妻と二人で誓ったんです――」

見上げる莉子に一度視線を向けてから、吉岡は続けた。

「この子を笑顔にする――と」

「お父さん……」

「すまなかった。もっと早く、ちゃんと向き合うべきだったな」と言って吉岡が娘に手を伸ばす。莉子は「わたしもごめんなさい。自分から会いに行って、ちゃんと話を聞けばよかったのに」と、父の大きな手を摑み立ち上がる。

「なあ莉子、聞かせてくれないか、わたしの知らない九年間のこと。大切なお友だちのことや、将来の夢も……」

「……うん。お父さんも聞かせて。お母さんのこと――」

「ああ」

8

翌日――。

「――そうでしたか。よかったですな。お父さんと娘さんが、ちゃんと向き合うことができて」

「ええ。日下部さんのスマホのお陰よ」

育代はニコニコしながら日下部にお茶を出す。

隣にいた須美子は、すでに先ほどからお茶を出してもらっていて、遅れてきた日下部にことの顚末(てんまつ)を聞かせたばかりだ。

「ははは、みなさんのスマホでも試したではないですか」

墓地に行く前、ガラケーの須美子は、育代と保乃花と日下部にスマートフォンを使って、丸い花びらのQRコードを読み込めるか試してもらった。キャリアによって異なるようで、育代と保乃花の画面は違う通知だったが、同じタイミングで三人のスマートフォンで読み取りに成功したのだ。

「しかし、昨日はうまくいきましたけど、舞台では読み取れない可能性があったのではないでしょうか。まあ事前に試していたとは思いますけど。それに、成功してアプリ起動の案内が出たとしても、吉岡さんが無視して撮影を続けてしまうことも考えられます」

「はい。わたしも気になって莉子さんに聞いてみたんですけど、お父さんなら気づいてくれると信じていたそうです。『スマホ』で撮影し、『QRコード』を読み取った反応が現れたら、お父さんならきっと、あの頃のことを思い出してくれるって……」

須美子の言葉に「それにね」と育代が続けた。

「莉子ちゃん、そんなまどろっこしいことをせず、自分で電話して謝ればよかったのかもしれないって言ってたけど、ずっと会っていなかったお父さんにいきなりというのは抵抗があったみたいね。それと、今の自分の姿、自分の演技、自分が作った舞台演出を見てもらいたかったんでしょうね」

「なるほど。そういうことでしたか。しかし、莉子さんが墓地までやって来たのは驚きでしたな」

「はい。保乃花さんから命日のことをＬＩＮＥで聞かれたあと、気づいたら家を出ていたって言ってました。莉子さん、きっとお母さんが背中を押してくれたんだと思いますって、嬉しそうでした」

須美子は莉子から聞いた言葉を日下部に伝えた。

「あ、そうそう。莉子ちゃんといえば、あのあと、ちょっと困っちゃったのよね」

育代の言葉に「ん？　なにかあったのですか？」と日下部が首を傾げた。

「それがね」

育代は「ね、須美ちゃん」と須美子に話を振る。

「はい。莉子さんとは北とぴあで一度会っているんですけど、わたしたちのことが、まるで印象に残っていなかったらしくて――」

「そうなの。莉子ちゃんから『……ところで、こちらのお二人はいったい――』って聞かれて、なんて答えようか、しどろもどろになっちゃって」

「ははは、そうでしたか」

「それでね、保乃花ちゃんが説明してくれたのよ。『わたしが相談しちゃったの』って。それに吉岡さんも『虹の桜』の話をしてわたしたちのことも説明してくれて、そしたら――」

　その話を聞いた莉子は「名探偵って、本当にいるんですね」と驚いていた。

　そして莉子は、プライベートなことを勝手に相談してごめんなさい――とうつむく保乃花に向かって、「ありがとう。心配かけてごめんね」と笑った。

　保乃花もまた、親友のその表情を見て、「うん！」と安心したように微笑んだ。

「――ということで、最後はみんな笑顔になったの」

「大団円ですな。しかし、それにしても、須美子さんはよくあれがＱＲコードだと気づきましたな」

　ふと思いついたように日下部は言った。

「ほんとよね」と育代もうなずいた。

　須美子は光彦が雅人に囲碁にまつわる話をしているとき、新聞に載っていたＱＲコードを指さし、説明していたことを思い出しながら、「ＱＲコードの雑学を耳にしたことがあったんです」と伝えた。

「ほう、さすが名探偵は様々な知識を蓄えるものなんですなあ」

「日下部さんまでそんなこと言って。探偵をするために覚えていたわけじゃありませんよ。たまたまです。それに、あの花筏はピンクの碁石が並んでいるみたいだっていう発想をしたのは、育代さんじゃないですか」

「え、そうだったっけ？」

「ほう、それはすごい」

育代は覚えていないようだったが、日下部に感心され、「わたしも名探偵の才能が目覚めたのかしら」と得意げに胸を反らす。

「まあ、そのあと白と茶色のお饅頭も碁石みたいとも言ってましたけどね」

そう言ってから須美子は湯飲みを手に取り、一口お茶を飲む。

「うーん、育代さんらしいですな」

「もう、須美ちゃんたら、それは言わなくてもよかったのに」

育代は頬を膨らませたあと、「あ、ねえ須美ちゃん。そもそもＱＲコードの『ＱＲ』ってなんなの？」と問いかけてきた。だが、光彦はそのことを言ってなかったので「さあ、なんでしょうか」と首を傾げた。

「Ｑｕｉｃｋ　Ｒｅｓｐｏｎｓｅの頭文字ですよ。素早く反応するという意味ですな」

日下部の説明に「へえ、クイックレスねえ」と、育代は変なところで切ってから「でもコードってつくくらいだから、バーコードの仲間よね。レジでピッてしてもらうあれ」と、手を動かす。

「まあ、そうですな。バーコードは縦棒が横にずらっと並んでるだけですが、ＱＲコードはおよそ二百倍の情報量を入れられます」

帝都大学の元教授ということもあり、日下部は知識が豊富だ。

「ねえねえ、わたし実はいまだによく分かってないんだけど、そもそもＱＲコードって、四角形の中に小さい四角の点がいっぱい集まってるわよね。あ、ほら、ここにもあったわ」

育代は机の上に載っていたチラシを指さして続ける。

「――だけど、あのスクリーンに映ってたのって池みたいな大きな丸だったし、それに、その中の花びらみたいな点も、四角じゃなくて小さな丸だったわよ？」

「わたしは、そもそもＱＲコードを読み取るっていうことをしたことがないので、あれが本当に読み込めるものなのか、正直、自信はなかったんですけど。どんな形でも大丈夫なんですね」

須美子の言葉に「いや、それはちょっと違いますな」と日下部は言って、その理由を説明した。

「わたしもそんなに詳しいわけではないので、実はあれから調べてみたんですがね。コードリーダー――読み取りの機械にしてみれば、ファインダパターンで区切られた四角いエリアの中の点……ドットが重要なわけで、その外側は意味がありません。まあ、ただの飾りと判断されたのでしょう。ちなみにドットに関しては、丸いＱＲコードはけっこうあるようですよ。ただ、花びらのような形にしてしまうと認識できないようですがね。それに先日実証済みですが、色も黒である必要はないんですな」

「ファインダパターンっていうのは、水面を反射した光みたいになっていた菱形のことですよね」

須美子が映像を思い出しながら口にする。

「そうです、そうです」

「ああ、これのことね」と育代はチラシに目を近づける。「右上、左上、左下の三か所にあるわね。でも今、須美ちゃんも言ってたけど、舞台で見たのは斜め四十五度に傾いて菱形になってたわよね。それに、莉子ちゃんの作ったピンクのQRコードは、この塊が上下左右の四箇所にあったはずだけど」

「菱形のように傾いていても、たとえば逆さまになっていても、きちんと読み取れるんですよ。そのためにこのファインダパターンがあるんです。それに、育代さんの仰るとおり、実際は上下左右のどこか三つだけが必要なわけですから、一つはダミーですな。明滅でカモフラージュし、QRコードとして成立する瞬間が作られていたようですな」

「ああ、そうだったのね。たしかに最初からずっと見慣れた場所に、そのなんとかパターンが現れてたら、QRコードみたいって思ったかもしれないけど、上下左右できらきらした感じで出てたから気づかなかったわ」

「ははは、本当にうまくできてましたな。しかし、QRコード自体は自動で作成できるサイトもありますが、色々と加工するのは大変な作業だったと思いますよ。『オフィーリア』

の舞台としての演出も果たし、他の観客にQRコードだと気づかれないようにカモフラージュし、写真撮影をするためにスマホを構えているお父さんにだけ届くように――と」

「頑張ったのね、莉子ちゃん」と、育代が感慨深げに言った。

「でもわたし、あんな大きなQRコードがあるなんて知りませんでした」

「大きさは関係ないのですよ。地上に描いたQRコードを空から読み取ったり、ドローンで夜空に描いたQRコードをマンションの部屋や地上から読み取るなんていう催しもあったようですよ」

「へえ、そうなの。それにしても、なんだか桜にまつわる出来事が続くわね。ふふふ、次はどんな桜の謎が名探偵を待ち構えているのかしら」

育代は楽しむように須美子を見る。

「二度あることは三度あると言いますしな」

日下部は腕を組み、しかつめらしい顔で「うんうん」とうなずく。

「……もう、そんなに色々なことが続くわけないじゃないですか」

須美子はそう口にしながら、壁に掛けられた花の絵のカレンダーに目を向ける。

まだ二月の半ば過ぎ。

桜咲く春の訪れは、これからだ――。

第三話　天上の桜人

1

「さっきまで賑やかだったのに……」

キッチンで食器を拭いていた須美子は、ふと気になってリビングのほうに目を向けた。呼ばれればすぐに駆けつけられるように、いつも少しだけドアは開けてある。そこから漏れ聞こえていた家族のさんざめきが急に静まりかえった。

どうかしたのだろうか——と、手を止めて覗きに行くと、一同は真剣な表情でテレビに見入っている。

今、浅見家のリビングには家長の陽一郎以外、五人全員が揃っている。雪江、和子、光彦、智美、雅人だ。

一同が見つめている画面に流れていたのは、三十三歳の男性が職場で自殺したというニュースだった。男性の妻が会社を相手取って訴訟を起こしたという内容だ。

残されていた遺書によると、彼は長いあいだずっと、同じ上司から理不尽なパワーハラスメントの被害を受けていたらしい。その上司は創業者の親族で、酔うと必ず「この会社を継承するのは自分なんだぞ、分かっているのか」と、周囲を従わせていたそうだ。下手に目をつけられないよう、周りの従業員がうまくご機嫌とりをするなか、あるとき男性は上司の考えに、「それは間違っています」と言ってしまったのだそうだ。

そして、そこからすべては始まったらしい――。

生まれ育ちに対する差別から、言いがかりとしか思えないことまで、他の従業員や顧客の前でも罵倒されるようになった。

「お前は誰のお陰で生活できていると思っているんだ」

「お前みたいな無能に払ってきた給料を返してもらいたい」

「お前なんか――」

最後は決まって、「お前、あのとき俺に逆らったよな」という言葉で口を封じる。

〈わたしが何も言い返さなかったことで、壊れないサンドバッグだとでも思われていたのでしょう。気分転換、遊び感覚でわたしを叩きにくる。ボロボロになって開いた穴は、我慢という応急処置で塞ぐしかありませんでした〉

口答えをした日から始まった言葉の暴力は、週に一度から三日に一度になり、やがて毎日のようになっていったことが、読み上げられる。

〈社内に味方はいませんでした。無関係を装う傍観者か、「今日は何を言われた?」と聞

いてくる野次馬しか周りにはいませんでした〕

画面に映された妻の手元は、会社を告発する旨の遺書の最後のページだった。そこには滲んだ文字が書き遺されていた。

〔会社を辞めればいいと何度も思いました。だけど、家族には心配をかけたくありませんでした。我慢していればそのうちきっと——と思っていましたが、十年経っても終わりません。あのときわたしが、「間違っています」と言わなければよかったのでしょうか。もう疲れました〕

彼は上司の机の上で首を吊っていたそうだ。

須美子はニュースを見ているのがつらくなり、目を逸らし、そして気がついた。七十代の雪江、四十代の和子、三十代の光彦、そして十代の智美と雅人——皆が口を真一文字に結び、真摯な表情で真っ直ぐに画面を見つめていることに……。

亡くなった男性が、光彦と同じ三十三歳だからというのもあるかもしれない。

しかし一同がこんなに真剣な視線を向けているのには、耐えに耐えた末、死を選ぶことになった者への鎮魂と、そんな世の中を変えるためにはどうすればよいのかを、それぞれが真剣に考えているからなのだと、視線を逸らしてしまった自分を須美子は恥じた。浅見家の人たちなら、そうに違いないと思い、須美子もエプロンの裾をぎゅっと摑み、画面に視線を戻した。

亡くなった男性に実名を出された加害者の上司は、遺書に書かれたことはすべてでたらめだと反論しているらしい。

画面には遺書を公開した被害者の妻の泣き顔が大写しに映り、家ではいつもニコニコしていた、なにも気づかなかったと記者の質問に答えている。

記者が「職場のお仲間が、長いあいだの被害を少しずつ証言してくれているそうですよ」と慰めるように伝えると、「どうして生きているあいだに何かしてくれなかったんですか！」と、悲痛な声で訴えた。

「…………」

特集コーナーが終わり、ニュースは天気予報に変わった。

〔本日、春一番が観測されました。記録の残っている一九五一年以降、二番目に遅い観測です。最も遅かったのは――〕

途中で須美子はキッチンに戻ると、白い皿と布巾を手にした。

（生きているあいだに――）

そうして、一枚一枚をいつも以上に力を込めて磨きながら、今日、三月十九日の午後の出来事を思い返していた――。

＊

いつものように、花春の丸テーブルを囲み、育代と日下部と三人で談笑しているときだった。

「いらっしゃいませ――あら、佳乃さん？」

「……こんにちは」

少し遠慮がちに入口から顔を覗かせたのは、宮島佳乃だった。

「こんにちは！　このあいだは舞台のチケット、ありがとうね。とっても素敵な舞台だったわ」

育代は佳乃をドアまで迎えに行き、店の中へ案内しながら言った。

「喜んでいただけてなによりです。あ、良かった。須美子さんもいらしてたんですね」

何が良かったのか分からなかったが、須美子も立ち上がって「わたしもあの舞台では素晴らしい時間を過ごさせていただきました。ありがとうございました」と丁寧に頭を下げた。

「いえ、本当はきちんとお礼をしたかったのですが、あ……」

佳乃は言葉を続けようとして、須美子の隣に見知らぬ男性が座っているのに気づき口ごもった。

「……もしかして育代さんのご主人さまですか。育代さんにはいつもお世話に……」

「えっ！　よ、佳乃さん。違うわよ！　日下部さんとは、まだそういう関係じゃなくて……ほ、ほら名字だって違うでしょう？　わたしは小松原、日下部さんは日下部よ！」

見るからに動揺し、育代は慌てふためいている。

「そ、そうだったんですか。すみません……あ、でも、『まだ』ということは……」

佳乃が口に手を当てて、育代と日下部の関係を想像するかのように目を伏せる。

「よ、佳乃さん、あのね……えーっと……」

「育代さん、べつに隠す必要はないじゃないですか」

そう言ってから、須美子は育代に代わって日下部を紹介することにした。

「こちら、日下部亘さんと仰って、元大学教授で――」

「初めまして、日下部亘と申します。育代さんと、お付き合いをさせていただいています」

最後は日下部が自ら宣言した。

「あ、やっぱり」と佳乃は口にしてから、慌てて「宮島佳乃と申します。育代さんと須美子さんには以前、娘が大変お世話になりまして」と続けた。

「ん？　もしかして、虹の桜の……？」

佳乃の言葉から日下部は思い当たったらしい。

「あっ……ごめんなさい佳乃さん。日下部さんには話してしまったの……」

許可も得ずにプライベートなことを話してしまったことを、育代は詫びた。

「いや、わたくしが無理を言って育代さんから聞き出したんです。申し訳ありません」

日下部が慌てて立ち上がって頭を下げる。

「嘘よ、わたしが勝手に……」

「あの、お二人とも、わたしは別に構いませんので――」

佳乃が両手を振って、「どうかお気になさらず」と言った。

「本当にごめんね」ともう一度謝ってから、育代は「それで今日はお父さんのお見舞いのお花かしら？　お詫びにサービスするわね」と続けた。

「あ、いえ……」

言いよどむ佳乃に「その後お父さまの具合はいかがですか……？」と、須美子は遠慮がちに訊ねた。

佳乃の父・久吉は二か月前に脳腫瘍で倒れ、須美子と育代も一度、病院に見舞いに行ったことがある。ただ、そのとき久吉はまだ目が覚めず、ずっと眠ったままだった。

「なんとか意識は戻ったのですが、まだ入院中なんです。薬のせいか、起きていてもなんだかぼんやりしている感じで、毎日、様子を見に行っていますが、ほとんど寝ている状態ですし、五年前のこともありますので……」

「五年前？　あ、たしかお母さんが亡くなったのよね。サクラさんだったかしら？」

育代の言葉に須美子も、佳乃の家族がみな桜にまつわる名前だということを思い出した。娘は美桜、祖母は八重、そして母親はそのまま片仮名でサクラだ。

「はい。実は母が亡くなったあと、生きる気力をなくしてしまったといいますか、様子がおかしかった時期があったんです。父と母は娘のわたしから見てもとても仲の良い夫婦でしたので、わたしより父のショックは大きかったのだと思います。『自分が先に逝くって言っただろう』って、夜中に仏壇の前で泣いていたこともありました」

「そうだったの……」

育代がつらそうにつぶやき、無意識にだろう、隣に座る日下部の服をそっと摑んだ。

「――それでも、四十九日が終わるころまでは、対外的には気丈に振る舞っていたんですが、ある日突然、『サクラがいない、サクラがいない』って、家の中をうろうろするようになってしまいまして……。七十を過ぎていましたし、認知症かもしれないと思ったんです。けれど、しばらくして散歩に連れ出したとき、三歳だった美桜が『おじいちゃん、さくらならあそこにさくよ』って新緑の飛鳥山を指さして言ったんです。そうしたら、父はハッとしたような顔で、『ああ、そうだな』って美桜の頭を撫でて、それからは元気を取り戻したんです」

「美桜ちゃん……」

そのときの様子を思い浮かべたのか、育代はうっすらと涙ぐんでいる。

「ですが今の父はまた、その頃のような無気力な感じでして――」

「それは心配ねえ……。あ、じゃあ今日は、お花じゃなくてお父さんに関する相談かしら?」

洟を啜った育代が訊ねると、佳乃は「はい」とうなずいてから頭を下げた。

「すみません、お仕事中に突然、伺ってしまって……」

「ううん、いいのよ。今日は開店休業みたいなものだから。あ、立ち話もなんだから、座ってちょうだい。すぐにお茶を持ってくるから、ちょっと待っててね」と言って、育代は店の奥に入っていった。

「あ、いえ。どうぞお構いなく……」

「………」

須美子は話の流れ的に、また「探偵」をすることになりそうな予感がしたが、今は何も言えなかった。

「お待たせ――」

ご近所さんからのお裾分けだというお菓子と紅茶を盆に載せて、育代が戻ってきた。マドレーヌやフィナンシェなど、色々な焼き菓子が並んでいる。

「話を聞かせてもらう前に、まずは腹ごしらえよ。いただきものだけど、とっても美味しいの。さあ、食べて食べて」

「いただきます」と声を揃えて四人は紅茶を一口飲み、全員が示し合わせたように違う種類の焼き菓子を口に運んで一斉に「美味しい！」と言った。

「大学のお菓子屋さんのだそうよ。えっとプランター？」

「大学……あ、もしかして、プランタンですか？」

「そうそう。ちょっと違ったわね」

二つ目のお菓子に手を伸ばしながら育代が肩をすくめる。

「嬉しい！　わたし、一度食べてみたかったんですよ。今度、買いに行ってみようかな」

半分に割ったパウンドケーキを手にした須美子が、目を輝かせる。

「プランタン」は花春から徒歩五分ほどのところにある、女子栄養大学駒込（こまごめ）キャンパスにある赤レンガ造りの店だ。大学併設の香川調理製菓専門学校の教員である製菓のプロによるもので、生徒たちの実習の場でもあるそうだ。大学のキャンパスといっても、一般の人も利用可能で、焼き菓子以外にもケーキやパンなども人気らしい。

どれも浅見家の子どもたち、智美と雅人が喜ぶだろうなと須美子は思ったが、一番、喜びそうなのは三十三歳の光彦かもしれないと想像し、思わず顔がほころんだ。

「プランタンとプランターって似てるわね。ほら、色もレンガっぽいし」

そう言って店内にあるプランターに目を向ける育代に、「ははは、しかもここは『花春』さんですからね」と日下部が言った。

「どういうこと？」

「プランタンはフランス語で『春』という意味だったと思いますよ」

「へえ、そうなの。どうりで春らしい味がすると思ったわ」

「一年中、春のお菓子がコンセプトのお店なのですかな？」

「ううん、そうじゃなくて、なんと言えばいいのかしら、とにかくどれも春を感じるのよね。ほら、須美ちゃんももっと食べて」

お言葉に甘えて今度はマドレーヌをいただき、須美子は育代の言葉の意味が分かるような気がした。四季の中で、やはり春は特別だと思う。特に須美子が新潟県長岡市で暮らしていた頃は、春が待ち遠しく、その訪れが嬉しかった。体だけでなく、心の中にも温もりが、ほんわりと広がってくるような優しい季節。プランタンのお菓子は、そんな気持ちを思い出させてくれる味だ。

しばらく幸せなひとときを過ごし、須美子はカップを口へ運ぶ。

そのタイミングで、隣の佳乃が背筋を伸ばし口を開きかけたが、ためらいを見せた。それを見た日下部が、「……わたしは席を外しましょうかな？」と立ち上がる。

「あ、いえ……ご迷惑でなければ、皆さんで一緒に聞いていただきたいのですが」

視線を交わし合った三人は声を揃えて「はい」と返事をし、日下部は腰を下ろした。

「えっと……実は、奇跡の桜というのを探しているのですが——」

佳乃がうつむき加減でそう言うと、日下部は「ほう」と興味深そうに声を漏らした。

「虹の桜の次は奇跡の桜なの？　詳しく教えてちょうだい！」

育代も好奇心に満ちた目でテーブルに身を乗り出す。

「はい……。一週間前に病院に行ったときのことなんですが、父が夢うつつで『奇跡の桜が見つかれば……』と、つらそうにつぶやいたんです。その様子が何かこう、訴えかけるような雰囲気でして……」

佳乃の表情はどこか翳があり、疲れた顔をしている。

「今回もお父さんが口にしていた言葉なのね。奇跡の桜ねえ……うーん、日下部さんは聞いたことある？」

育代が問うと、日下部は首を振って「いや、ありませんなあ」と顎に手をやる。

三人の視線は自然と須美子に集まったが、須美子も聞いたことがなかったので、かぶりを振り、一つに結んだ髪の毛が後頭部で跳ねた。

佳乃は一つため息をついて、「やっぱりそうですよね……」とうな垂れた。

「なにか手がかりになりそうなことはないのですかな。お父さまと桜が繋がりそうな趣味や出来事など」

日下部の質問に、「趣味や出来事ですか……」と考え込んだ佳乃が、不意に「あっ！」と顔を上げた。

「なにか思い当たることがありましたか？」

「はい……関係があるかどうか分かりませんが、あれも気になっていたんでした……」

「あれって？」

育代の問いかけに、佳乃は「実は――」と言ってから話しだした。

「父は四年前から毎年決まって三月二十五日に、必ず飛鳥山へ出掛けるようになったんです……」

「その頃の飛鳥山ならまさに桜を見に行ってるんじゃないの？　あ、分かった！　ちょうど満開の頃だから、お父さんは『奇跡の桜』と呼べるような、いちばんきれいな桜を探しているんじゃないかしら？」

「たしかに今年の満開はそのあたりのようですが、寒暖差にもよるでしょうから、満開の時期は毎年まちまちではないでしょうか」

日下部が冷静に育代に助言すると、育代も素直に「ああ、そうよね」と言ってから、

「お父さんが出掛けるのは三月二十五日前後とかじゃなくて、毎年、ぴったりその日なの

よね」と佳乃に確認する。

「――はい。満開の時期がずれていても、雨が降っていたとしても、必ず三月二十五日に『飛鳥山へ行ってくる』と言って出掛けるんです」

「ほう、雨の日でも……」

日下部は首をひねって顎をしごいた。

「うーん、なんで三月二十五日限定なのかしら。雨でも必ず同じ日に出掛けていく用事といったら……あっ！　もしかして、三月二十五日がサクラさん……佳乃さんのお母さんの命日ってことはない？」

育代は先日訪れた、赤羽の墓地でのことを思い出したのかもしれない。須美子は口を挟まず、しばらく聞き役に徹することにした。

「いいえ。母が亡くなったのは二月十七日です。三月二十五日は……あの、関係ないとは思いますが、実はわたしたち夫婦の結婚記念日なんです」

「あら、そうなの。あ、それで佳乃さんはお父さんが毎年出掛ける日をはっきり覚えていたのね」

育代はぽんと手を打って納得してみせた。

「はい。それに四年前は特に印象的だったんです。その年の四月から、夫が単身赴任することになったんですが、しばらく結婚記念日を一緒に祝えないだろうからと、夜景がきれいなレストランで食事をする約束をしてました。でも午後から雨が降ってきて、あいにくの天気だなって思っていたら、父が突然『飛鳥山へ行ってくる』と言ったんです。それで、『雨降ってるわよ』って声を掛けたら、『雨でも桜は見られるよ』って言ってさっさと出掛けて行ってしまいました」

さっき佳乃が、雨が降っていたとしても——と言っていたのは、この年のことだろう。

「桜は見られる……ってことはやっぱり、その奇跡の桜を探しに行っていたのかしらねえ。ところでそれ以前は……ああ、そういえば、お母さんが亡くなったのは五年前だったかしら？」

「はい。五年前は二月に母が亡くなってお花見という雰囲気ではなくて、そのあとしばらくして先ほどお話ししたとおり、父が少しおかしくなってしまって。それ以前、母が元気だった頃は、家族で飛鳥山にお花見に毎年行ってましたけど、決まった日でなくて、いつも満開のときや、週末を選んで行っていました」

「なるほど。時間はどうでしょうか。毎年、三月二十五日に出掛ける時間は一緒ですかな？」

日下部の問いに佳乃は視線を宙にさまよわせる。

「えーと……だいたい午後に出掛けていたと思いますが、毎回まったく同じ時間というわけではなかったと思います」

「そうですか。ちなみに三月二十五日以外は飛鳥山へ行かないのでしょうか？」

日下部が重ねて問うと、佳乃はあっさり「いえ、そんなことはありません」と言った。

「ほう？」

「毎年、天気のいい日には美桜を連れて、お花見に行っています。春以外でも、散歩がてらわたしも一緒に飛鳥山へ行ったこともありますし。もしかしたら他にも、わたしの知らないところで行っているかもしれませんが、それは分かりません……」

「なるほど、とにかく、三月二十五日だけは必ず出掛けていかれるというわけですな」

「はい、そのとおりです。……あ、すっかり忘れていましたが、もう六日後なんですね……」

「そうね。でも、今年はその日に飛鳥山へ行くのは難しいでしょうね……」

育代が入院中の久吉のことを思ったようで、気の毒そうにそう口にする。

「はい……」と、佳乃も目を伏せながらうなずいたあと、突然「あ、そうだ！　包帯……」と言った。

「包帯？　お父さん、怪我もしているの？」

「あ、いえ。去年のことを思い出しまして――」

「何かあったの？」

「はい。去年の三月二十五日、満開にはまだ早いのに今年も行くのかしらって思っていたら、やっぱりいつものように『飛鳥山へ行ってくる』って言ったんです。そのとき、父が手に包帯を持っているのに気がつきまして……」

「……えっ!?」と驚く育代と違い、日下部は「毎年、お持ちになっていたんですか？」と冷静にその行動について訊ねた。

「分かりません。気づいたのは去年だけなのですが、もしかしたら、いつも持って行っていたのかもしれません。ポケットに入れていたら気づきませんので……」

「……ふうむ。怪我をした人のためでしょうかな。花見の酔客が転んだり、喧嘩したりという話はよく聞きますし、包帯だけでなく、他にも消毒液や絆創膏も持っていたとか――」

「あっ！　もしかしたら、人間用じゃなかったんじゃない？」

日下部の言葉の途中で、育代がパッと顔を輝かせて言った。

「……？」

一同が首を傾げるなか、育代は得意げに言葉を続ける。

「樹木を保護するために巻くのよ。ほら、ぐるぐるって、よく巻いてあるのを見かけるでしょう」

「ああ……」

佳乃が思い浮かんだような声を上げるが、日下部は「あれは普通の包帯とは違うのではないですかな」と言った。

「え、そうだっけ？」

「たしか茶色い麻布のようなもので、幅もっと広かった気がします」

「ああ、そう言われてみるとたしかに……。でもほら、お花見の時期って、桜の枝が折れたっていうニュースが時々テレビで流れるでしょう。あれを見ると、痛々しくて包帯を巻いてあげたくならない？」

生花店を営む花好きの育代には、植物が傷つけられるのは殊にこと つらいことなのだろう。

「そうですな」と日下部がゆっくりうなずく。

「よくニュースのインタビュー映像で、酔っていたからついって言ってるけど、酒を飲んでいようが飲んでなかろうが、桜がかわいそうだと思わないのかしらね」

「……本当です。許せませんよね」

佳乃が眉間に皺を寄せ、低い声で答えた。

「短い枝一本くらいならいいじゃないかって、テレビで答えてる人もいたけど、そういうことじゃないのよ」

育代の怒気に同調するように須美子もうなずいた。

全員の同意を得て勢い込んだ育代は「それにね」と続けた。

「わたし、あれも納得がいかないのよね。ワシントンが、子どもの頃に斧で庭の桜を切ったとかって話があったじゃない？　あれっておかしい――」

「そうなんです！」

突然、佳乃が大きな声で言ったので、話を振った育代さえも、少し驚いた顔で佳乃を見た。佳乃はそれに気づかないふうで、窓の外を睨みつけて、そこにワシントンがいるかのように話を続けた。

「あの話、おかしいですよね。父親に桜の樹を切ったことを正直に話した、偉い人みたいに言われていますけど、そもそも桜の樹を切った行為そのものが、許せません！」

佳乃が膝の上で、拳をぎゅっと握りしめたことに須美子は気づいた。佳乃にはこのアメリカ初代大統領の逸話に相当な思い入れがあるようだ。

「そ、そうなのよ……」

自分から振った話だが、佳乃の勢いに育代は気圧されているようだ。

「わたし、小さい頃にこの桜が切られた話を聞いて、大泣きしたことが……あっ？　違ったかしら……」

佳乃は急にトーンダウンした。

「何が違うの？」と訊ねる育代に答えたのは日下部だった。

「実はワシントンの桜の逸話は、あとになって偉人伝に追加された作り話らしいんですよ」

須美子も以前、光彦から聞いたことがあったなと思い出した。

「あら、そうなの？　でも作り話なら、そんなひどい話を作った人が許せないわよ。ね、佳乃さん」

育代に同意を求められた佳乃は、はっとしたように「……は、はい」と答えてから、

「あ、すみません、大きな声を出して――」と、顔を赤くして下を向いた。

「わたしもごめんね。話を脱線させてしまって……」

心を落ち着けるように、二人は揃ってカップに残っていた紅茶を一口飲んだ。

「――包帯といえば、佳乃さんのお祖母様のお宅って、飛鳥山の近くの病院だとおっしゃっていませんでしたっけ？」

場が静かになったところで、須美子が口を開いた。以前、佳乃の家に行ったとき、そんな話が出たことを思い出したのだ。

「はい。病院というか、宮島医院という小さな診療所だったみたいです。でも、空襲で焼けてしまって……」

「空襲……」

須美子の脳裏に空から降ってくる爆弾の映像が浮かんだ。

一九四一年から一九四五年まで続いた太平洋戦争。

以前、光彦から聞いた話では、北区は実に二十回もの空襲に見舞われたのだそうだ。死

者は五百名を超え、被災した家屋は三万戸を超えたという。

この中で最年長の日下部にとっても、還暦間近の育代にとっても、太平洋戦争はもう一昔前の話だ。

「戦時中は死と隣り合わせの日々だったのよね……」

育代がしんみりと言うと、突然、「人を殺すな殺されるな……」と佳乃が言った。

「えっ？」

穏やかでない言葉に一同がギョッとし、驚きの表情を浮かべた。

「あ、すみません。祖父の口癖を思い出しまして……」

「お祖父さんって言うと、たしか熊太郎さんだっけ？」

「はい」

以前、佳乃の家の仏間で遺影を目にした際、名前を教えてもらったのだ。珍しい名前だったので、須美子もはっきりと覚えている。

「毎年八月になると、祖父はその言葉を口にしていました」

「人を殺すな殺されるな、ですか……意味深い言葉ですな……」と日下部は顎に手をやって目を閉じた。

「はい。小学生だったときはこの言葉を聞いて、ただ怖いと思っていました。でも、歴史や戦争について学び、成長するにつれ、わたしもその言葉の重みを知りました。戦争では、相手を殺さなければ、自分が殺される可能性がある。敵兵を殺せと命じられたことに逆らい、お国のために身を捧げろという言葉に逆らったらどうなるか……。それは、とても難しいことだったろうな――と」

「……そうね。それに、戦争に行った人はもちろん、行かなかった人もどんなに大変な時代だったか……。空襲もそうだけど、満足に食べるものもなかったでしょう。今は当たり前のように毎日、毎食、美味しい物をいただいているし、スーパーやコンビニで売れ残った物は廃棄してしまうなんて聞くけど、その頃は一食一食がどれほど尊くて大切だったか……」

育代はしんみりした調子で、自分の両親や祖父母にでも聞いたのだろう当時のことに、思いを馳せているようだ。

「昔ばかりではありませんよ」と日下部が憂い顔を見せた。「最近でも貧困で毎日の食べ物に困っている人がいるそうです。日本では驚くべきことに九人に一人の子どもが貧困状態にあるといわれています。これは食べ物だけではない複雑な問題が絡んでいるのですがね。一般的な経済状態にある家庭では、ＳＤＧｓの機運もあって、少し前に比べれば『もったいない』の精神が見直されてきているとは思いますが、戦争があった時代を忘れずに、食べ物だけでなく、もっと物を大事にしていかないといけませんな」

日下部が我が身を省みるように重々しくうなずく。

「はい。祖母も『物を大事にしなさい』って、よく言っていました。小学生の頃から診療所を手伝っていたそうですが、紙切れ一枚でも無駄にするなって、よく叱られたのよって……あ、すみません、また余計な話を……」

佳乃が頭を下げる。

「いいえ」と須美子は首を振ったあと、「そういえば、お父さまには一連の行動について直接お聞きになったことはあるのでしょうか？」と訊ねた。

「はい。昨年、包帯を持っているのに気づいたとき、そんな物を持って飛鳥山へ何しに行くのかと聞いてみました。そうしたら、少し考えるようなそぶりを見せて、『なんでもない』と言って出て行こうとしたので、毎年、三月二十五日に行ってるわよねとも確認してみたんです。そうしたら、『偶然だろう』って誤魔化したんですよ」

「……………」

須美子は人差し指を顎に当てて、視線を宙に泳がせる。

隣で育代も「怪しいわね」と言って、眉間に皺を寄せた。

「はい。それで雨の日も行っていたでしょうとも聞こうと思ったのですが、とにかく行ってくる――と、逃げるように出掛けてしまったんです。それで余計気になってしまって、父のあとをこっそりつけてみたのですが……」

「えっ、尾行したの！」

驚く育代に、佳乃は「そんなたいしたものではありませんが」と苦笑いしてから続けた。

「父は博物館のある入口から飛鳥山公園に入って、桜を見上げながらゆっくり歩いていました。去年は雨も降っていませんでしたから、満開にはまだ早かったのですが、普通にお花見をしている感じでした。そして、児童公園の横を通って、階段の途中にある時計台にさしかかったときでした……」

そこまで一気に喋ったところで、佳乃は一度、言葉を止めた。

「何があったの？」と、育代は興味津々で身を乗り出し、続きを催促する。

「父が不意に何もない草むらの前で立ち止まったんです。どうしたんだろうと思って、階段の上から見ていたのですが、ちょうどそのとき、後ろからスマホで撮影しながら若い人たちのグループが近づいて来まして。撮影の邪魔にならないよう、その一団を避けているうちに、気づけば父は移動し始めていました……。あわててまた追いかけましたが、そのあとは結局、何事もなく――」

＊

「はぁ……」

我知らず、須美子はため息をついてしまった。

ぴかぴかになった皿を食器棚に戻し、夕食の片付けも完璧に終えると、須美子は最後に指さし確認をした。すべての物があるべき場所に片付いているのを見渡して、一つうなずき、キッチンの電気を消して自室に戻る。

文机の前に正座すると、須美子はガラケーを開いた。

何度かボタンを押すと、小さなディスプレイに老夫婦の写真が映し出される。

佳乃のスマートフォンから育代と日下部のスマートフォン、それに須美子のガラケーに送ってもらった写真だ。現在七十八歳の久吉が古稀の祝いのとき、妻のサクラと撮ったツーショット写真。場所は自宅の縁側だろうか。佳乃がとても仲の良い両親だったと言っていたが、写真に写る二人の距離の近さと、同じような朗らかな笑顔からも、それがひしひしと伝わってくる。

(どうしよう……)

佳乃は「『奇跡の桜』がなんのことかを知りたい……。そして、それが三月二十五日の行動に関係があるのなら、父に代わって今年は自分がそれをしてあげたいんです」と言った。そして――。

「――父はもうあまり長くないと思うんです。あとになって、生きているあいだにできることをしてあげればよかったと、悔やむようなことはしたくなくて……。どうか、また力を貸してください。お願いします」

そう言って、佳乃は立ち上がると深々と頭を下げたのだった。

2

翌日の木曜日は春分の日だった。

昨夜は眠る寸前まで色々と考えてしまい、桜が満開の飛鳥山で何か分からないものを探し続ける夢を見て、何度も目を覚ましてしまった。そのせいで、今日は寝不足だ。

こんな状態で余計なことを考えてしまうと、ミスをしてしまうかもしれない。だから須美子は、気を引き締めて朝食の準備、後片付け、洗濯、掃除——と、いつも以上に集中して作業を進めた。

「買い物に行って参ります」

小さな失敗もすることなく、昼食の片付けまでを無事に終えた須美子は、リビングにいる雪江に一声かけると家を出た。

そして——。

「はあ……」

門扉を閉めたところで、大きなため息が出た。

緊張感が緩むと、昨日のことがすぐに頭に浮かんでくる。

あのあと育代は、いつものごとく、「任せてちょうだい！」と安請け合いをした。

だが、須美子は「すみません。考えさせてください」と、佳乃と同じくらい深く頭を下げた。花春の床の模様に目を落としながら、佳乃に対して申し訳ない気持ちでいっぱいだった。けれど、自分にできることがあるだろうかと、不安もいっぱいだったのだ。

安易に引き受けてしまってなんの成果も出せなかったら、そしてその結果、佳乃や久吉の人生に、取り返しのつかない未練を与えてしまうことになってしまったら――。

「二十五日まであと五日しかない……」

須美子は指折り数えて、また大きなため息をついてから歩き始めた。

虹の桜や花筏の謎は運良く解決できたが、次もうまくいくとは限らない。しかも、今回の依頼は久吉の行動を探るため、飛鳥山公園へ行っての現地調査が必要だと思われる。そんな時間は土曜と日曜にしか取れそうにない。

以前、雪江からは土日だけでなく、祝日も休みなさいと言われたことがあった。だが、須美子のほうから働かせてほしいと願い出たのだ。それは須美子にとって浅見家の家事をすることが日常であり、休んでいるほうが落ち着かないからだ。

「じゃあこうしましょう。祝日に働く代わりに、平日の休みたい日に休んでちょうだいね」

雪江はそう言ってくれ、須美子もそのときは「はい、分かりました」と答えたのだが、今まで「平日の休みたい日」というのは、あまり訪れたことがない。

　須美子自身が好きでそうしているのだが、雪江のほうは、「あのお宅はお手伝いさんを酷使している——なんて、噂がたたないとも限らないのですから」と、困った顔をする。そこで、「せめてお買い物ついでに、花春さんのところで息抜きをさせてもらってちょうだいね」と言ってくれた言葉には、須美子は素直に甘えさせてもらうことにしているのだ。

　祝日の今日の代わりに、明日の金曜日か来週の月曜日を休ませてもらって——とも考えたのだが、それだと土日と繋がり三連休になってしまう。正月でもないのに三日も続けて休んでしまったら、浅見家の人たち皆に迷惑をかけてしまう。それに今朝、雪江から——。

「須美ちゃん、明日、書庫の片付けを手伝ってほしいのだけど」と頼まれたのだ。一日で終わると思うけれど、もしかしたら月曜日もお願いするかもしれない——とのこと。もちろん須美子は二つ返事で引き受けたのだが、通常業務に加えて書庫の片付けとなると、買い物途中に花春に寄る時間どころか、日中、考えごとをする余裕さえもなさそうだ。

（やっぱり、今回はお断りしたほうが……）

　そう考えたとき、佳乃の言葉が頭を過った。

『——生きているあいだにできることをしてあげればよかったと、悔やむようなことはしたくなくて……』

　自分も後悔はしたくない。

だけど、久吉さんが快復しないと決まったわけじゃない。

（……それに、そもそも、わたしはただのお手伝いなんだし……）

責任の重さから目を背けるため、自分にそう言い聞かせようとした、そのとき――。

『どうして生きているあいだに何かしてくれなかったんですか！』

昨日ニュースで見た声が頭に響き、胸がズキンと痛んだ――。

（……どうしたらいいの……）

そしてまた一つ、須美子はため息をついた。


「こんにちは……」

重い足を引きずりながら花春のドアを開けると、今日も日下部が奥のテーブル席に着いていた。

「こんにちは須美子さん」

「須美ちゃん、いらっしゃい。さあ、捜査会議を始めるわよ。座って座って」

育代ははりきった声で言って、須美子の腕を引っ張っていく。

「やっぱり毎年三月二十五日に包帯を持って出掛けるっていう謎が、奇跡の桜の謎と繋がっていると思うのよね」

育代が日下部の隣に座ってそう口にする。

「ええ。根底が同じなら、どちらか一つの謎を解けば、残りの一つを推測することができるかもしれません」

　日下部が前向きに答える。

「……でも、まったく別のことだった場合は、解決しなければならない謎が二つになってしまいますよね……」

　須美子は席に着かず、立ったままそう言った。

「それは、そうだけど……」と育代が不満そうに口を尖らせてから、「どうしたの須美ちゃん、座ってちょうだい」と袖を引っ張る。

「……わたし佳乃さんのためにも、久吉さんのためにもなんとかしたいと思ってます。でも、調べる時間が取れそうにないんです……。明日の金曜日と、もしかしたら月曜日も、大奥様から頼まれた仕事で慌ただしくなる予定ですし、土日の二日だけで結果を出せる自信もありません。それなら下手に佳乃さんに期待をさせてしまうより、早めにお断りしたほうがいいかと……」

　須美子は一気に言って、下を向いた。

「ちょっと待ってちょうだい！」

　育代が大きな声で言った。そして、「時間なら――」と言葉を続けようとするのを、須美子が髪を左右に揺らして遮った。育代に反対されるだろうことは予想していた。けれど

――。

「責任が重すぎます……。もし、何も見つけられないまま……久吉さんが……」

その先の言葉を続けることができず、須美子は太ももの横で両手の拳をぎゅっと握りしめた。肩にかけていたトートバッグが、床に落ちる。

それを見た育代はゆっくりと立ち上がると――。

「よいしょっ！」

突然、須美子の体を後ろから抱え込み、持ち上げた。

「ちょ、ちょっと育代さん、何するんですか！」

「わたし、こう見えて力持ちなのよ。あ、見たとおりかもしれないけど……。とにかく、須美ちゃんが全部を抱える必要はないの。わたしにも半分、持たせてちょうだい！」

「……っ！」

「わたしにも背負わせてください。こう見えて、フィールドワークで足腰はけっこう鍛えているんですよ」

そう言って膝を叩き、日下部は微笑んだ。

「……と、とにかく下ろしてください」

「だーめ、責任の半分……ううん、三分の一を持たせてもらうまで下ろさないんだから。それにしても須美ちゃん、軽すぎるんじゃないの？　四十……」

「ああっ！　もう分かりましたから！」

育代の言葉を遮るように須美子は叫んで、足をばたつかせる。

「おっとっと」と後ろに二歩下がったところで、育代は須美子を床に下ろした。

「それにね、こんなときこそ、助手一号の出番よ。任せてちょうだい、わたしには時間があるんだから！」

そう言って育代が胸を張る。

「……そんな、育代さんだって仕事があるじゃないですか」

「わたしはいいのよ、自由業だから」

花屋は「自由業」ではなく「自営業」ではないだろうかと思ったが、たしかに花春は、定休日以外にもたまに「臨時休業」の札を出していることがある。

「助手二号もおりますぞ。わたしもしばらく予定はないので、存分に動けますよ」

日下部は胸をどんと叩いてみせた。

「……日下部さんまで」

須美子は二人の気持ちが嬉しかった。けれどやはり、実際問題として二人が協力してくれたとしても、数日間で解決できるような謎ではない気がした。須美子はトートバッグを拾い上げると、「でも……」と口にする。

「あ、分かったわ！　須美ちゃんったら、わたしたちの力を見くびっているんでしょう。

日下部さん、今こそあれを見せるときね！」

「そうですな」

「……？」

育代は訝しむ須美子の背中を押して椅子に座らせる。

隣の日下部が椅子を近づけて、自分のスマートフォンを須美子に差し出した。

「なんですか？」

「まあ、見ていてください」

日下部が何度か画面をタップすると、飛鳥山公園の桜が映る。それはカメラを回しながら、園内を歩いている動画だった。桜はまだ、五分から七分咲きといったところだろうか。

「昨日あれからネットを見ていましたら、偶然見つけたんですがね。これ、昨年の三月二十五日に撮られたものなんですよ」

「えっ！　それってまさか……」

須美子は昨日、佳乃が久吉を尾行中、時計台のところで若いグループが撮影しながら近づいてきたと言っていた話を思い出した。

「N大学の『花見サークル』なんですって。大学っていろんなサークルがあるのね。でも花見といっても桜だけじゃなくて、一年中、どこかの花を見に出掛けて楽しんでるサークルらしいわよ。これも満開じゃないものね……あ、そこじゃない？」

須美子と日下部の後ろから画面を見ながら話していた育代が叫んだところで、日下部が画面を一時停止させた。

飛鳥山公園の階段の途中にある時計台、その脇に一人の老人が映っていた。

「嘘っ！　これって……」

「はい。宮島久吉さんです。パソコンを持ってくればよかったのですが、これで我慢してください」

そう言って、日下部は須美子にはよく分からない操作をして、スマートフォンで拡大画像を見せてくれた。多少画質は粗いが、間違いなく佳乃の父・久吉だった。

久吉は時計台脇の草むらの手前でしゃがみこみ、何か白っぽいものを手にしている。

「……石……でしょうか？」

「ええ多分」

そう言って、日下部は拡大していた画面を元に戻し再生する。久吉は手にした石を草むらにぽいっと捨てた。

「……！」

気がつけば、須美子の目は輝きを取り戻していた。新しい情報に、心の中に活力が戻ってくるのが自分でも分かる。

「ね、ね、須美ちゃん、すごいでしょう。なんてったって、わたしたち名探偵の助手なんだから。まあ、わたしは何もしていないんだけど……」

育代は得意げに言い始めたが、最後はしょんぼりとした表情になる。

「いやいや、一緒に見ていた育代さんが、久吉さんの姿を見つけてくれたではないですか。わたし一人では見落としていたかもしれません」

「本当？　わたしも役に立ったかしら？」

「ええ、もちろんです」

「やった！」

嬉しそうに微笑んだ育代は、「ねえ、須美ちゃん……」と座っている須美子の両肩に、後ろからぽんと手を置く。

「一人でなんでもかんでも背負わないでちょうだい。やれるところまでやってみて、ダメだったら三人で佳乃さんに謝りに行けばいいのよ」

「……」

「それにたとえ真実に辿り着かなかったとしても、やってみないことには一歩も近づけません。何よりも――」

そう言って、日下部は育代に視線を送る。育代はうなずいてから須美子の顔を覗き込み、その先を口にした。

「大事なことは、その手を伸ばしたかどうかでしょう？」

「……！」

須美子は唇を噛みしめた。

そうだ――。

須美子自身、すべては手を伸ばすことから始まると信じて、これまで実践してきたではないか。どうしてそんな大切なことを、忘れてしまっていたのだ……。

「だからね、まずは明日一日、わたしたちだけで調べてみるから、助手の力を信じて任せてもらえないかしら」

「その調査結果を土曜日に報告しますので、そのときに須美子さんのお知恵を貸してください」

「そんな、お知恵だなんて……」

須美子は恐縮して肩をすくめた。

「と、に、か、く」と育代はリズムよく言ったあと、「須美ちゃんは、ナントカ探偵してくれればいいってことよ」と腰に手を当てた。

「……え？　ナントカ探偵って？」

「えーっと、あれよあれ、アームレスリングだっけ？」

「育代さん、安楽椅子探偵のことなら、アームチェア・ディテクティブです」

日下部が笑いながら訂正すると育代は、「あ、それよそれ。ちょっと違ったわね……」

と頭をかいた。

須美子は「……ぜんぜん、違うじゃないですか……」と言って下を向き、肩をふるわせる。

「す、須美ちゃん？」

「……アームレスリングじゃあ腕相撲探偵……ぷっ」

口に出したら我慢できず、須美子は声をあげて笑い出した。

「わ、わざとよ。わざと言い間違えたの！　須美ちゃんを笑わせようと思ったの……」

育代はそう言うが、恥ずかしそうな赤い顔では説得力はなかった。

「はいはい、そういうことにしておきます」

人差し指で目尻の涙を拭いながら答えた須美子は、大きく深呼吸をしてから立ち上がった。

「――日下部さん、育代さん。よろしくお願いします」

そう言って、須美子は二人に向かってぺこりと頭を下げた。

3

「じゃあ、押していいかしら」

育代の声に、「ええ、お願いします」と日下部は答えた。

「えいっ」

ピンポーンと軽快な音がインターフォンから聞こえてすぐ、「あ、いらっしゃいませ。どうぞお入りください」という佳乃の声が続いた。

三月二十一日の金曜日。育代と日下部は、宮島家を訪ねていた。

時刻は十時半。小学二年生の美桜は、もうすぐ三時間目の授業が始まるころだろう。いないのは分かっていたのだが、二人は美桜が好物だと言っていた平塚亭の和菓子を手にしていた。

「美桜ちゃんが帰ってきたら二人で食べてね」と、育代は玄関で佳乃に土産を渡す。

「すみません、いつもお越しいただくたびに……。どうかお気遣いなく」

申し訳なさそうな顔の佳乃に客間へ招き入れられ、勧められた座布団に育代と日下部は並んで正座した。

「少々、お待ちください」

そう言って、佳乃が出て行ったあと、育代は二間続きになっている仏間を指さした。

「仏壇の上に写真があるでしょう。あれが熊太郎さんなの」

三枚並ぶ写真は男性一人と女性二人だ。

「お名前から想像していたのと違って、柔らかな表情の方ですな」

「わたしもそう思ったの。それで、その隣が熊太郎さんの奥さんの八重さんで、左端が佳乃さんのお母さんのサクラさんよ」

「お二人とも、佳乃さんに似ていらっしゃいますな」

「そうよね、美人の血筋なのね」

ふすまが開いて、佳乃がお盆にお茶を載せて戻ってきた。

「一昨日は突然、あんなことをお願いしてしまってすみませんでした。あれから、落ち着いて考えたのですが、やはり不躾（ぶしつけ）なお願いをしてしまったのではないかと――」

これにいち早く反応したのは日下部だった。

「そんなことありません」と重々しい口調で言う。

「そうよ。お父さんのために謎を解きたいんでしょう」

「それはそうなのですが、個人的なことにみなさんを巻き込んでしまって、申し訳ございません……」

佳乃は座卓に頭がつくほど深々とお辞儀をした。

「あ、顔を上げてください。お役に立てるかどうかは分かりませんが、ともかく、わたしたちも全力を尽くしたいのですよ。実はわたしたちは以前、須美子さんに助けていただいたことがありましてね。そのお陰で、こうしてお付き合いさせていただくことになったんです」

「え、そうだったんですか？」

佳乃は驚いたように顔を上げ、二度三度、瞬きをした。

「実はそうなの……」と育代が顔を赤くする。

「今度は自分たちが誰かのために役立ちたいと考えているんです。ですから、どうか協力させてください」

その言葉に佳乃は「ありがとうございます」とまた頭を下げた。

「あ、須美ちゃんは今日――」

育代が説明をしようとしたところで、「昨日の夜、連絡をいただきました」と佳乃が答えた。

「自分は土日しか時間が取れなくて申し訳ないけど、できる限り協力させてくださいと仰ってくださって。……それに、育代さんと日下部さんのコンビは最強ですから――と」

「えっ！　須美ちゃん、そんなこと言ってたの？　プレッシャーだわ……」

「育代さん、頑張りましょう。名探偵の期待に応えてこその助手ですよ」

「そ、そうよね」と言って、育代は姿勢を正した。

「――では、早速ですが、佳乃さん、これを確認していただけますか」

日下部はスマートフォンを取り出し、昨日、須美子にも見せた動画を再生した。

「これは、昨年の三月二十五日に飛鳥山公園で撮影された動画です」

「え、三月二十五日ですか？」

「はい」

佳乃はほとんど瞬きもせず、しばらく黙って見ていたが、問題のシーンで日下部が一時停止させると、「あ！」と声を上げた。

「これ、父だと思います。この服、よく着ているものですし間違いありません。……あ、もしかしてこれ、あのとき撮影していたグループの動画なんですか？」

「おそらくそうだと思います」と答える日下部に、「こんなすぐに、これを見つけられたんですか……すごい！」と、佳乃は尊敬の眼差しを向けた。

「いえいえ、偶然ですよ」

そう言って、照れ隠しのように再生ボタンを押すと「お父さまの姿を発見したのは育代さんですしね」と付け加えた。

「へへ、わたしも偶然なの」

育代も照れたように頭の後ろをかきながら画面を見ていたが、「あら、よく見たら、今の佳乃さんじゃないかしら？」と首を傾げた。

「ほう、どこですかな」

日下部は慌てて動画を止めると、少し戻す。

「あ、ほら、ここよ。見て！」

育代は階段の上に、一瞬だけ映っていた女性を指さす。

「あ、そうみたいですね」と、少し恥ずかしそうに佳乃は頬を染めた。

日下部は「これで決まりですな」と言って、再び久吉が映っている場面に戻すと、拡大して佳乃に見せる。

「――それで、このときのお父さんは、ご覧のとおり白っぽい石を拾っているように見えるのですが、なにかお心当たりはありませんか？　たとえば珍しい石を集めていらっしゃるとか」

「石ですか……いえ、特には思い当たりませんが」

「そうですか……」

「もしかして、これ、石じゃないのかしらねえ……」

「うーむ……」

主として映っているのはサークルのメンバーと桜の花だ。その桜はつぼみも多く、枝の間から青空が透けて見えている。その画面の片隅に小さく見切れている人物が何を拾っているのかまでは、いくら拡大しても画質も粗く、断言はできない。それに二人とも、こんなところに落ちているのは石ぐらいだろうと思い込んでいた節はある。

「このサークルの人たちに話を聞いてみましょうか？」

育代の言葉に、「それもいいですが、あとで飛鳥山に行って実際の現場を確認してみませんか?」と日下部が提案する。

「あ、いいわね」

「ではこの問題は後回しにして……佳乃さん、お父さまが持っていたという包帯を見せていただくことはできますかな?」

「はい。お待ちください」

すぐに立ち上がった佳乃は、部屋を出て十秒とせずに戻ってきた。手には木製の救急箱を持っている。

「多分これだったと思うのですが……」

テーブルに救急箱を載せると、開けて見せてくれた。

中には、塗り薬や飲み薬、湿布薬などの間に、透明な筒型のポリケースに入った包帯が一つ、整理よく収まっていた。

「父が持っていたのは中身の包帯だけで、ケースには入っていませんでした」

佳乃の言葉を聞いて、日下部は「失礼します」と言って筒型のポリケースを手に取る。

大きな「伸縮包帯」という文字の下に、「五センチ×四・五メートル」と書かれていた。

「開けてみてもよろしいですかな」と確認する日下部に、佳乃は「はい」とうなずいた。

日下部は蓋を開けて中から包帯を取り出すと、掌(てのひら)に載せる。

「あら……」

それを見ていた佳乃が首を傾げて固まる。

「どうしたの？」

「……いえ、わたしが見たのは、もっと小さいというか、細かったような気がしたので
……」

「ふむ。これは新品のようにも見えますが、もしかすると切って持っていたのかもしれま
せんな。念のため伸ばしてみてもよろしいですか？」

「ええ、もちろん構いませんけど」

「あと、すみませんが、メジャーがあったら貸していただけませんか？」

「はい」

佳乃が持ってきたメジャーで一メートル分を測ると、日下部は育代に手伝ってもらい、
両手に五十センチ分ずつを畳むようにつまんでいく。

「ぴったり四・五メートルですな。ここから、切り取って持っていたわけではなさそうで
す。ちなみに佳乃さんがご覧になったサイズはどれくらいでしたか？」

日下部はそう言って、伸ばした包帯を元のようにくるくると丸めていく。

「あ、それくらいだったと思います」

すぐに佳乃がストップをかけた。

「七、八十センチといったところですかな。ずいぶんと短いですな」

「……もっと細かったかもしれません。それに、色もこんな真っ白じゃなかったような気がしてきました……」

　自信なさげに佳乃は小さな声で言った。

「お父さまが、古くて短い包帯を使ったあと、これを買い直したという可能性はありますか？」

「いえ、この包帯は何年か前に、わたしが買ったものです」

「そうですか。この家に他に包帯はないのでしょうか？」

「見たことありません。父が自分の部屋にしまっていれば分かりませんが……」

「でも同性ならまだいいかもしれないけど、親子とはいえ、娘さんが父親の部屋を調べるっていうのは気が引けるわよねえ」

「……はい。あ、でも、そんなこと言ってる場合じゃないですよね」

「まあ、今はひとまず保留にしましょう」

　日下部はそう言ってから次の質問に移った。

「佳乃さん、お父さまが病院で『奇跡の桜が見つかれば……』と言ったときの状況を、もう一度、より具体的に教えてもらえませんか」

　この質問には佳乃ばかりか育代までもが首を傾げた。

「具体的というと？」と佳乃が質問を返すと、日下部は学生に話すような口調で続けた。

「どこで言葉を区切ったか、どんな早さで口にしたのか、覚えている限りで構いませんので再現してもらえませんか」

「わ、分かりました。できるかしら……。えっと、たしか——」

佳乃は右手のこぶしを左手で包むようにして、両目を閉じる。

「キ……セキの……サクラが……見つかれば……」

ところどころ少し間を空けて、佳乃は父の言葉を再現する。苦しげな顔をしているのは、久吉がそのとき、そんな表情だったのだろう。

「——こんな感じだったと思います」

「なるほど……ありがとうございました」

「日下部さん、今ので何か分かったの？」と育代が問うと、日下部はあっさり白旗を揚げて、申し訳なさそうに「いえ、今のところはなんとも……」と答えた。

それを潮に、育代と日下部は現場検証と称して飛鳥山公園へ向かうことにし、席を立った。

「どうかしら」

しゃがみ込んで植え込みに手を伸ばし、育代は動きを止めた。

「もう少し左……あ、そのあたりですな」

スマートフォンの動画を確認しながら日下部が指示を出す。

飛鳥山公園へ移動してきた育代と日下部は、時計台の横にいた。

桜は七、八分咲きといったところだろうか。平日にもかかわらず、公園は花見客で賑わっていて、日下部と育代の脇をひっきりなしに人が楽しげな歓声を上げながら通り過ぎていく。あちこちでレジャーシートを広げている姿も見かけるから、もう少し奥のほうへ行けばそれはもう賑やかなことだろう。

時計台は山頂付近から多目的広場に向かって下っていく階段の途中、広い踊り場の一角にある。この踊り場から北に向かって細い道も繋がっているのだが、育代が手を伸ばしているのは、その道へ続くあたりだ。

「あ、この石かしら?」

育代は地面に落ちていた白っぽいゴルフボール大の石を拾いあげる。

たしかに動画の中で久吉が拾っていた石と、色や大きさがよく似ている。映像は一年前だが、そのまま同じところに残っていたとしても不思議はない。

「ふうむ、これだとするとただの普通の石ですな」

日下部は育代の手にしている石を見て首をひねる。

「そうよねえ。久吉さんも、なんだ普通の石かって思って、ぽいっと地面に戻したのかもしれないわね。うーん、でも奇跡の石ってどんな石なのかしら?」

石を元の場所に戻し、育代は指先の汚れを払う。

「ははは、育代さん、我々が探しているのは、奇跡の石ではなく、奇跡の桜ですよ」

「あらやだ、そうだったわね」と舌を出してから、「ねえ日下部さん、聞き込みをしてみましょうよ。去年、久吉さんを見かけてる人が偶然見つかるかもしれないし、聞き込みって捜査してるって感じじゃない？」と育代は提案した。

「おお、いいですな」

珍しく日下部も乗り気だ。気を良くした育代は、目をきらきらさせて周囲を見回した。

「あ、あの人に聞いてみましょう。すみません！」

小さな女の子と手を繋いで階段を上ってきた女性に声をかけると、育代はスマートフォンの写真を見せて「この男性をご存じありませんか？」と唐突に訊ねた。

急に声をかけられて面食らった様子の女性だったが、人の善い年配夫婦のようなコンビに安心したのか、画面に目を近づけて確認してくれた。

「見たことありません……」

「そうですか。ありがとうございます。あ、お嬢ちゃんはこのお爺ちゃんを見たことないかしら？」

育代はしゃがみ込むと、女の子にもスマートフォンの画面を見せた。

「知らない」

「そっか、ありがとうね」と言って育代は立ち上がった。

「すみません、その男性とは別にもう一つお聞きしたいのですが、奇跡の桜というものをご存じありませんかな？」

日下部が母親のほうに訊ねるが、「え、そんな桜が飛鳥山にあるんですか？」と逆に問い返されてしまった。

「ああ、いや、あるかもしれないと探しておりましてね。そんな噂を聞いたことはないでしょうか？」

「いいえ。初めて聞きました」

「そうですか。最後にもう一つ。三月二十五日の飛鳥山と、包帯という言葉から何を思い浮かべますか？」

育代の質問に、女性はあからさまに戸惑った顔をした。

「えっと……なぞなぞか何かでしょうか？」

「え、なぞなぞ？　ユキもやる！」

女の子が目を輝かせて母親と育代たちの話に割り込んだ。

「ごめんね、違うのよ。なぞなぞじゃないの」と、育代はまたしゃがみ込んで女の子に目の高さを合わせる。

「なーんだ」

つまらなそうにそっぽを向いた女の子に、育代は「あ、そうだ。じゃあね、これ分かるかな」と話しかけた。

「パンはパンでも……」と育代が言いかけたところで、「フライパンでしょ」と女の子はまたつまらなそうに言って、「ねえママ、もう行こうよ」とぐずり出した。

「すみません。何も思い浮かばないです」と、娘に手を引かれるまま細い道のほうへ歩き出した母親は、首だけ振り返って頭を下げた。

「――あの子、問題を言い終わる前に答えを当てちゃったわ」

二人の後ろ姿を、しゃがんだまま見送っていた育代は立ち上がると、感激したようなため息をついた。

「ははは、まあ定型文みたいな問題ですからな」

日下部は笑い飛ばしたが、利発な女の子に夢中の育代にはその声が聞こえていないようで、「……あの子、名探偵の素質があるんじゃないかしら。大きくなったら花春探偵事務所にスカウトしたいわね」と、ブツブツとつぶやいていた。

「あら、これとっても美味しい！」

一時間ほど時計台付近で聞き込みを行ってはみたものの、なんの成果もなく、二人は休憩を兼ねて昼食を摂ることにした。場所は飛鳥山公園のレストラン。時間がずれているせいか、花見で混雑する時期に並ばずに入れたのは僥倖だった。

「日下部さん、よかったら一口どうぞ」

育代はクリームパスタ、日下部はオムライスを選んだ。

「ありがとうございます。わたしのも美味ですよ。……しかし、いつの間にか、こんなお洒落なお店ができていたんですなあ」

探偵助手の二人は、食事を楽しみながらも、周囲の観察を怠らない。

「隣は、おやつ屋さんらしいわよ」

「ほほう、しばらく来ないうちに、飛鳥山も変わりましたなあ」

「そういえば、日下部さんはアスカルゴに乗ったことはあるかしら？」

フォークでサーモンを口に運びながら育代が訊ねる。

「ああ、あのモノレールですか。いえ、ありませんな。飛鳥山タワーなら昔、登りましたがね」

「あ、懐かしい！　あのぐるぐる回る、棒にドーナツが刺さったみたいな形の展望塔よね」

「ははは、そうです、そうです。ぐるぐるっていうほど勢いよくは回りませんでしたがね。たしか正式名称は展望塔『スカイラウンジ』でしたか」

「へえ、そうなの。もう三十年以上前になくなっちゃったのよね」

「ええ、飛鳥山公園の改修工事に合わせて、解体されたんでしたな。……そういえば、あの時計台の下の広場は、昔は運動場でしたな。わたしも記憶にないくらい子どものころの話ですが」

「ああ、そうだったかもしれないわね。懐かしいわあ。大きな噴水ができたり、児童公園ができたりもして……。無くなるものがあれば、新しくできるものがあるっていうのは当たり前だけど、祇園精舎（ぎおんしょうじゃ）を感じるわねえ」

育代がしみじみと言うが、日下部は「えーっと、正解は諸行無常を感じる——ですかな」と、まるで間違い当てクイズを出題されたかのように答える。

「あ、それそれ」

「はは。たしかに飛鳥山の桜も、伐採と植樹を繰り返して今の形になっているわけで、毎年変わらない美しさに見えますが、永遠に変わらないものはないでしょうからな」

「永遠かぁ……」

二人の間にしばしの沈黙がおりて、それぞれ感傷に浸った。

「……あ、日下部さん、このあとはどうしましょう？」

先に現実に戻ったのは育代だった。

「そうですなあ。『飛鳥山博物館』へ行ってみましょうか。何か分かるかもしれません」

「あ、そうよね。わたし、入ったことがないのだけれど、博物館っていうくらいだもの。

きっと飛鳥山のことなら、なんでも分かるわよね」

「ああ、いえ――」

日下部は何か言いかけたが、育代は聞こえなかったようで、「うん、もしかしたら、奇跡の桜のことも学芸員さんあたりなら知ってるかもしれないわ。よしっ！」と言って、ぐるぐると桜色のパスタをフォークに巻きつけると、気合いを入れて口に運んだ。


飛鳥山公園には「北区飛鳥山博物館」、「紙の博物館」、「渋沢史料館」の三つの博物館がある。紙の博物館は北区王子が日本の洋紙発祥の地であることにちなんで作られた紙の総合博物館。渋沢史料館はその名のとおり一万円札の顔としても有名な日本の実業家、渋沢栄一の全生涯にわたる資料を展示している史料館で、旧邸宅の一部も現存している。

そして飛鳥山博物館は、主に北区の歴史を考古学や民俗学の観点から紹介している博物館だ。育代は勘違いしているが、飛鳥山に特化した博物館というわけではない。日下部のほうはそのことを承知のうえで、でも何か手がかりを摑めるかもしれないと、育代を誘ったのだった。

入口を入ると、日下部は早速受付の女性に、「奇跡の桜」について訊ねてみた。

「聞いたことがありませんね……」との返答だったが、彼女はわざわざバックヤードにいた学芸員にも確認してきてくれた。しかし残念ながらその結果、答えは「ノー」であった。

念のため、久吉の写真も確認してもらったのだが、こちらも残念ながら誰も見覚えがないという。

育代と日下部は礼を言い、せっかくだからと博物館を見学していくことにした。

飛鳥山の斜面に建てられているので、受付のある入口は二階にあたる。常設展示のスペースは一階なので、二人は広々とした階段を並んで下りて行った。

真っ先に目に飛び込んできたのは、律令時代の正倉の実物大模型だった。等身大の二体の人形が当時の様子や博物館のことを案内してくれ、初めて訪れた育代をワクワクさせた。

その先の展示もただ見るだけでなく、凝った映像や仕掛けがあり、体験しながら、北区の歴史を学ぶことができる。

「あらあ、大きいわねえ……」

育代は自分の背丈の三倍はあろうかという展示品を見上げて驚いた声をあげる。それは貝塚の発掘当時の実物大展示だった。

「あ、みてみて日下部さん！　石器よ。これも石よね。もしかして奇跡の石って、大昔の石器のことじゃないかしら？」

育代が展示ケースにくっつきそうなほど顔を近づけて言う。

「はは、育代さん。ですから、奇跡の石ではなく奇跡の桜……ん？　キセキ……あっ！　もしかして――」

突然、日下部は表情を引き締めスマートフォンを取り出すと、展示室の隅に向かった。

「どうしたの？」

心配そうにやって来た育代が声をかけると、「育代さん！　これ、何に見えますか？」と、珍しく日下部が興奮した声で言った。

「えっ……桜？」

4

「もしかして、奇跡の桜が見つかったのかしら……」

昨晩、育代から「明日、お昼ご飯を食べ終わったらすぐに来てちょうだい。大発見よ！」と、興奮した声の電話があり、須美子は昼食の後片付けを手早く済ませると、花春へ向かっていた。

「……なんて、さすがに早すぎるわよね」

育代だけでなく、日下部が一緒に調べてくれると言っていたので、もしかしたらという期待はあった。だが、さすがに飛鳥山に行けばすぐに見つかるものだったら、佳乃だって気づいていそうなものである。

――となると、何か奇跡の桜に繋がる手がかりを発見したのではないだろうか。それでも大きな前進に違いない。須美子は期待に胸を膨らませながら、歩くペースを速めた。

「あら？　あれって……」

足早に商店街を進んで行くと、ベンチに座っている老人に気がついた。日陰になった場所にある木製のベンチ。そこに腰掛け、白い箱を膝の上において、何やら考え込んでいる様子の老人がそこにはいた。

「こんにちは、山岸さん。お久しぶりです」

虹の桜を探しているときに出会った、宮島家の近所に住む山岸栄吉だった。久吉とは半世紀以上の付き合いがある親友で、「久きっちゃん」、「栄きっちゃん」と呼び合う間柄だそうだ。

「ん？　おお、たしか吉田さんだったか」

「はい。……あの、こんな所で何をなさっているんですか？」

「ああ、さっき、そこで躓（つまず）いてしまってなあ……」

「えっ、お怪我はしてませんか？」

心配して訊ねると、「ああ、転びはせんかったから、わしはなんともないが、この中身が心配でな。ちょっと開けて中を確認してたところだ」と膝の上の白い箱を大事そうに撫でた。

「ケーキですか？」

「ああ、孫の誕生日ケーキを買ってきたところでな。お陰さんで、なんとかケーキも無事だった」

「それはよかったです」

「……ただなあ、このリボンがうまく戻せなくてなあ……」

そういって山岸は手にしている赤いリボンを持ち上げてみせた。

「あ、それならわたしが結びましょうか？」

「お、そりゃ助かる。お願いしていいかい？」

「はい」

須美子は山岸の隣に座り、お店のロゴのシールが貼られた箱とリボンを自分の膝の上に大切に移動した。

「お孫さんは女の子ですか？」

赤いリボンから推測して訊ねた。

「ああ、八歳の誕生日でな」

「あ、じゃあ美桜ちゃんと同い年ですね」

「おお。そうだったな。学校は違うが、春から二人とも三年生かあ。早いもんだ」

須美子がリボンを結ぶのを見ながら、栄吉は続けた。

「……しかしなあ、久きっちゃんは相変わらずみたいだなあ。まったく美桜ちゃんと佳乃ちゃんに、心配をかけおってからに」

山岸は佳乃のことを小さいころから見てきたのであろう。美桜だけでなく、四十代の佳乃のこともいまだに「ちゃん」付けで呼ぶのがおかしかった。

（本当に長いお付き合いなのね……）

そう思いながら須美子は、なんの気なしに「山岸さんは、奇跡の桜のことってご存じですか？」と訊ねた。

「ああ、お前さんも聞いたのか。じゃあお前さんとまた会えたのも奇跡ということかな、色はちが……へ、へっくしょいっ！」

山岸は横を向いてくしゃみをした。

その音の大きさだけでなく、まったく期待していなかったところに予想外の答えが返ってきて、須美子は驚いた。

「すまんすまん。しかし、佳乃ちゃんはもう大丈夫なんかなあ……」

そのまま二の句が継げないでいるうちに、山岸は独り合点して話を続けていく。

「まあ、美桜ちゃんもいるし、さすがにもう泣くようなことは……ん？　どうしたんだね？」

山岸は須美子の様子がおかしいことに気づいたようだ。

「えっと……なんの話でしょう？」

須美子が首を傾げながら訊ねた。

「……なにがだね？」

山岸もきょとんとして、須美子をまじまじと見る。

「佳乃さんが大丈夫とか、泣くようなことというのは？」

「……ん？ ああ、いや、久きっちゃんの見舞いに行ったとき、佳乃ちゃんはだいぶ疲れておったようだから、大丈夫なんかなあと思ってな。それにほら、サクラさんを亡くしたときの佳乃ちゃんの涙が忘れられんのだ。まだそれほど経っておらんのに久きっちゃんまで、あんなことになってしまったからな。心配でならん……」

たしかに区内の病院とはいえ久吉の見舞いや美桜の子育てなど、佳乃は一人で大変な毎日を送っているに違いない。

「……そうですね。あの、それと奇跡の桜のことなんですが、お前さんも聞いたのかって仰いましたよね？」

「ああ。誰から聞いたんだい？」

「佳乃さんからです。先日、入院中の久吉さんが、うわごとで『奇跡の桜が見つかれば』と口にしたのを耳にしたそうなんです」

「ああ、そうだったんかい」

「山岸さんはどこでその言葉を？」

「わしも同じだよ。このあいだ見舞いに行ったときに聞いてな」

「そうでしたか……。久吉さんは他に何か言ってませんでしたか？」

「いやあ、眠っているような感じだったからなあ。桜の話もうわごとみたいなもんだったし……」

「そうですか……。あ、ちなみに、山岸さんは奇跡の桜と聞いて、思い出すことはありませんか？」

「うーん、分からんなあ……おお、すごいな」

山岸が須美子の手元を見て顔を綻ばせる。話しながら、須美子は無意識に赤いリボンの形をきれいに整え終えていた。

「あ、こんな感じでどうでしょう」

「ケーキ屋さんでもらったときのまんまだよ。ありがとうな」

山岸は満面の笑みで箱を受け取った。

「どういたしまして……あ、そうだ」

ベンチから腰を浮かしかけて、須美子はついでにもう一つ聞いてみることにした。

「……あの、つかぬことをお伺いしますが、久吉さんが毎年三月二十五日に、包帯を持って飛鳥山へ行く理由について、何かご存じありませんか？」

「さあなあ、さっぱり分からん」

山岸はすぐに首を振って答えた。

「そうですか……」

「しかし、久きっちゃんのやつ、はよ元気にならんといかんな。こんな若いべっぴんさんにまで心配をかけてからに……お、今はこういうことを言うと、セクハラになるんだったかな。すまん、すまん」

頭をかきながら謝る山岸は、ケーキの箱を顔の前に持ち上げて隠れるようにおどけてみせた。

「いえ……あの、ところでさっき、色は違うとかって仰ってませんでしたか？　あれって、なんのことでしょう？」

「ん？　わし、そんなこと言ったか？」

山岸は訝しげな表情を浮かべる。

聞き違いだったかしらと首をひねる須美子に、「じゃあ孫が待っておるから帰るとするか。本当に助かったわい」と言って山岸は立ち上がると、須美子に手を振って歩いて行った。

花春のドアにはクローズの札が掛けてあったが、入口の鍵は開いていた。

「こんにちは」

須美子がドアを開けて顔を覗かせると、「来たわね須美ちゃん！　待ってたわよ！」と育代が駆け寄って来た。

いつもの場所には日下部が座っていて、挨拶を交わしているあいだに育代はささっと日下部の隣の自分の席に着いた。

そして、「ごほん」と一つ咳払いをしてから、向かいの席を指し示す。

「さあ須美子くん、掛けたまえ」

(須美子……くん？)

テーブルの上に両肘をつき手を組んだ育代は、眉根を寄せ、重々しい低い声で言う。

(なんだか育代さん、旦那さまみたいな風格を感じるわね……体格のほうはまあ、あれだけど……)

須美子は浅見家の家長で警察庁刑事局長である、陽一郎の顔を思い浮かべた。育代の隣では、秘書官よろしく日下部がいつもの穏やかな表情を浮かべている。

コートを脱いだ須美子が席に着くや否や――。

「さあ、推理ショーの始まりよ！」

そう言って、育代は両手を大きく広げて立ち上がった。だがすぐに、「あ、わたしはお茶の準備をしてくるから、日下部さん、あとはお願いね」と奥へ引っ込んだ。

「承知しました。では、順を追って――」

育代に任された日下部は、昨日、佳乃の家で包帯を確認し、久吉が「奇跡の桜」と口にした状況を詳しく聞いたこと、飛鳥山で現場検証をして、聞き込み捜査を行ったことを報告した。

「すごい！　本物の探偵みたいじゃありませんか」

須美子は心底感心したという声で言う。自分には見知らぬ人たちに聞き込みなんて、簡単にはできそうにないと思ったのだ。

「いやあ、久吉さんが手にしたのは白い石で間違いないだろうという以外、ここまでは、たいした成果を上げることはできなかったんですがね――」

「すごいのはここからよ」と、お茶を運んできた育代が口を挟む。

「そのあと日下部さんと飛鳥山公園のレストランに行ってね――」

「えっ？」

「あっ……そ、それは関係なかったわ。とにかく、食事を済ませて、そのあと飛鳥山博物館へ行ったの。そこでね、なんと……」

一度、言葉を止めてから、「見つけちゃったのよ！」と育代は得意げに大きく胸を反らす。

「どんな手がかりを見つけたんですか？」

「ふふん。手がかりというか……」

鼻の穴を膨らませ、もったいぶる育代に、須美子はまさかと思ったことを口にしてみた。

「……まさか、奇跡の桜そのものを……ですか？」

「そのとおり!!」

育代はまるで指先からビームでも発射するかのような動きで、右手の人差し指をびしっと須美子に向けて伸ばした。

「えっ！　本当ですか!?」

須美子は見えない攻撃を受けたかのように、ビクッと体を後ろに反らす。実際、それほど育代の言葉に驚いたのだ。

「まあ厳密には、飛鳥山博物館で見つけたわけではなく、飛鳥山博物館で気づいたというのが正しいのですがね」

日下部は苦笑いしながらそう言うと、「こちらです」と須美子にスマートフォンを差し出した。画面には一枚の写真が写っている。茶色と灰色が混ざったような筒状の物体だ。

「これって……石ですか？」

「はい。そしてこれが、その石の断面です」

日下部がそう言って、画面を次へ送った。

それは金太郎飴のように、石をいくつも輪切りにした写真だった。

「なんだか花のような形……あっ、これ、桜だわ！」

棒状の石の断面には、八重桜のような六枚の淡い花びらの模様が浮かんでいた。

「やっぱり須美ちゃんも、わたしみたいな反応をしたわね」

育代が嬉しそうに言う。

「こんな石、本当にあるんですか？　不思議というか奇妙というか……あっ……」

はっとした須美子の顔を見て、「そうなんです！」と興奮気味の声をあげてから、日下部は続けた。

「桜の花模様が浮かんだ奇妙な石。つまり、奇石の桜です」

日下部は「キセキ」のアクセントを最初の文字ではなく、二番目と三番目の文字に置いてそう呼んだ。

「キセキ違い……」

須美子のつぶやきに、「はい」と日下部はうなずいて説明を続けた。

「奇石は奇岩と違って、辞書によっては載っていませんが、先ほど報告したとおり、久吉さんは『キ……セキの……サクラが……見つかれば……』と言っていたそうなんです。そうなると、『奇跡』か『奇石』、どちらのアクセントか分からないのではないかと思いついたんです」

「たしかにこれは、『奇石の桜』ですね……」

須美子が感心する様子を見て、日下部と育代も視線を交わし満足げな顔でうなずき合っている。

「実は、ヒントになったのは育代さんの言葉でした」

「ヒント……ですか？」と須美子は不思議そうに二人を交互に見た。

「ヒントっていうとかっこいいけど、わたし、奇跡の桜のことを間違えて、奇跡の石って言っちゃったの。それも何度も……」

「ですがそのお陰で、奇妙な石の『奇石博物館』というのが静岡県にあったことを思い出しましてね。それで調べてみたところ、奇石って、色々なものがあるらしいんだけどね。久吉さんは、飛鳥山でこの桜模様の奇石を探していたんじゃないかと思うの」

「博物館のホームページによると、奇石って、色々なものがあるらしいんだけどね。久吉さんは、飛鳥山でこの桜模様の奇石を探していたんじゃないかと思うの」

育代の考えに、「なるほど、そうだったんですね」と須美子は大きくうなずく。

「ふふーん、驚くのはまだ早いわ。まだ先があるのよ」

「先っていうと……え、まさか三月二十五日や包帯のことも分かったんですか？」

「ええ、そこも推理してみて、分かっちゃったの！」

さっきよりさらに鼻の穴を膨らませた育代が得意げに言う。

「本当ですか！　いったい、どういうことだったんですか？」

すでにそこまで辿り着いていると知り、須美子は興奮して思わず前のめりになる。

「慌てないで須美ちゃん。順番に話すから。えーと、まずは包帯についてね。飛鳥山博物館にナイフ形石器というのもあったんだけど、昔は石って刃物としても使われていたでしょう。それに黒曜石とか、ちょっと触っただけでスパって指が切れちゃうものもあるじゃない」

須美子は育代が言わんとしていることが分かったが、黙って続きに耳を傾ける。

「――だから、やっぱり包帯は怪我をしたときのために持っていたんだと思うの。日下部さんが言ってたけど、久吉さんは消毒液とか絆創膏も持っていたかもしれないわね。それに包帯だけだったとしても、包帯は縛って止血にも使えるでしょう？」

「そうですね。でも、さっき包帯は――」

日下部から聞いた報告では、佳乃の家の救急箱に入っていた包帯では条件が合わない。

「……そうなの、佳乃さんの家の救急箱に入っていた包帯は、四・五メートルで海苔巻きの太巻きみたいな太さだったのね。だけど、佳乃さんが目撃したのはもっと細いもので、それに色も真っ白ではなかった気がするって言ってたわ……ふうっ」

育代は肩を落とし、ため息をついた。だが、どうやらそれはパフォーマンスだったようで、「でもね！」とすぐに体を起こし表情を明るくする。

「ほら見て、これが太巻きサイズの包帯」と、育代はエプロンのポケットから包帯を取り出すと、電気の近くに掲げて見せる。

「これをこうやってギュッと握ると、ほら細巻きになるでしょう」

育代は包帯をぎゅっと潰すように握りしめる。細巻きとまでは言いがたいが、たしかにふっくらしていた包帯は少し細くなった。

「なるほど……」

「色もね、光が当たってないところだと暗い色に見えるでしょう」

育代が自分の体で電気の光を遮って見せると、真っ白の包帯は灰色っぽく見えた。

「つまり包帯の太さや色については、佳乃さんの見間違いだったのではということですね」

須美子がまとめるように確認すると、育代は「そのとおりよ」と言って、「三月二十五日のことは日下部さんからね」と話を振った。

「はい。それでは——」

日下部は一つ咳払いをして話し始めた。

「三月二十五日については、いくつか考え方があります。たとえば、その日は久吉さんご夫妻にとって、何かの記念日だったのかもしれません。たとえば佳乃さんたちと同じ、この日が結婚記念日だったとか。……ただ、もしそうなら、娘の佳乃さんが知っている気がしますし、佳乃さんには内緒にしているようですので、飛鳥山に関連したお二人の秘密の記念日といったところでしょうかな。これはご本人に聞かないと分かりませんが、とにかくその日に、久吉さんの奥様の名前でもある『サクラ』の奇石を探している」

「ロマンチックね……」

育代が両頬に手を当てて目を閉じる。

「他には、何年か前の三月二十五日に、飛鳥山でなんらかの奇石を見つけたことがあって、その日だけ探すことにしている。まあいわば験担ぎのパターンですな。あるいは三月二十五日以外の日にも探しに行っていたパターンも考えられます。花春でお会いしたときに、佳乃さんも『わたしの知らないところで行っているかもしれませんが』と仰ってましたよね。なので実際は年に何度も行っていて、たまたま三月二十五日だけは、佳乃さんの記憶に残っていただけという考え方です」

「……なるほど」

「あとはねえ、飛鳥山公園にゆかりの日だからっていう可能性もあるのよね」と育代が付け足す。

「ゆかりの日？」

須美子が首を傾げると、育代に代わって日下部が説明を引き継いだ。

「ええ、三月二十五日というのはですな、飛鳥山が最初の公園候補地に指定された日なんです。明治六年に東京府から浅草寺、寛永寺、増上寺、富岡八幡と合わせて選ばれたんですよ」

「へえ、そうなんですか。飛鳥山公園の記念日なんですね」

「……ただ、公園に指定ではなく、候補地に指定というのが気になるのですがね」

「そうなのよ。候補地に選ばれたあと、正式に決まったのは……えーと十月何日だったかしら――」

「十九日です。北区はこの明治六年十月十九日を飛鳥山公園開園日にしているらしいのですが、なぜか内務省からの正式承認はさらに遅い、翌々年の十一月のようなんですよ」

「北区と国とで正式の扱いが違うって、なんだかおかしいでしょう？　だから、桜の時期でもあるし、候補地だとしてもハッキリしている三月二十五日のほうに意味を持たせて、毎年その日に奇石の桜を探しているのかもしれないと思ったわけよ」

「結論としては、これらのいいとこ取りの組み合わせではないかと思っています。サクラさんとの記念日である三月二十五日に、初めてなんらかの奇石を見つけ、調べてみると桜の模様の奇石もあると知った。そしてさらに、その日は桜で有名な飛鳥山が公園候補地になった記念日でもあることに気づき、それこそ奇跡みたいだなと驚いた。他の日も探しているかどうかは分かりませんが、とにかく毎年三月二十五日は以上の理由により、久吉さんは奇石の桜を探しに飛鳥山へ包帯を持って出掛けている――」

日下部は以上ですと言って、口ひげを一撫でした。

「どう、須美ちゃん。今回の事件の謎はこれですべて――」と育代が言いかけたところで、須美子は「あ……」と声を出した。

「……ど、どこかおかしなところ、あった？」

育代は心配そうに訊ねる。

「いえ、説得力のある推理で、わたしも当たっているのではないかと思います。ただ、桜といえば、宮島家はサクラさん以外にも縁がある名前のご家族ですので、もしかしたらサプライズで記念日をお祝いするというのもありかと、それなら内緒で出掛ける理由にもなりますので……」

「サプライズ？　あっ！　美桜ちゃんのお誕生日ね。小学二年生で、一月に会ったとき、八歳だって言ってたから、誕生日はとっくに過ぎてるだろうけど、もしかしたら四月とかかもしれないわね。それで久吉さんは、『美桜の名前が入っている桜の奇石』だよって渡すのね！」

「ほう、それは素敵ですな」

「たしかに孫の美桜ちゃんの誕生日というのもあり得ますが、娘の佳乃さんへのサプライズのほうが、さらに意味が出てくると思います」

「意味って？」

「三月二十五日は佳乃さんご夫婦の結婚記念日ですから、その日に奇石の桜が見つかれば、それこそサプライズプレゼントになるかなと思いまして」

「ああ、それいいわね！　記念日のオンパレードだわ！」と育代は大喜びで答え、日下部も「おお、たしかに！」と膝を打った。だが、須美子だけは「あくまで勝手な想像ですけど……」と、表情を緩めずに話を締めくくった。

「それを言ったら、わたしたちの推理だって同じよ。でも、須美ちゃんが言ったのが一番しっくりくるわね」

育代の言葉に日下部は「ええ」とうなずいたあと、「ああ、もしかすると、三月二十五日に見つかった場合は佳乃さんへ、他の日だった場合は美桜ちゃんへのサプライズという可能性もありますな」と追加した。

「あ、そうね！　よしっ！　とにかく、久吉さんは素敵なお祖父ちゃんで、素敵なお父さんだって、佳乃さんに教えてあげなくっちゃ」

「ええ、そうですな。よろしいですかな須美子さん」

「……はい」

正直なところ、どの推理にも確たる証拠はない。だが、ともかく三月二十五日に包帯を持って、奇石の桜を探しに出掛けるという久吉の行動に、一応の説明はつけることができた。

(真実は久吉さんしか分からないいんだから、これで充分よね。育代さんと日下部さんがいてくれて、本当によかったわ……)

「ああ、でも悔しいわ！」

育代が突然、そう言ったので須美子は驚いた。

「な、なにがですか？」

「だって、最後の美味しいところは須美ちゃんに持っていかれちゃったんだもん。わたしがサプライズを思いついていたら、文句なしで我々の勝利だったのに……」

口を尖らせる育代に、須美子は微笑んだ。

「何を言ってるんですか、お二人の見事な推理に完敗です」

5

それから育代は佳乃に電話をかけて、謎が解けたのですぐに来てほしいと伝えた。そのまま電話で伝えればと思ったのだが、直接、顔を見て話したいのだろう。

「あら、そうなの……じゃあ明日でもＯＫよ。時間は……うん、大丈夫。……あ、そうだ、お父さんの部屋に変わった石があると思うから、探してもらえないかしら。……うん、お願いね。じゃあ、明日ね」

育代は電話を切ると、「美桜ちゃんの学校の用事があって今日は無理なんですって。それで勝手に明日の午後二時って時間を決めちゃったけど、須美ちゃん大丈夫？」と訊ねた。

「明日の二時ですか……すみません、明日はちょっと用事がありまして……」

特に予定はなかったのだが、今回、自分は何もしていないに等しい。サプライズのことだって、二人の話を聞いて思いついたオマケのようなものだ。だから、「佳乃さんへのご説明はお二人にお任せします」と伝え、須美子は花春をあとにした。

「ふう……」

行きとは違い、須美子はゆっくりと商店街を歩いて帰る。今日は買い物をする予定もないので、違う道を通ってもよかったのだが、自然といつもどおりに足を運んでいた。

（そういえば、ケーキは無事に持って帰れたかしら……）

先ほど山岸がいた木製のベンチを、横目に見ながら通り過ぎたときだった——。

（……あれ？）

ふと、もやっとした何かが頭に浮かび振り返ると、須美子は今は誰もいない寂しげなベンチを見つめた。だが、その正体を考えてみようとした瞬間、それは敢（あ）えなく雲散霧消してしまった。

その後、須美子は浅見家に戻ると、キッチンのカウンターにグラスを並べ、磨き始めた。

土曜日は仕事が休みだし、グラスもとくに汚れているわけではない。だが、奇跡の桜にまつわる謎を、もう一度、最初から整理してみようと思ったら、自然とグラスとクロスを手にしていた。

一つ一つ、須美子はゆっくりと丁寧に磨いていく。

微かな摩擦音が、キッチンに響く。

これまでのことを順番に思い返しながら、曇りのないグラスを食器棚に戻す――。

「あ、いけない……」

須美子は途中で気づいて手を止めたが、種類ごとに置かなければいけないところを、違うグラスを交ぜてしまっていた。

「同じ形だけど、こっちはうっすらと色が入っているのよね。キセキ違いはいいけど、こういう違いには気をつけないと……」

独りごちて、仲間のグラスごとに分け直したときだった。

（そうだ……色違いだ……）

先ほどベンチを見たときにこみ上げてきた、もやっとした「何か」の正体に気づいた。

花春で衝撃的な展開があり忘れていたが、その前に会った山岸との会話で気になることがあったのだ。

須美子が、「さっき、色は違うとかって仰ってませんでしたか？」と訊ねたとき、山岸は「そんなこと言ったか？」と言っていた。だが――。

（やっぱり「色は違う」って言いかけていた気がする……。あれって、どういう意味だったのかしら……）

たいしたことではないのかもしれないが、あらためて思い返してみるとなんだか無性に気になった。

「……それに、なんだか他にも、もやもやするところが――」

さらに考えようとしたところで、リビングから電話の呼び出し音が聞こえ、須美子の思考は中断された。

「はーい」

誰にともなくそう口にしながら、小走りにリビングのドアを開けると、グラスを持ったままだったことに気づいた。須美子は慌てて、近くのローテーブルにグラスをそっと置いてから受話器を取る。

「はい、浅見でございます。……あ、いつもお世話になっております！」

須美子は受話器を両手で握って頭を下げる。

電話の相手は月刊「旅と歴史」の編集長、藤田だった。藤田は光彦にルポライターの仕事を依頼してくれるお得意様だ。光彦は「安いギャラで自分をこき使う、ひどい人なんだ」と、いつもぼやいているが、光彦坊っちゃまの有能さを理解して、いつもお仕事をくださっているのだと須美子は確信している。

「……はい。少々お待ちくださいませ」

保留ボタンを押すと、須美子は急いで二階へ向かい、光彦の部屋をノックする。

「坊っちゃま、藤田様からお電話です！」

「ありがとう、今いくよ」

すぐに部屋から出てきた光彦は「このあいだ、スマホの番号を教えたのになあ……」とブツブツ言いながら階段を下りていった。

「はい、浅見です――」

光彦の声を聞きながら、キッチンに戻ったところで、須美子はリビングのテーブルにグラスを置いてきてしまったことに気がついた。

邪魔しないように――と、そっとリビングに入ると、「――はい、分かりました。今月中に二十枚。写真は一点でいいんですね」という光彦の声が聞こえた。「……はい。まあ、あと一週間しかないですけどね、なんとかなると思いますよ。……はいはい、締切はちゃんと守りますから……では――」

電話が終わったあと、光彦は「ふう」と大きなため息をついた。なんだかその背中には疲労感が漂っている。

「坊っちゃま、コーヒーでもお淹れしましょうか？」

手にしたグラスをなんとなく後ろに隠しながら須美子は訊ねた。

「お、いいね。……あ、でも、今日は土曜日だよ。須美ちゃんは休日じゃないか」

「わたしも飲みたいと思っていたところですので、一杯も二杯も一緒です」

「そうかい。じゃあ、お願いしようかな」

「はい。お部屋にお持ちしますか？」

「いや、ここでいいよ」と答えた光彦だが、そう言い置いて二階へ上がっていった。

須美子は首を傾げながらも、グラスを手早く食器棚に戻し、コーヒーメーカーに一杯分だけコーヒーをセットする。光彦には自分も飲みたいようなことを言ったが、花春でお茶をいただいたし、実は喉も渇いていなかった。

（でも、そうでも言わないと、坊っちゃま、気にしそうだものね……）

しばらくして、光彦が資料を抱えてリビングへと下りてきた。須美子の休日だということで、二階へ運んでもらうのを遠慮したのかもしれない。

「須美ちゃんは飛鳥山といったら何を思い浮かべる？」

ソファーに座る光彦にコーヒーを出した途端、訊ねられた。

「やっぱり桜でしょうか。……あ、今度のお仕事って飛鳥山が関係しているんですか？」

「うん。徳川家の特集をするらしいんだけど、『浅見ちゃんは家の近くだろうから、飛鳥山と繋げて書いてくれ』ってさ」

「すごい！　徳川家の特集に、坊っちゃまも寄稿なさるんですね！」

須美子はお盆を胸に抱きながら、目を輝かせる。

「まあね。だけど、締切は今月末で発売は来月だよ。ちょうど満開の桜の写真が撮れそうだけど、読者の手元に届くころには花見の季節は終わってるし、こんなギリギリに依頼してくるってことは、きっと誰かの穴埋め仕事だよ」

そう言って、光彦はすねたようにスプーンでコーヒーをくるくると回したあと、ミルクを注ぐ。

「坊っちゃまなら、どんなときでも素晴らしい原稿にしてくれるって、藤田様は期待してくださってるんですよ」

須美子はお盆を持つ手に力を込めて、しっかりとうなずいてみせた。

「そうかなあ……」

「はい、間違いありません！　あ、じゃあ吉宗(よしむね)公が桜を植えたお話をお書きになるんですか？」

飛鳥山で徳川といえば、真っ先に思い浮かぶのが八代将軍の吉宗だろう。新潟出身の須美子だが、飛鳥山の桜は徳川吉宗が植えさせたという有名な話くらいは知っている。

「まあ、やっぱりそれが中心だろうね。江戸庶民の生活とか当時の花見の様子を飛鳥山博物館でもちょこちょこっと取材して書いておくよ」

そう言って、光彦は机の上の資料をパラパラとめくった。

「あ、これ飛鳥山の桜ですか？」

「うん。桜といえばソメイヨシノのイメージが強いけど、あれは江戸時代後期に豊島区の染井で作られた品種だからね。吉宗の頃にはまだない。あの頃はヤマザクラなんかが植えられたらしいよ。今では、一番多いのはソメイヨシノだけど、他にもカンザン、フクロクジュ、ウコンなんていう遅咲きの八重桜や、咲いてしばらくすると花の色が緑から赤に変わるっていう珍しいギョイコウなんていう品種もあるらしいね」

「へえ。あ、これってもしかして、桜の新芽ですか？」

須美子は、ギザギザした小さな葉っぱが土からひょっこり顔を出している写真を指さした。

「うん。これはヤマザクラの苗だね。飛鳥山の写真じゃないけどね。飛鳥山の桜は植栽だし、ソメイヨシノは……あ、そうだ。ソメイヨシノがクローンだっていうのは知ってるかい」

「……聞いたことがあるような」

須美子はテレビで見た気はするのだが、詳しいことは覚えていなかった。

「日本中にあるソメイヨシノは、同じ遺伝子からできているっていう話。最初の一本のソメイヨシノから切った枝を、別の桜の木に接ぎ木して増やしたんだ。だから同じ場所で同じ条件の樹は一斉に開花して、一斉に満開になるんだよ」

「へえ、そうなんですね」

「享保五年、吉宗の命を受けて飛鳥山には二百七十本の山桜が植えられた。翌年にはさらに千本もの桜が追加され、多くの人々に愛でられてきた。それから三百年、工場の煙で桜が枯渇してしまったり、太平洋戦争の前、運動場を整備するため切られてしまったこともあったようだけど、今もなお桜の名勝地として飛鳥山公園にはたくさんの人が足を運んでいる」

光彦はナレーションの原稿を読んでいるかのように、飛鳥山の桜の歴史を語ると、「そうだ、須美ちゃんなら、エッセイのタイトルはどんなのがいいと思う」と訊ねてきた。

「え、わたしですか……？」

「参考にしたいから思いついたものをなんでも言ってみてよ」

「そんな、わたしの考えることなんて、坊っちゃまのご参考になんてなりませんよ……」

「そう言わないでさ。まあ気軽に考えてみてよ」

光彦は目をつむって、コーヒーを口元へ運ぶ。

「はあ……そうですねえ」

須美子は顎に人差し指を当てながら、「じゃあ『桜と吉宗と江戸庶民』というのはどうでしょうか」と口にした。

「お、いいね」と、ぱっと目を開けた光彦が「他には？」と訊ねる。

「えっと……」

須美子は視線を天井にさまよわせて考える。

（桜、桜……）

ふと須美子は、佳乃たちのことを思った。

桜にまつわる名前と、ソメイヨシノのクローンの話ではないが、遺伝子で繋がる家族。娘の美桜、母の佳乃、祖母のサクラ、曾祖母の八重。サクラと八重はすでに他界しているが、八重は夫と、娘のサクラと共に、空の上から飛鳥山の桜を見ているのかもしれない――。

「天井を見つめたまま固まっちゃってどうしたんだい。虫でもいた？」

「あ、いえ。すみません。えっと、『桜を愛した人々』とか――」

須美子は頭に浮かんだイメージからそう言った。

「おお、かっこいいね！　……ん？　待てよ、天井……天の上の天上なら……。いいかもしれないな、よし、これでいこう。ありがとう須美ちゃん！」

「え、何がですか？」

「今度の原稿のタイトルさ。須美ちゃんのお陰で思いついたんだ。『天上の桜人（さくらびと）』にするよ。あ、テンジョウって言っても、空の上のほうだからね」と光彦は笑う。

「……はあ。あの、桜人っていうのはなんでしょうか？」

「ああ、桜人っていうのはね、『源氏物語』に出てくる言葉でもあるんだけど、まあ桜を愛でる人ってことかな」

「へえ、素敵な言葉ですね」

「うん。よし、じゃあ、取材と写真は後付けにして、早速書いてみるかな」

光彦はコーヒーを一気に飲み干すと、「ごちそうさま、須美ちゃん。ごめんね、一杯だけ淹れてもらっちゃって……」と言って、資料を抱えリビングを出ていった。

「え……」

光彦に気を遣わせないための方便は、どうやら見抜かれていたようだ。


「天上の桜人か……」

片付けを終え自室に戻った須美子は、そうつぶやくと過去に思いを馳せた。

江戸時代の享保五年に初めて桜が植えられて、それから明治、大正、昭和、平成、令和と三百年の間に、飛鳥山にもいろいろなことがあったはずだ。

(桜かあ……。あ、そういえば……)

文机の前に座り、人差し指を顎に当てたときだった。

(佳乃さん、小さい頃にワシントンの話で大泣きしたって言ってたわね……)

先日、花春で育代がワシントンが桜の樹を切ったという話をしたときのことを思い出した。

（……たしか、「違ったかしら」って言ってたけど、今思えば、あのときの佳乃さん、なんだか少し変だったのよね。佳乃さんの言葉を受けて、日下部さんがワシントンの話はあとになって偉人伝に追加された作り話らしいって説明してたけど――）

突然、須美子の頭の中に、佳乃の面影のある少女が泣いている場面が浮かんだ。

（……あっ！）

須美子は立ち上がると、六畳ほどの室内をぐるぐる歩き回る。

（……そうだ、山岸さんのあの言葉もおかしいんだ。美桜ちゃんがいるから泣かないっていうようなことを言っていたけど……あ、もしかして、「色が違う」という言葉もそこに繋がるということなの……？）

須美子の頭の中は猛スピードで回転していて、それにつられるように運ぶ足も速くなる。

（――それに山岸さんといえば、よく考えたらあの反応もおかしかったんだわ……。あれはつまり、三月二十五日も包帯も関係があるということ――）

そこまで考えを進めたところで、須美子は足を止める。少し目が回っていたので、こめかみに手を当て、落ち着くのを待った。

「……よし」

そう一度口に出し、須美子は頭の中で物語を作ってみることにした。

（佳乃さんのいくつかの言葉を踏まえると、たとえば出会いのきっかけが――）

イメージした登場人物を思いどおりに動かし、自分もまたゆっくりと歩き始める。

(その後、こんなストーリーがあったとしたら……)

さらに新しいシーンを描いたところで、頭の中に映し出されたすべてが一時停止する。

自然と、須美子自身も立ち止まっていた。

(……でも、こんな夢みたいな話……)

調子に乗って思考を進めてきたが、急に自信がなくなった。勝手な想像だから、こんな都合の良い展開にすることができるけど、こんなこと実際にあるわけ——と、自分の考えを否定しようとしかけたそのときだった。

(……そうだ。実際にあるわけがないようなこと、それがもし本当にあったとしたら、それは——)

集めたパーツを嵌め終えた須美子は窓の外に目を向けてつぶやく。春色の風がどこからか桜の花びらを連れてきて、浅見家の庭を吹き抜けていった。

「奇跡……」

紡ぎ上げた一つの壮大な物語。

須美子は今一度、その内容を振り返り、確認する。

(……でも、そうだとすると、久吉さんが奇跡の桜を探しに行く理由はいったい何?)

目を閉じて自分に問いかける。

「それは……ああ、そうか……」

ため息のようにそう口にすると、須美子はぺたんと座り込んだ。

6

翌日の日曜日は、朝から花冷えの一日になった。須美子は冬物のコートを引っ張り出して、出掛けなければならなかった。

(お願い……)

祈りを込めてインターフォンを鳴らす。

十時過ぎに訪ねたときは留守だった。

三十分ほど時間を潰し再び訪れたときも、反応はなかった。

その後も時間をおいて二度、伺ったのだが空振りだった。

仕方なく、いったん浅見家に戻り昼食を済ませ、今、再度訪問したところだ。

「はいよー」

五度目にしてようやく声が返ってきた。安堵した須美子は、「良かった」とつぶやいてから、慌てて「こんにちは、吉田須美子です」と呼びかけた。

「おお、どうかしたんかい？　ちょっと待ってな」

すぐにドアを開けて山岸が出てきた。思いがけない来客に驚いているようだが、「昨日はありがとうな。お陰で孫も大喜びしとった」と笑顔を向ける。

「それはよかったです。……あの、突然、お伺いして申し訳ございません。山岸さんに、昨日のことでお聞きしたいことがありまして」

「……なんだい」

山岸は急に訝しむような目を向けてきた。だが、その反応のお陰で、須美子は逆に山岸が何かを知っていると自信を持って話をすることができた。

「奇跡の桜のことをお話ししましたよね」

「……ああ、そうだったなあ」

「実はあれから、奇跡というのは、奇妙な石の奇石のことかもしれないという話になったんです。桜模様の石というのが本当にあるんですよ」

「……ん？」

予想もしていなかった話だったとみえて、山岸は須美子が次に何を言い出すのかと不思議そうな顔をしている。

「久吉さんが、そんな奇石集めを趣味にしているかもしれないと思ったんですが、考えてみると、もしそうだったら大親友の山岸さんは知っていてもおかしくありませんよね。だから、奇跡の桜が石だった場合、わたしが奇跡の桜と聞いて思い出すことはありませんかと訊ねたら、『奇跡の桜』じゃなくて、『奇石の桜のことだろう』ってイントネーションを変えて答えてくださるはずだなと思いました」

花春の帰り道、山岸が座っていたベンチを見て、須美子の心に浮かんだもやっとしたものの正体。それは「色違い」のことだけでなく、この「キセキ違い」もその一つだった。

山岸は、須美子の言葉に返事もせず、無言のまま須美子の顔を見つめている。その様子に、この考えを先に進めてよいのだと須美子は確信した。

「なので、久吉さんがおっしゃった奇跡の桜は、奇妙な石のことではないと思いました。……ところで、山岸さんは奇跡の桜という言葉は入院中の久吉さんのうわごとで聞いたとおっしゃいましたよね」

「……ああ」

「それ、嘘ですよね？」と、ズバッと須美子は切り込んだ。

「………」

「わたしが詳しいことを知らないと分かって、誤魔化すために、咄嗟（とっさ）に嘘をついた。なぜなら、その話を突き詰めていくと、桜が切られた話をしなければならないから。……つまり、佳乃さんのための嘘だったんですよね」

「……っ！」

追及するような口調で一気に話す須美子に、山岸は何か言おうと口を開きかけたが、両目を閉じると、何も話すまいとするように口をへの字に曲げた。

「先日、お会いしたとき、『色は違う』ってなんのことですかとお聞きしたら、とぼけていらっしゃいましたけど、あれって、白い包帯との対比だったんですよね。白い包帯ではなく赤いリボンだけど、また会えたということを仰っていた。つまり元の話として、『奇跡の桜と白い包帯にまつわる再会の話がある』ということなんじゃありませんか」

「‼」

山岸は今度は大きく目を見開いた。

「それに、佳乃ちゃんはもう大丈夫なのか、美桜ちゃんもいるから、もう泣くことはないか――とも仰っていましたが、『もう泣くことはない』ということは『以前泣いたことがある』ということですよね。あのとき山岸さんは、咄嗟に佳乃さんが疲れているからとか、母親を亡くしてそれほど経っていないから心配だ――というようなことを仰っていました。それを聞いてわたしは、佳乃さんは母親を亡くしたときに泣いたけど、もし……お父さまも亡くされてしまうことになっても、今は美桜ちゃんもいるから大丈夫だろう――という意味だと思って聞いていました。でも、よく考えたら佳乃さんが母親のサクラさんを亡くしたのは五年前ですよね。そのときも美桜ちゃんは傍にいたはずです」

美桜は今八歳だから、当時は三歳だ。

「――となると、考えられるのは、佳乃さんが泣いた話というのは美桜ちゃんがいなかった……つまり、美桜ちゃんが生まれるずっと前のこと。……もしかしたら、佳乃さんが美桜ちゃんと同じくらいの、小さな子どものころの話なのではありませんか？」

途中から山岸は口をぽかんと開けていた。須美子の説明を理解するのに時間がかかっているのかもしれない。須美子は、少し間を開けてから、ゆっくりと続けた。

「もう一つ、久吉さんが毎年三月二十五日に、包帯を持って飛鳥山へ行く理由について、なにかご存じありませんかと訊ねたとき、山岸さんは『さあなあ、さっぱり分からん』と即答なさってましたけど、何も知らないのなら、『その日に何かあるのか』とか、『包帯ってなんのことだ？』と聞き返すのが自然ですよ。親友の久吉さんのことを心から心配している山岸さんなら、気になって当然ですからね」

自分でもおかしかったと気づいたようで、山岸は「あぁ……」と、返事なのかため息なのか分からないものを吐き出した。

「それらのことを踏まえて、わたし、ある物語を考えてみたんです――」

時刻は午後一時五十五分を回っていた。

山岸の家を出ると、須美子は携帯電話を開き、アドレス帳を呼び出した。

「――はい、花春です」

「育代さん……須美子です」

「あ、須美ちゃん。どうしたの？」

「……あの、やっぱりわたしも伺ってよろしいでしょうか？」

「もちろんよ。佳乃さんもそろそろ来ると思うわ」

「すみません、わたしはちょっと遅れるかもしれないんですけど……」

「あら、そうなの。じゃあ、先に始めちゃっててていい？」

育代は、早く自分と日下部の推理を佳乃に伝えたくてしかたないのだろう。声が弾んでいる。

「あ……はい」

迷いながら返事をして電話を切ると、須美子はトートバッグを大事に抱え直して、小走りに花春への道を急いだ。

(早く行かないと……)

商店街通りの角を曲がり、木製のベンチが視界に入ったとき、先ほどの山岸の言葉が頭に浮かんできた——。

*

「——まるでどこぞで見ていたかのようだなあ……」

須美子が、作り上げた物語を語り終えると、山岸は大きく息を吐き出した。

そして、「いやはや、佳乃ちゃんの泣いた話なぞ、わしの知っていること、そのまんまだな……」と驚きや感心というより、もはや恐ろしいものでも見るような目を須美子に向けた。

その言葉と反応から、須美子は自分が思い描いた物語が、真実に沿っているのだと安堵した。

「山岸さん、知っていることを教えてください。佳乃さんが心配なさってるんです。もしも、久吉さんが……」

須美子はそこで言葉を止めた。

「……そうだな。久きっちゃんが話していないことを、他人のわしが勝手に話してはならんと思っとったが、佳乃ちゃんのためにも、久きっちゃんのためにも、お前さんに話すのがいいのかもしれんな……」

＊

（育代さんたちに、早く伝えないといけない……だけど……）

山岸からの話を聞き、自分が辿り着いた真実には確信を得た須美子だったが、心には別の迷いが生じていた。花春が遠くに見えたところでその足は止まり、同時に先日、浅見家のリビングで見たニュースが頭に浮かんできた。

『あのときわたしが、「間違っています」と言わなければよかったのでしょうか』


自殺した男性が遺書に遺した言葉。

たしかに、その一言を言わなければ彼は死ぬことはなかったのかもしれない。他の人たちに倣(なら)って、会社では愛想笑いを続け、家では家族と普通に笑って過ごせていたのではないだろうか。世の中、多くの人がそうやって生きているに違いない。空気を読んで、余計なことは言わず、生活していくために我慢する。それが普通のこと――。

須美子も言わなくても済むことなら、相手の言うことを否定する言葉はなるべく使わないほうが、波風立てずに生きていけると思う。

それに、亡くなった男性の話とはまったく違う。育代と日下部の推理が「間違っている」と指摘したところで、二人が怒って、自分に対して嫌がらせをしてくることなどないと分かっている。

……けれども、二人のプライドを傷つけてしまうことで、たとえわずかだとしても今後の関係が変わってしまうかもしれない。そのことが須美子は怖かった。

（どうしよう……）

「……すみません、遅くなりました」

須美子は小さな声で言いながら、花春のドアをそっと開けた。

「——とまあ、そういうことだったのではないかと」

午後二時十分、ちょうど日下部が一連の話を佳乃に伝え終えたところだったようだ。育代は日下部の隣でニコニコしている。

「あっ、須美ちゃん、いらっしゃい。今ね、ひととおり説明を終えたところよ。須美ちゃんもこっちへ来て座って。佳乃さんがくださったお菓子もあるからね」と、育代が椅子を引いてくれた。

佳乃と日下部とも挨拶を済ませ、須美子はおずおずとそこに腰を下ろす。

「あ、そうだ。佳乃さん、石は見つかった？」

「……いえ。それが今のお話に出てきた奇妙な石どころか、普通の石も父の部屋からは見つからなかったんです。どこか別の場所にしまってあったのかもしれないのですが……」

「そうでしたか……」

あからさまに肩を落とす日下部と育代を見て、佳乃は言葉を続けた。

「ただ、包帯は見つかりました」

「えっ！」

育代と日下部の驚きの声が重なって店に木霊した。

「それが、育代さんから連絡をもらって石を探していたとき、父の部屋の引き出しの奥に木箱がしまってあるのを見つけたんです。あ、これです」

佳乃が鞄の中から布にくるんだ木箱を取りだし、机に載せる。

「ずいぶん年季が入っているわねえ」

育代のいうとおり、かなり黒ずんだ小さな箱だった。骨董品の湯飲みでも入っていそうな木箱の蓋を佳乃がそっと開けると、中には少し黄ばんだ包帯が鎮座していた。

「あら、細巻きよりもさらに細いくらいだわね」

箱の中を覗いた育代が感想を漏らす。

「そっと伸ばして測ってみたら、五十センチほどしかありませんでした。わたしが見たのは、多分これだったと思います」

「太巻きを握りしめていたわけじゃなかったのねえ……。あ、箱が二重底になっていたりしないかしら？」

育代は興味深げにその箱を矯めつ眇めつなめるように見た。

「……ええ、わたしも気になったので調べたんですけど」

佳乃は包帯を取り出した箱を「どうぞ」と言って、育代に手渡す。

「どれどれ」と、育代はしげしげと色々な角度から観察し、「日下部さん、これ寄せ木細工みたいに、どこか秘密の引き出しとかってないかしら？」と差し出す。

「うーん、蓋も底も厚さがありませんし、四方の壁も同様ですな。ただの箱でしょう」

「じゃあ、奇石はどこにあるのかしら」

「そうですなあ……」

「あの……実はそのことなのですが……」

須美子はようやくの思いで口を開きかけたが、そこでやはり口ごもる。

「どうしたの須美ちゃん？」と育代は不思議そうな顔で須美子を見た。

「……」

須美子は言葉を継げず、下を向いて黙り込んでしまった。

そんな須美子を見て、日下部がはっとしたような顔で、「もしかして……」とつぶやいたが、やはり続きを口にしない。

「もう、日下部さんまでどうしちゃったのよ。ほら須美ちゃん、気になることがあるならはっきり言ってちょうだい」

育代がそう言って、須美子の腕を摑んで催促するようにぶんぶんと振る。

「……」

体と同じように、須美子は心も大きく揺さぶられていた。なんと切り出せばよいか、言葉が見つからない。

そのとき、「ふうっ」と、日下部が大きく息を吐き出すと、続けて言った。

「須美子さん、お気遣いありがとうございます」

「えっ、どういうこと……？」

「育代さん……本物の名探偵の登場ですよ」

日下部は少しだけ淋しそうに微笑んだ。

「わたしは名探偵なんかじゃ……」

うつむいたまま首を振って否定する須美子に、「お願いします。話してください」と真剣な声で日下部は言った。

「須美ちゃん……？」

心配そうな声で育代が呼びかける。

「見失ってはいけませんよ、須美子さん。一番大事なことは真実を見つけることでしょう」

「……！」

今までに聞いたことのない日下部の強い口調に、須美子はハッとした。そうだ、たとえ自分が導き出した結論が育代と日下部の出したものと異なっていたとしても、それを口にしないことのほうが二人からの信頼を失ってしまう。何よりも、真実を知りたいと願う、佳乃の気持ちを考えるべきではないか――。

「……分かりました」

須美子は覚悟を決めたように、すっと顔を上げて話し始める。

「佳乃さんのお父さまが、飛鳥山公園で奇妙な石を探していたとすると、一点、気になることがありました。それは佳乃さん自身の証言です」

「え……わたしですか？」

佳乃が驚いて、胸に手を当てる。

「はい。先日ここでお父さまを尾行したというお話をお聞きしたとき、たしか、桜を見上げながらゆっくり歩いていた。普通にお花見をしている感じだった――と仰いましたよね」

「は、はい」

うなずく佳乃の横で、日下部が「……ああ、そうか」と、顔をしかめた。須美子はちらっと視線を向けたあと続けた。

「それだと、下に落ちているはずの石は見つけられないのではないでしょうか」

「あ……」

育代も理解したようだったが、「で、でも、あの時計台のところでは探していたじゃない。奇妙な石はいつもあそこにあるのかもしれないでしょう？」と、反論を試みる。

それに答えたのは須美子ではなく、日下部だった。

「育代さん、毎年、同じ場所を探しても意味はありません。一度も探していないところを探すはずです」

「あっ……そうよね」

「すみません。お二人から石を探してるんじゃないかっていうお話をお聞きしたときに、気づけたらよかったんですけど……」

須美子は頭を下げた。

いつもならすぐに、「やめて須美ちゃん、顔を上げてちょうだい」と育代は言う。だが――。

「ということは、そもそもわたしたちの推理は間違っていたのね……」

悲しそうな育代の姿を見て胸が痛んだが、須美子は今度はうつむかずに「……はい」と答えてから続けた。

「奇跡の桜は『奇石』のことではなく、やはり『奇跡』のことだと思います」

二回目の「キセキ」だけアクセントを変え、アナウンサーの発声練習のような文章を須美子は口にした。育代も日下部も佳乃も、黙って須美子の言葉の続きを待っているようだ。

「実は、ここへ伺う前に、ある方にお話を聞いてきたんです」

須美子の言葉に育代が反応した。

「ある方って？」

「山岸さんです――」

＊

山岸から家に上がるように促された須美子は、和室に案内された。

家の中はシンと静まりかえっている。

「家内が留守なもんで茶も出せんが、ちょっと待っててもらえるかな」

山岸はそう言って隣の部屋に行き、しばらくして一冊の分厚いノートを手にして戻ってきた。表紙は茶色に変色しており、ボロボロだった。

「それは？」

「久きっちゃんから預かった日記だ」

「え……」

日記の古さに須美子が驚いていると、山岸は話を始めた。

「十歳のときだったかなあ。春休みにわしと久きっちゃんが飛鳥山で遊んでおったとき、ぼんやりと何かを見ている女の子がいてな。それがサクラさんだった。『何してるの』と久きっちゃんが声をかけたのが、今、時計台があるあたりだよ。あそこは久きっちゃんとサクラさんの出会いの場所であり、再会した場所でもあるんだ」

「再会……そういえば久吉さんは、一度引っ越してまたこの街に戻ってこられたと仰ってましたよね」

以前山岸に会ったとき、そんなことを言っていたことを思い出した。

「ああ、そうだ。高校に上がるときだったか、家の都合でな。そのあと、二十三か四の頃に北区に戻ってきた。春一番が吹いたってニュースが流れた日だったなあ。強い風に背中を押されるように二人は再会したんだ。そして、まもなく結婚した。うちと違って、いっつも一緒におって、一度も喧嘩したことがないと言っとったわ」

そう言って山岸は笑ってから、「だからかなあ。もう少しで金婚式だというときに、サクラさんを亡くした久きっちゃんは、生きる気力も失ったようで、見ておられんかった。いつも傍にいた人がいなくなってしまい、きっと体の半分を喪ったような状態だったんだろうなあ……」と親友を思い、山岸はくしゃっと顔を歪めた。

久吉のことを話す山岸もまたつらそうだった。

「……実はな、サクラさんが亡くなってから、少しおかしくなったことがあってな。いるはずのないサクラさんを探して、おろおろして、わしの家にまでやって来たこともあったわ――」

須美子は先日、佳乃が「サクラがいない、サクラがいない」と久吉が亡き妻を探していたと言っていたのを思い出し、胸が痛くなった。

「しっかりせんかいと怒鳴ってやったんだがな。まったく、仲が良すぎるのも困りもんだなあ……」

須美子は、山岸の目にうっすらと涙が浮かんでいるのに気づいたが、見ないふりをした。

「しばらくして立ち直ったようには見えたんで安心したんだが、それからずいぶん経ってからあるとき突然、預かっておいてくれと、この日記を持ってきたんだ。そう、あれは一年くらい前の今時分だったか。押しつけるようにこれを置いていったわ。なんだか佳乃ちゃんに見つかるとまずいから、持っていてほしいと言ってな」

一年くらい前と聞いて、須美子は去年の三月二十五日のすぐあとだろうと思った。佳乃から一連の行動について訊ねられたあと、久吉は心配になったのではないだろうか。

「佳乃ちゃんに隠し事なんかするなと怒ったら、久きっちゃん、ここを読んでくれと言ってな――」

＊

須美子はそこまで話すと、トートバッグからそっと日記を取り出し、山岸が見せてくれた箇所を、育代たちに開いて見せた。

三月二十五日　暖かな風に導かれるように飛鳥山を訪れると、あの日、初めて会った場所で彼女は待ってくれていた。もう二度と会えないと思っていたと彼女は泣いた。桜はもう切られてしまっていたのに、毎年ここへ来ては祈っていてくれたそうだ。今年はあの日のように包帯を結んだのだという。新しく生まれた小さな芽に。彼女はそれを奇跡の桜だと言って涙を流しながら笑った。正直わたしにはそのギザギザの葉が本当に桜なのかは分からない。だが、出会った日と同じ日に再会できたのは、本当に奇跡の桜が巡り合わせてくれたのかもしれない。

「三月二十五日……あ、奇跡の桜って書いてあるわ！」

育代は感極まって悲鳴のような声を上げた。

「包帯も出てきましたな」

日下部はいつもの冷静さを取り戻している。

「………」

佳乃は無言で目を大きく見開いている。

「桜はもう切られてしまっていたというのは――」と日下部が言いかけたとき、「……あっ！」と佳乃が声をあげた。

「どうしたの？」と育代が聞くと、「い、いえ……続けてください」と佳乃は口ごもる。

佳乃の様子に首を傾げながらも日下部は続けた。

「たしか飛鳥山の大部分を運動場に整備するために飛鳥山が掘削され、植えられていた桜がたくさん切られたことがありましたが、もしかしてそれのことですかな」

「はい、おそらくそうだと思います」

須美子は昨日、光彦から聞いた話を思い出しながら答えた。

「ああ、時計台の下の広場のところよね」

「その時計台の場所にも桜があったそうなのですが、その桜の前で二人は出会い、そして再会しました」

「ちょっと待って」と育代は言ってから、「日記にも本当なのかは分からないって書いてあるけど、桜って接ぎ木で増やすんじゃない？」と疑問を呈した。

「ソメイヨシノはそうですよね。ですがヤマザクラなどは普通の木々と同じように種から発芽し成長します」

須美子が言うと、佳乃も「わたしもテレビで見たことがあります」と言った。

「あるドキュメンタリーで、山の中に一本だけある桜について取り上げていたんですが、どこかで鳥がヤマザクラの果実を食べ、その山で糞をしたのがたまたま根付いたって。あ、もしかして飛鳥山も……」

「はい。……ただ、本当に桜だったのかは分かりません。その場所に今は桜はありませんから。でも、二人は奇跡だと信じた」

「なるほどね。切られて整地されてしまった場所に、偶然新しい桜だと思える芽が出てきた。そして、出会った日と同じ三月二十五日に運命的な再会。うん、きっと本当にヤマザクラの新芽だったのよ。飛ぶ鳥の山って書いて飛鳥山なんだから間違いないわ。鳥が運んだ奇跡の桜よ」

説得力があるようなないような育代らしい理屈だったが、須美子も心の中では桜だったに違いないと信じている。

「でも、そんな素敵な話をどうして佳乃さんには秘密にしておかなければならなかったのかしら？」

「実は、佳乃さんは小さい頃に教えてもらっているはずなんですが……もしかして思い出されましたか？」

須美子は先ほど、「桜はもう切られて――」と日下部が言ったときの佳乃の反応からそう訊ねた。

「……なんとなくですが、多分、母のことですよね……」

「サクラさん？」

不思議そうに首を傾げる育代に「はい」と答え、佳乃は続けた。

「わたしが小学校に上がる前だったと思います。はっきりとは覚えていないのですが、『桜が切られた』とかっていう話を聞いて、わたし、お母さんが死んじゃうって、大泣きしたことがあった気が……」

「ああ、桜違いをしちゃったのね」と育代は納得する。

「はい」

以前、佳乃がワシントンの桜の話を怒っていたとき、「違ったかしら」と、なんだか違和感があるような感じだった。それは、この桜が切られた話と記憶が混同していたからだったのだろう。

須美子は山岸から聞いたことを、補足として話すことにした。

「周りがいくら、お母さんのことじゃないと説明しても、佳乃さんは嫌だ嫌だと言って耳を塞いでしまったみたいですね。それで皆さんで相談して、奇跡の桜の話を佳乃さんにするのはやめようということになったそうです」

「そうだったんですね……。でも、わたしが大人になったら教えてくれればよかったのに……」

佳乃が少し淋しそうに言うと、「まあ、佳乃さんの小さい頃の勘違いということで笑い話になりそうだけどね。でも、今度は美桜ちゃんが、お祖母ちゃんが死んじゃうって泣いちゃうと思ったのかもしれないわよ。それにね、ご両親にとってみたら、佳乃さんはいつまでも小さな子どものままなのよ」と、育代は慈愛に満ちた表情で微笑んだ。

それを聞いて須美子は山岸の言葉を思い出した。

山岸は久吉から日記を見せられたあと、佳乃に奇跡の桜の話をしたら大泣きしてしまったことを聞いたそうなのだが、「しかし、佳乃ちゃんも、もうお母さんなんだから、さすがに隠す必要はないと思うんだがな。まあ、久きっちゃんにとっては佳乃ちゃんはいつまでも小さい娘のころのままなんかなあ」と言ったのだ。

だが、そんな山岸自身もベンチで会ったとき、「佳乃ちゃんはもう大丈夫なんかなあ」と心配していたはずだ。きっと小さい頃からずっと見守っている者にとっては、お母さんになろうが、いつまでも少女の頃の面影を重ねてしまうものなのかもしれない。

ふと、須美子は一か月前のことを思い出した。吉岡直人と義母が五歳の莉子のことを考え、嘘をつき続けてきたことだ。それは莉子が二十歳になっても変わらなかった。佳乃の話とは理由が違うし、比べるようなことではない。だが、親というのはそういうものなのかもしれないと思った。

「……でもそっか、本当に奇跡の桜があったのね……」

育代の言葉を受けて、日下部が立ち上がった。

「佳乃さん、申し訳ありません。間違った話をしてしまって」と頭を下げる。

育代も慌ててガタガタと椅子を鳴らしながら立つと、「ごめんなさい！」と頭を下げた。

「そんな、お二人とも顔を上げてください」

佳乃は恐縮しきったように立ち上がって「こちらが無理なお願いをしたのですから」と頭を下げ返す。

「わたしもすみません。今お話ししたことを、気づいた時点ですぐ皆さんに連絡すべきでした」と、残された須美子も立ち上がって頭を下げた。

「そんな須美子さんまで……」

困ったように佳乃が顔をしかめる。須美子はさらに「それに、育代さんと日下部さんには他にも謝らないといけません」と伝えてから、言葉を続けた。

「実は昨日、お二人のお話をお聞きする前に、偶然、山岸さんと会って少し話をしていたんです。そのことをお伝えすればよかったのですけど、何も関係ないと思っていて……」

深く考えていなかった、自分の落ち度だと須美子は謝罪した。

「いやいや、須美子さんは何も悪くありませんよ。わたしたちが、その山岸さんのお話をお聞きしていたところで、結局は奇石の話をしていたはずですからな。あのときは恥ずかしながらわたしも少々興奮しておりましたし、わたしの思い込みが原因です」

「……でも、それだけじゃなくて、あとになって山岸さんとの会話が気になり、勝手に一人で山岸さんのところに話を聞きに行ってしまいました。お二人に連絡すればよかったのに……」

白い貌でうな垂れる須美子の瞳を、育代が覗き込む。

「それは、わたしたちのことを考えてくれたからでしょう？」

「……！」

無言の須美子に、日下部も「それに――」と言って続けた。

「すべて山岸さんからお聞きしたような感じでお話しなさっていましたが、本当は須美子さんが導き出したストーリーが先にあったのではないですかな。それを山岸さんに伝え、内容が当たっていたからこそ、山岸さんは真相を語ってくれた。そして久吉さんからの預かり物である、この大切な日記をも須美子さんに託した――」

「……」

須美子はなんと答えてよいか分からず下を向いたまま沈黙を続けていた。

「もう、須美ちゃんたら、変な気を遣わなくていいのに。わたしたち仲間でしょう」

無言の須美子に対して、育代はそう言って微笑んだ。

「そう……ですよね。かえってお二人のことを傷つけてしまったかもしれません。本当にごめんなさい。佳乃さんも――」

須美子がまた頭を下げようとするのを佳乃が慌てて遮った。

「そんなことやめてください！　わたしこそ、幼い頃の記憶とはいえ、きちんと思い出していれば、お騒がせせずにすんだのに、本当に申し訳ありませんでした」

佳乃は申し訳なさそうに肩をすぼめて、また頭を下げた。

「ああ、もうやめましょう！」

育代が両手を大きく振って、「とにかく、無事に謎は解明できたんだから。これにて一件落着よ！」と言って腰に手を当てると、「ふふん」と鼻息を荒くする。まるで自分が解決したような堂々とした態度だ。

「ええ、それにまだ、奇跡の桜の話とは別に、お父さまが奇石探しを始めた可能性だってゼロではありませんぞ。去年の三月二十五日に、あの時計台の脇で手にした普通の石がきっかけになったかもしれないいんですからな」

日下部はにやっと笑って一同を見渡した。

「そうよ、そうよ。お父さんが元気になったら聞いてみましょうよ。あ、別に負け惜しみってわけじゃないんだからね」

そう言って育代が口を尖らせるのを見て、須美子は思わず佳乃と顔を見合わせて笑ってしまった。

すっと花春の店内が明るくなった気がした。育代と日下部のお陰で場が柔らかくなったのを感じる。

そうだ——。

育代と日下部なら、大丈夫に決まっているではないか。自分は何を気にしていたのだ。

（ああ、そうか……）

二人のことを信じきることができなかったことこそが、間違っていたのだと、須美子はようやく気がついた。

「……あ、でも、ちょっと待って。そういえば包帯を結んでって、なんのことなの？」

「おお、そういえばそこをまだ聞いてませんでしたな」

「そうでしたね。大事なところを忘れてました。包帯と桜……これは出会いにまつわるお話なんです」

「それもこのお父さんの日記に書いてあるのね？」とページをめくろうとする育代に、須美子は大事なことを説明した。

「あ、それなんですが……」

7

二日後——。

須美子は久吉の病室にいた。

今日は火曜日で平日だが、雪江に頼んで、三時間だけ休み時間をもらったのだ。

「そんな短い時間じゃなくて、このあいだの春分の日の代わりに一日お休みにしていいのよ」と、雪江はまた気に掛けてくれたが、須美子は三時間で充分ですと答えた。

個室の病室には今、須美子の他に五人の女性がいる。

久吉の顔を見守る佳乃、美桜、育代。そして、床に置いたパソコンの画面を覗き込んでいる若い二人。吉岡莉子と原保乃花だ。

今日、このメンバーが集まったのは、美桜の一言から始まった、あるプロジェクトのためだった。

発端は昨日のことだ――。

＊

雪江に頼まれていた書庫の片付けが午前中で終わり、午後に須美子が花春に顔を出していたときだった。

白い紙箱を提げて、佳乃が美桜と一緒に花春へやって来た。

このあいだ山岸が持っていた箱に貼られていたシールと同じロゴが、印刷されている。

「もう、昨日もお菓子を持ってきてくれたじゃない。二日も続けて悪いわよ……」

「あれはいただきもののお裾分けですので、これは――」

「お礼ならいらないのよ」

育代はすぐに佳乃の訪問理由に気がついたらしい。「ねえ須美ちゃん」と、隣に座っていた須美子の顔を見る。

「はい」

須美子も困ったような顔をするが、佳乃は「じゃあ、お土産です」と微笑んでから、

「いつも美桜に平塚亭さんの和菓子をいただいてばかりですので」と差し出した。

「……ふう、分かったわ」

育代は両肩を一度上げて受け取ってから、「その代わり、佳乃さんも美桜ちゃんも一緒に食べていってくれる？」と言った。

「え……でも、それじゃあ」と佳乃は言いかけたが、隣で「やったー」と喜ぶ美桜を見て、

「すみません、ありがとうございます」と頭を下げた。

多分、育代と日下部と須美子の三人に、一人二つずつの計算で買ってきてくれたのだろう。箱の中にはケーキが六つも入っていた。

「日下部さんは急なお仕事が入ってしまって、今日からしばらく来られないそうなの。だから、みんなで全部、食べちゃいましょう」

話し合いの結果、年の若い順に選んでいくことになり、美桜、須美子、佳乃、育代と好きなものを選んだ。残った二つのケーキは半分に切って、四人で分けた。

「おいしい！」

真っ先に選んだショートケーキを一口食べて、美桜が目を三日月形にして笑った。以前、佳乃が「生クリームよりあんこのほうが好きみたい」と言っていたが、クリームも大好きなようだ。

そんな美桜を横目に、須美子はこんなに間食をして、今日は自分の分の夕食は少なめにしようと決心した。

「ねえお母さん、今年はお祖父ちゃんと一緒にお花見に行かないの？」

美桜はいちごにフォークを刺して、花春の花を見渡す。

「……お祖父ちゃん、今、病気で休んでいるでしょう。だから、元気になったら一緒に行きましょうね」

「……うん。でも、桜を見たら元気になると思うんだけどなあ。お祖父ちゃんは桜が大好きなの、美桜、知ってるもん……」

すねたように言いながら美桜はいちごを口へ運ぶ。

「美桜……」

佳乃は困ったように眉を下げた。

育代はフォークを口に咥えた格好のまま、美桜と佳乃の心中を察してか、今にも泣き出しそうな顔をしている。

（……あ、そうだ！）

育代が出してくれた紅茶を一口飲んだところで、須美子はあることを思いつき、「もしかしたら、みんなでお花見できるかもしれませんよ」と口にした。

「えっ！　須美子お姉ちゃん、本当？」

美桜は嬉しそうに立ち上がると、「お祖父ちゃんも一緒？」と言った。

「うん」と須美子は笑顔でうなずくが、「そんなこと言って、大丈夫なの須美ちゃん……」とさすがに育代は心配顔だ。美桜をこれだけ喜ばせておいて、やっぱり無理でしたでは済まされないと思っているのだろう。

「莉子さんたちに相談してみませんか——」

＊

その後、須美子は早速莉子に連絡を取り、事情を説明した。ちょうど今横に保乃花もいるとのことで、二人とも二つ返事でＯＫしてくれたのだった。

「自分たちができることで、恩返しできるのが嬉しい」

莉子は電話でそう言ってくれた。

佳乃は病院に連絡を取ってくれ、特別に許可も得ることができた。

——そして今、久吉の病室に、六人の女性が集まっている。

「準備、できました」

莉子の言葉に、須美子が「お願いします」と伝える。

それを合図に保乃花がカーテンを閉めて電気を消し、プロジェクタと繋いだパソコンを莉子が操作した瞬間――。

「わあ、桜だ！」

天井や壁に、無数の花びらが浮かびあがった。美桜は大喜びで、壁に映った花びらを触りに行く。

それは「オフィーリア」の舞台で使った映像を加工したものだった。

花びらは元々シンプルな丸い形だったが、今はすべて桜の花びらに変わっている。しかも、部屋に風が吹いているかのように、一枚一枚が、そよそよと揺れ動いていた。

莉子たちに相談したのは昨日の夕方のことだ。それなのに、こんな仕掛けまで施してくれている。もしかしたら徹夜で作業してくれたのかもしれない――と、須美子は申し訳なく思いつつも、二人の優しさに感謝した。

「お父さん、桜ですよ」

佳乃が耳元で声をかける。

「見て見てお祖父ちゃん、桜だよ！」

美桜が久吉の肩を揺すると、久吉の目がうっすらと開いた。

「……あ、ああ……」

久吉は病室全体に映し出された桜の風景が目に入ったのだろう。優しげな微笑みを浮かべ、緩慢な動作でゆっくりと虚空へ手を伸ばした。だが、皺だらけの細いその手は、すぐに力なく落ちていく。

それを佳乃が受け止め、そっと握った。

横にいた美桜も、小さな手で祖父の親指をぎゅっと摑んだ。

「さ……くら……」

久吉はそうつぶやくと、幸せそうに目を細め、そしてそのままゆっくりと瞼を閉じた。

ハッとする一同だったが、「眠っちゃったみたいです」と佳乃が久吉の口元に顔を近づけてから言う。

「風邪を引かないように、お布団に入れてあげようね」

佳乃がそう言って、美桜と一緒に握っていた久吉の手を掛け布団の中にそっと戻す。

布団の胸のあたりがゆっくりと上下しているのを見て、須美子は安堵した。

「久しぶりに父の笑顔を見られました。皆さん……本当にありがとうございました」

横にいる美桜を心配させないためだろう。佳乃が涙を堪えながら頭を下げると、美桜も母親を真似てぺこりとお辞儀をした。

8

久吉の病室で三十分ほどもお花見をしたあと、もうしばらく傍にいますと言う佳乃と美桜を残して須美子たち四人は病室を出た。

「お二人とも本当にありがとうございました」

「とっても素敵な桜だったわ」

須美子と育代が声をかけると、「お役に立てたのならよかったです」、「またなんでも言ってください」と莉子と保乃花が満足げな笑顔で言ってくれた。

育代は久吉の病室のほうへ目を向けると、「来年はみんなでお花見に行きましょうよ」と提案した。

「あ、いいですね！」

保乃花は笑顔で答えて隣の莉子に目を向ける。

「ええ。是非、ご一緒させてください」

莉子も乗り気のようだ。

「そうだ。お父さんとお祖母さんも誘っておいてね」

育代の言葉に、莉子は「はい」としっかりうなずいた。

「じゃあ、またね」

病院の入口のところで莉子と保乃花に手を振って、歩き出したあと、育代は「ねえ須美ちゃん、山岸さんも誘ってみない？」と提案した。

「ええ。山岸さんの奥様とお孫さんともお会いしたいですね」

「ああ、そうね！」

来年のお花見は賑やかになりそうだなと思いながら、育代と並んでのんびり歩く。

雪江からもらった休み時間はまだだいぶ余裕があった。

「飛鳥山へ行ってみませんか」

須美子が誘うと、「わたしもそう思っていたところよ」と育代はウインクしてみせる。

二人は飛鳥山公園へと向かい、本郷（ほんごう）通りをぶらぶらと歩いた。

「あ、そういえば佳乃さん、久吉さんの代わりに飛鳥山の時計台のところに行くのかしら」

育代の言葉に須美子は、佳乃が花春へ相談にきたときのことを思い出した。

『「奇跡の桜」がなんのことかを知りたい……。そして、それが三月二十五日の行動に関係があるのなら、父に代わって今年は自分がそれをしてあげたいんです』

佳乃はそう言っていた。

そして、今日は三月二十五日だ——。

「もし、『奇跡の桜』が見つかったら連絡してあげないとね。わたしたち、包帯を持っていないから」

微笑む育代に、須美子も「そうですね」と目を細めた。

「それにしても、あのときの須美ちゃんの言葉にはビックリしちゃったわ」

育代は両手を後ろに回して歩きながら、横を歩く須美子に向かって言う。

「わたし、あの日記はてっきり久吉さんのだと思ってたもの――」

＊

「あ、それなんですが……この日記はお父さまのではないんです」

「えっ！」

育代は驚いて目を見張った。

久吉の娘である佳乃は、「やっぱり……」とつぶやいたあと、「父の字とは違う気がしてたんです……」と言った。

「たしかに、佳乃さんのお父さまのものにしては、紙質が古すぎるなとは思いましたが、そもそも書いてあることも時代が合致しておりませんでしたな」

「え、どういうこと？」

「飛鳥山の桜が切られて運動場になったのは、太平洋戦争より前だったはずです。そうなると、お父さまの久吉さんでは時代が合わないのですよ」

育代の疑問に、日下部が答えた。

「じゃあ、これ誰の日記なの？」

育代の問いに須美子は、「佳乃さんのお祖父さまの日記です」と答えた。

「えっ……佳乃ちゃんのお祖父さんって、熊太郎さんのこと？」

「はい。ここを見てください」

須美子は日記のページを遡って、別の三月二十五日を開いた。

三月二十五日　彼女に会った。偶然だった。どこからか白い紐のようなものが飛んできて桜の枝に引っかかった。包帯だった。また飛んでいっては困るだろうと思い、結びつけていたところ、彼女がやって来た。醫院をやっている家の手伝いで包帯を洗濯し干していたら、風に飛ばされてしまい、追いかけてきたとのことだ。ありがとうございますと頭を下げる彼女の白いシャツがまぶしかった。

「八重お祖母ちゃんの病院……」と佳乃がつぶやいた。

「はい」

日記を見る前に須美子が思い描いたストーリーはこうだ――。

まず、八重が診療所で手伝いをしていたと佳乃が言っていたことから、子どもの頃の手伝いなら掃除や洗濯だろうと考えた。そして、物を大事にするようにとよく怒られたと言っていたこと、佳乃が見た包帯が短かったらしいことから、干しているときに風で飛ばされ、必死で追いかけたのではと推測した。そして、それを拾ってもらったのが八重と熊太郎との出会いのきっかけになり、それが宮島家に残っていたのではないか――と。

それは、ほぼそのとおりだったことに、須美子は自分でも驚いた。

「この日記、毎日書いているわけではないようですし、破れてしまって読めないところもありますが、このあと――」

十二月三日　兵役でこの地を離れることになった。人を殺したくない、人に殺されたくない。だが、お国のためだ。運動場を作るために桜は切られてしまったが、いつかまた、あの場所で彼女と会いたいものだ。

（人を殺すな殺されるな……）

先日、佳乃が言っていた言葉。

熊太郎の中には娘ができても、孫ができても、ずっと心に残っていた思いなのだろう。

二十七歳の須美子にとって戦争は教科書の中の出来事だ。

だから当然、その言葉を理解できるなどと簡単に口にすることはできない。……ただ、それは現代においても、忘れてはならない言葉だ。

須美子の頭にまた、三十三歳の男性が自ら命を絶ってしまった悲しいニュースが思い起こされた。

昔から上の者が下の者に罵詈雑言（ばりぞうごん）を浴びせることはあっただろう。戦時中はさらに、言葉だけでなく、上官からの暴力も日常茶飯事だったに違いない。

日本の戦争は終わった。だが、ソーシャルメディアの普及もあり、言葉による攻撃は昔より断然増えていると聞く。しかも、多くは自国の者をターゲットにし、そして暗い淵に追い込んでいく。

それは直接、肉体的な暴力を振るっているわけではない。だが、鋭利な言葉で相手の心を切り刻み、心ない銃の引き金を軽い気持ちで引く行為。それもまた、「人を殺している」のではないだろうか。

「……そんな時代だったのねえ」

育代の言葉に、須美子は現実に引き戻された。まばたきを二度して、今に目を向ける。

「――はい。昭和十二年のことだったようです」

須美子はそう言いながら別のページを開いた。

三月二十四日　十年ぶりに戻ってきた。我が家は残っていたが、この辺り一帯も空襲に遭ったようで、風景がすっかり変わっていて驚いた。なにより驚いたのは、わたしが死んでいると思われていたことだ。なんと葬式も済んで、仏壇には位牌まで置かれてあった。家に帰り着いたわたしを見たときの母や妹は、まるで幽霊でもみたような顔をしていた。

「そして、その次の日が、最初に見ていただいた三月二十五日です」と言って、須美子は次のページを開いた。

三月二十五日　暖かな風に導かれるように飛鳥山を訪れると、あの日、初めて会った場所で彼女は待ってくれていた。もう二度と会えないと思っていたと彼女は泣いた。桜はもう切られてしまっていたのに、毎年ここへ来ては祈っていてくれたそうだ。今年はあの日のように包帯を結んだのだという。新しく生まれた小さな芽に。彼女はそれを奇跡の桜だと言って涙を流しながら笑った。正直わたしにはそのギザギザの葉が本当に桜なのかは分からない。だが、出会った日と同じ日に再会できたのは、本当に奇跡の桜が巡り合わせてくれたのかもしれない。

「……そっか。八重さんも、熊太郎さんが戦争で亡くなったと思っていたのね。もう二度と会えないと思っていたのに、再会することができた。だから……奇跡の桜だって言ったのね」

「はい」

「奇跡の桜というのは、久吉さんとサクラさんの話じゃなかったのねえ。でも、時計台のあそこって、山岸さんの話だと、久吉さんたち夫婦の出会いの場所でもあり、再会した場所でもあったのよね？」

須美子はゆっくりとうなずくと、山岸に確認した物語を、三人に話し始めた。

「――サクラさんは母親の八重さんから、ここに昔、奇跡の桜があったのよという話を聞きました。再会のときに芽吹いた桜は根付かなかったのか、抜かれてしまったのかは分かりませんが、その後、桜の樹として育ちはしなかった。ただ、その奇跡の桜があった場所だけは聞いて、サクラさんは知っていた。素敵な話だなと思ったサクラさんは、時折そこに桜の芽が出てこないか見に行っていて、何かのきっかけで久吉さんと出会う。そして、久吉さんが引っ越してから、また会いたいと思っていたサクラさんは、多分、母親が大事に持っていた包帯を譲り受け、何度もあの場所を訪れ、祈ったのではないでしょうか。そして偶然……運命的に二人は再会した」

「ま、まさか、それも三月二十五日だったの？」

育代が興奮した面持ちで訊ねる。

「わたしも、もしかして久吉さんとサクラさんも、三月二十五日に出会って再会したのかな――と思ったのですが、さすがにそれは違ったようでした」

山岸は具体的な日にちは覚えていなかったが、最初の出会いは春休みだと言っていた。ならば三月二十五日の可能性はある。だが、再会に関しては「春一番が吹いたってニュースが流れた日だったなあ」と言っていたことから、もっと早かったことは間違いない。立春から春分の日までに観測される春一番は、もっとも遅くて三月二十日だからだ。

「残念ね。もし、二世代にわたって全部同じ日だったら、奇跡の二乗だったのに」

育代の言葉に須美子は苦笑してから続けた。

「――ただ、それでもあの場所で久吉さんと再会できたことは、サクラさんにとって奇跡的なことと感じられたようです。山岸さんによると、久吉さんは奇跡の桜のことを何度も何度もサクラさんから聞いたと言っていたそうですから。……それに、その久吉さん自身もその奇跡を大事にしていたはずです。サクラさんが亡くなったあと、久吉さんがお義父さんの日記とお義母さんの包帯を大切に保管していたことからも、それは分かります」

「ああ、そうね……。じゃあ、久吉さんは、やっぱり三月二十五日以外も包帯を持ってあの場所へ行っていたのかしら？　いつなのか分からないけど、サクラさんと出会った日とか、再会した日とか？」

「それはあるかもしれませんが……多分、三月二十五日だけだと思います」

「どうして？」

「包帯を持って行くのは、願掛けなのだと思います」

「願掛け？」

「その日は、亡くなったと思っていた相手に再会できた日だからです」

日下部と育代は三月二十五日について、久吉とサクラにとっての記念日と推理していたが、実際は熊太郎と八重にとっての特別な日だったのだ。

『おじいちゃん、さくらならあそこにさくよ』

五年前にサクラが亡くなり愕然としていたある日、三歳だった孫の美桜が飛鳥山を指さし、そう言った。その言葉から久吉は、八重から聞いていた「奇跡の桜」の話を思い出した。そして行動を開始する。

そうだ――。

久吉は亡くなった人に再会するために、毎年三月二十五日にあの場所に桜の芽を探しに行っていたのだ。

だから、時計台の下のあの場所に芽が出ていないか、石をどけて確認していた。そして、もし芽が出ていたら、サクラが八重から受け継いだ包帯を巻きつけようとしていた……。

すべては奇跡を起こすために――。

死んだ人間に会うことなんて叶わない。八重の奇跡は戦争という悲劇があったせいで、起こった奇跡だったのだ。この現代において、そんなことは起こりようがない。久吉だって分かっていたであろう。

ただ、それでも久吉は信じたかった。

それほどまでにまた……サクラに会いたかったに違いない。

『サクラがいない、サクラがいない……』

わたしは、そこまで誰かを愛せるだろうか。

そこまで愛せる誰かを、見つけられるのだろうか。

それは分からない。

ただ、愛し愛された八重とサクラが、なんだかとても須美子はうらやましくなった。

＊

「……あそこよ」

飛鳥山公園の時計台の脇を指さし、育代が言った。

昨年の春の映像で、久吉が石を手にしていた場所だ。

「昔はあそこにも桜があったんですね。切られたあとにもまた新芽が出て……」

感慨深げに須美子がつぶやくと、育代はうなずいたあと、しんみりした口調で「このあいだは新芽のことなんて考えてもいなかったから、今日はちゃんと探して……」と続け、

突然「あ、佳乃ちゃんから電話だわ」と言って、「はい、もしもし——」とその場で応える。

育代に背を向けて先に時計台の脇の植え込みへ向かうと、白い石が落ちているのに気づき、須美子はしゃがみ込んだ。

「久吉さんと育代さんが手にしたのはこの石ね……あっ！」

石の後ろに見覚えがあるギザギザの小さな葉っぱに気づいた。

「まさかこれって……ヤマザクラ⁉　坊っちゃまに見せてもらった写真にそっくりだわ」

育代にも確認してもらおうと、須美子が立ち上がった瞬間、後ろから「……須美ちゃん……」と呼ぶ声が聞こえた。

「あ、育代さん、これ——」

見てください——と言おうと振り返った須美子に、「久吉さんが……」と育代が声を震わせる。

須美子は佳乃からの電話の意味を覚った。

うずくまって嗚咽する育代から視線を逸らし、須美子は唇を噛みしめる。

生まれたばかりの小さな芽が、かすかに揺れていた。

不意に目の前をモンシロチョウがひらひらと舞い、そっとそこに止まる。それはまるで、白い結び目のようで――。

ああ、そうか――と、須美子は気づいた。

天を見上げた瞳から、風が涙を攫っていく。

「……サクラさんと……また……会えたんですね……」


（おわり）

あとがき

内田康夫が生まれ、名探偵・浅見光彦が住まう東京都北区。新一万円札の渋沢栄一翁、旧古河(ふるかわ)庭園、王子神社——等々、思い浮かぶことはたくさんありますが、やはり北区といえば、なんといっても飛鳥山公園の桜ではないでしょうか。標高二十五メートルほどの小さな山が浅紅色に染まる、遥か徳川吉宗の時代より連綿と続く美しい風景——。

そこで、「須美ちゃんは名探偵⁉」五冊目となる今回は、「桜」をテーマにした連作短編集です。

実は表題の「天上の桜人」は、浅見光彦倶楽部事務局(現・内田康夫財団事務局)主催のイベントで使用した掌編と同じタイトルです。そちらは浅見光彦が解決した、『天河伝説殺人事件』の舞台地巡りのためのストーリーであり、当初、改稿してこの本の巻末に収録する予定だったのですが、いざ読み直してみると様々な事情から掲載を断念せざるを得ませんでした。

そこで思いきって、浅見家のお手伝い・吉田須美子を主軸にした内容に修正できないだろうかと試行錯誤した結果、舞台も奈良県吉野(よしの)から東京都北区に変わり、新たな「天上の桜人」が誕生しました。

今も昔も、桜は出会いと別れの象徴。須美子にとって今回の事件は、胸にちくりと痛みを覚える春の出来事になったかもしれません……。

二〇二五年四月

内田康夫財団事務局

内田康夫著作リスト（☆＝浅見光彦シリーズ　△＝短編集）

1　死者の木霊（こだま）
2　本因坊殺人事件
3　☆後鳥羽伝説殺人事件
4　「萩原朔太郎」の亡霊
5　☆平家伝説殺人事件
6　遠野殺人事件
7　戸隠伝説殺人事件
8　シーラカンス殺人事件
9　☆赤い雲伝説殺人事件
10　夏泊殺人岬
11　倉敷殺人事件
12　多摩湖畔殺人事件
13　☆津和野殺人事件
14　△パソコン探偵の名推理
15　明日香の皇子（みこ）
16　☆佐渡伝説殺人事件
17　「横山大観」殺人事件
18　☆白鳥（しろとり）殺人事件
19　「信濃の国」殺人事件
20　☆天城峠殺人事件
21　杜の都殺人事件
22　☆小樽殺人事件
23　☆高千穂伝説殺人事件
24　王将たちの謝肉祭
25　☆「首の女（ひと）」殺人事件
26　△盲目のピアニスト
27　☆漂泊の楽人
28　☆△鏡の女
29　△軽井沢の霧の中で
30　☆美濃路殺人事件

31 ☆長崎殺人事件
32 十三の墓標
33 ☆終幕（フィナーレ）のない殺人
34 北国街道殺人事件
35 ☆竹人形殺人事件
36 ☆軽井沢殺人事件
37 ☆佐用姫伝説殺人事件
38 ☆恐山殺人事件
39 ☆日光殺人事件
40 ☆天河伝説殺人事件
41 ☆鞆の浦殺人事件
42 ☆志摩半島殺人事件
43 ☆津軽殺人事件
44 ☆江田島殺人事件
45 追分殺人事件
46 ☆隠岐伝説殺人事件
47 △少女像（ブロンズ）は泣かなかった
48 ☆城崎殺人事件
49 湯布院殺人事件
50 ☆隅田川殺人事件
51 ☆横浜殺人事件
52 ☆金沢殺人事件
53 ☆讃岐路殺人事件
54 ☆日蓮伝説殺人事件
55 ☆琥珀の道（アンバー・ロード）殺人事件
56 ☆菊池伝説殺人事件
57 釧路湿原殺人事件
58 ☆神戸殺人事件
59 ☆琵琶湖周航殺人歌
60 ☆御堂筋殺人事件
61 ☆歌枕殺人事件
62 ☆伊香保殺人事件
63 ☆平城山（ならやま）を越えた女
64 ☆「紅藍（くれない）の女（ひと）」殺人事件

65 ☆耳なし芳一からの手紙
66 ☆三州吉良殺人事件
67 ☆上野谷中殺人事件
68 ☆鳥取雛送り殺人事件
69 ☆浅見光彦殺人事件
70 ☆博多殺人事件
71 ☆喪われた道
72 ☆鐘
73 ☆「紫の女」殺人事件
74 ☆薔薇の殺人
75 ☆熊野古道殺人事件
76 ☆若狭殺人事件
77 ☆風葬の城
78 ☆朝日殺人事件
79 浅見光彦のミステリー紀行第1集
80 ☆透明な遺書
81 ☆坊っちゃん殺人事件
82 ☆「須磨明石」殺人事件
83 △死線上のアリア
84 ☆斎王の葬列
85 浅見光彦のミステリー紀行第2集
86 ☆鬼首殺人事件
87 浅見光彦のミステリー紀行第3集
88 ☆箱庭
89 ☆怪談の道
90 ☆歌わない笛
91 ☆幸福の手紙
92 浅見光彦のミステリー紀行第4集
93 ☆沃野の伝説
94 ☆札幌殺人事件
95 浅見光彦のミステリー紀行番外編1
96 ☆軽井沢通信　浅見光彦からの手紙
97 ☆イーハトーブの幽霊
98 浅見光彦のミステリー紀行第5集

99 ☆記憶の中の殺人
100 ☆華の下にて
101 ☆蜃気楼
102 ☆姫島殺人事件
103 浅見光彦のミステリー紀行番外編2
104 ☆崇徳伝説殺人事件
105 我流ミステリーの美学
内田康夫自作解説第1集
106 ☆皇女の霊柩
107 ☆遺骨
108 存在証明
109 ☆鄙の記憶
110 全面自供
浅見光彦と内田康夫いいたい放題
111 浅見光彦のミステリー紀行第6集
112 ☆藍色回廊殺人事件
113 ☆はちまん
114 ふりむけば飛鳥
115 浅見光彦世界一周船の旅
116 ☆黄金の石橋
117 ☆氷雪の殺人
118 浅見光彦のミステリー紀行第7集
119 ☆ユタが愛した探偵
120 名探偵浅見光彦の食いしん坊紀行
121 ☆秋田殺人事件
122 ☆貴賓室の怪人「飛鳥」編
123 ☆不知火海
名探偵浅見光彦の
ニッポン不思議(ミステリアス)紀行
124 ☆鯨の哭く海
125 ☆箸墓幻想
126 浅見光彦のミステリー紀行第8集
127 歌枕かるいざわ　軽井沢百首百景
128 ☆中央構造帯

129 ☆しまなみ幻想
130 ☆贄門島(にえもんじま)
131 Escape 消えた美食家
132 △龍神の女(ひと) 内田康夫と5人の名探偵
133 ☆化生の海
134 ☆十三の冥府
135 ☆イタリア幻想曲 貴賓室の怪人II
136 ☆△他殺の効用
137 ☆上海(シャンハイ)迷宮
138 ☆風の盆幻想
139 ☆△逃げろ光彦
内田康夫と5人の女たち
140 ☆悪魔の種子
141 浅見光彦のミステリー紀行第9集
142 不思議航海(ミステリークルーズ)
143 ☆棄霊島(きれいじま)
144 ☆還らざる道

145 ☆長野殺人事件
146 ☆幻香(げんか)
147 妖しい詩韻
148 靖国への帰還
149 地の日 天の海
150 ☆壺霊(これい)
151 ☆砂冥宮(すなめいきゅう)
152 ☆ぼくが探偵だった夏
153 ☆教室の亡霊
154 ☆神苦楽島(かぐらじま)
155 ☆不等辺三角形
156 ☆風のなかの櫻香(さくらこ)
157 ☆黄泉(よみ)から来た女
158 ☆汚れちまった道
159 ☆萩殺人事件
160 ☆北の街物語
161 ☆遺譜(いふ) 浅見光彦最後の事件

162 浅見光彦の日本不思議舞台地(ニッポンミステリースポット)の旅 ※早坂真紀・共著
163 ☆孤道(こどう)〔未完〕
164 愛と別れ 夫婦短歌(歌集)
165 △南紀殺人事件
166 ☆△名探偵・浅見光彦全短編

その他の内田康夫財団企画・公認作品リスト

【内田康夫財団企画】
『須美ちゃんは名探偵!? 浅見光彦シリーズ番外』内田康夫財団事務局
『浅見家四重想 須美ちゃんは名探偵!? 浅見光彦シリーズ番外』内田康夫財団事務局
『軽井沢迷宮 須美ちゃんは名探偵!? 浅見光彦シリーズ番外』内田康夫財団事務局
『奇譚の街 須美ちゃんは名探偵!? 浅見光彦シリーズ番外』内田康夫財団事務局
『天上の桜人 須美ちゃんは名探偵!? 浅見光彦シリーズ番外』内田康夫財団事務局
【内田康夫財団公認】
『孤道 完結編 金色の眠り』和久井清水
『ミダスの河 名探偵・浅見光彦 vs.天才・天地龍之介』柄刀 一
『流星のソード 名探偵・浅見光彦 vs.天才・天地龍之介』柄刀 一

『平家谷殺人事件　浅見光彦シリーズ番外』和久井清水
『不知森の殺人　浅見光彦シリーズ番外』和久井清水

◆参考図書

「さくら日本切手カタログ２０２５」
監修／日本郵趣協会　発行／日本郵趣出版

「テーマ別日本切手カタログVol.1　花切手編」
監修・執筆／奥田重俊　発行／日本郵趣協会

「飛鳥山三百年展　楽しい!!　だから続く、吉宗がつくった江戸のワンダーランド」
編集／北区飛鳥山博物館　発行／東京都北区教育委員会

「北区における戦中・戦後の暮らしの変遷　文化財研究紀要別冊第二十六集」
編集／東京都北区教育委員会・教育振興部飛鳥山博物館事業係
発行／東京都北区教育委員会

「ＴＯＫＹＯ北区のＫＩＴＡみち～目で見る北区の歴史～」
編集・発行／東京都北区教育委員会・教育振興部中央図書館

取材協力　東京都北区
切手の博物館

この作品はフィクションであり、文中に登場する人物、団体名は、実在するものとまったく関係ありません。また、作中に描かれた出来事や風景、建造物などは、実際とは異なっている場合があります。

光文社文庫

文庫書下ろし

天上の桜人 須美ちゃんは名探偵⁉ 浅見光彦シリーズ番外

著者 内田康夫財団事務局

2025年4月20日 初版1刷発行

発行者 三宅貴久
印刷 新藤慶昌堂
製本 ナショナル製本

発行所 株式会社 光文社
〒112-8011 東京都文京区音羽1-16-6
電話 (03)5395-8147 編集部
8116 書籍販売部
8125 制作部

© Uchida Yasuo Foundation 2025
落丁本・乱丁本は制作部にご連絡くだされば、お取替えいたします。

ISBN978-4-334-10611-9 Printed in Japan

R <日本複製権センター委託出版物>

本書の無断複写複製（コピー）は著作権法上での例外を除き禁じられています。本書をコピーされる場合は、そのつど事前に、日本複製権センター（☎03-6809-1281、e-mail : jrrc_info@jrrc.or.jp）の許諾を得てください。

組版 萩原印刷

本書の電子化は私的使用に限り、著作権法上認められています。ただし代行業者等の第三者による電子データ化及び電子書籍化は、いかなる場合も認められておりません。